（資料提供：林風舎）

宮沢賢治（大正13（1924）年）

宮沢賢治

● 人と思想

藤村安芸子　著

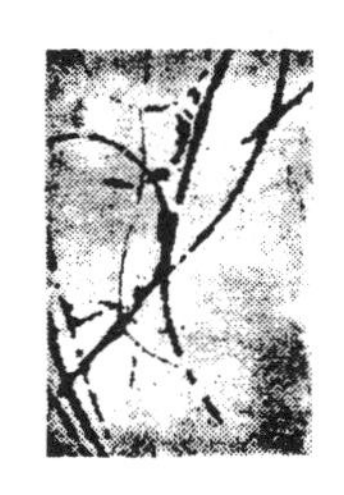

200

凡　例

一、宮沢賢治の著作からの引用は、『【新】校本　宮澤賢治全集』による。
一、賢治の作品（童話・詩・短歌）からの引用は、原則として新字・新かなに改めたほか、適宜ふりがなを補った。作品以外の賢治のテクスト（手紙・メモなど）、および他のテクストから引用する場合は、旧かなのままとした。
一、『【新】校本　宮澤賢治全集』では、草稿・原文を校訂して本文を決定した場合には、本文の該当部分を〔　〕で括って示しているが、本書では〔　〕は省略した。また、誤記と思われる表記については、『宮沢賢治全集』（ちくま文庫）を参照の上、改めた。ただし、特に原文通りにした場合は、〔　〕で正しい形を補った。引用文中の（中略）は引用者による。
一、著作（単行本）、雑誌名には『　』を、作品、論文、講演などのタイトルには「　」を付した。なお『【新】校本　宮澤賢治全集』では、童話題名のうち不明または確認不可能なものは、新たに確定するなどして、〔手紙　四〕のように〔　〕で括って示しており、また詩の題名については、不明または無題の場合、〔もうはたらくな〕のように、便宜上第一行を〔　〕で括ったものを以て、題名の代用としているが、本書では〔　〕は省略し、「手紙四」のように表記する。また、全集では〔手紙　四〕のようにタイトル内に一字スペースが設けられているが、こちらについても省略している。
一、引用文中には、今日の人権意識に照らして不適切と思われる表現も見受けられるが、作品の歴史的な価値を尊重して、そのままとした。

はじめに——賢治の童話と仏教思想——

仏教と科学と文学と

宮沢賢治（一八九六～一九三三）は、幅広い分野の書籍に目を通していた。賢治が読んだ本を分類するために立てられた項目は、「肥料・農学・園芸学」「地学・鉱学・土壌学」「思想」「現代・世界文学」「日本・東洋古典」「仏教書」など十以上にわたる。賢治の本棚には『大鉱物学』と『世界文学全集』と『国訳大蔵経』とが並んでおり、この組み合わせは、私たちからすれば謎めいてみえる。

同時に賢治が行った活動もまた多彩であった。文学に関するものとしては、『心象スケッチ　春と修羅』と『イーハトヴ童話　注文の多い料理店』を大正十三（一九二四）年に出版している。農業に関するものとしては、大正十（一九二一）年に岩手県稗貫郡立稗貫農学校教諭となり、退職後は「羅須地人協会」を設立し、稲作指導を行った。昭和六（一九三一）年には東北砕石工場技師の仕事を引き受け、肥料となる炭酸石灰の販売にも従事している。仏教に関するものとしては、浄土真宗の信仰のあつい家に生まれながらも、自らの信仰として法華経を選び取り、大正九（一九二〇）年には日蓮主義を掲げる国柱会という宗教団体に入会している。昭和八（一九三三）年九月、三十七歳でその生涯を閉じる前に遺言として父に頼んだのは、法華経を千部印刷し、届けることであった。この他にも、チェロを習いエスペラント語を学び浮世絵を収集するなど、賢治の好奇心は様々な対象へと向けられている。以上のような賢治のすべての活動とすべての作品をふまえ、賢治の思想を総合的に捉えることは極めて困難である。

そこで本書では、賢治の思想について仏教思想との関わりに注目し、考察していくことにしたい。もっとも、このように取りあげるテーマを限定したとしても、すぐに新たな困難が生じることになる。それは、賢治の信仰と賢治の作品との関係をどのように捉えるのか、という問題である。

信仰と作品との関わり

賢治の作品の中には仏教用語が用いられているものが存在する。それらの作品を理解するために仏教思想を参照することは必要なことであり、作品の解釈から賢治の信仰について明らかにすることは可能であろう。しかしこの場合、とりあげることのできる作品が限られることになる。賢治の信仰について考える手がかりとしては他に、賢治が父政次郎や友人保阪嘉内（一八九六〜一九三七）に宛てて書いた手紙が挙げられる。賢治は二人に対して自らの信仰について丁寧に説明しており、手紙で示された賢治の信仰のあり方をふまえることによって、仏教色の強い作品の理解を深めることは、十分可能であろう。しかし、残されている手紙の多くは、大正七（一九一八）年から大正十（一九二一）年のものであるので、それ以降の賢治の思想の変遷をたどることは難しい。そうすると、やはり賢治の作品の中で、仏教用語が登場していないものも考察の対象として取りあげる必要が出てくる。

では、それらの作品と仏教思想との接点はどのように見いだすことができるのだろうか。この問題を解決するために、本書では、仏教用語が登場していない作品を論じるときには、仏教用語が登場している作品のなかからその作品と同じようなテーマや筋立てをもつ作品を選び出し、両者を比較するということを行いたい。たとえば「銀河鉄道の夜」には仏教用語が登場していないが、「銀河鉄道の夜」のように、主人公が今ここことは異なる世界に行き元の世界に戻るという筋立ては、『イーハトヴ童話　注文の多い料理店』に収められた童話や「ひかりの素足」と共通している。「ひかりの素足」は仏教色の強い作品であり、「ひかりの素足」と『イーハトヴ童話　注文の多い料理店』の童話と「銀河鉄道の夜」との共通点と相違点を確認することによって、「銀河鉄道の夜」と仏教思想との関わりもまた見いだすことが可能になる。ただし賢治の作品の中で、短歌や詩に分類されているものについては、同じテーマや同一の筋立てといった共通点を見いだすことは難しい。そのため本書では、比較を行うにあたっては童話に分類されている作品を主に取りあげていくことにしたい。短歌や詩については、童話の考察においてとりあげたテーマと関連するものについて見ていく予定である。

また、本書がとくに童話に注目するのは、賢治の中で、仏の教えについて語ることと童話を執筆することとは強く結びついていたと考えられるからである。その消息を示すのが、現在仮に「手紙」と名づけられている四つの童話風エッセイである。それらの作品は、題名がつけられないまま印刷され、手紙として匿名で郵送されたり学校の下駄箱のなかに入れられたりしたと言われている。たとえば、「手紙四」と仮に名づけられている作品は「わたくしはあるひとから云いつけられて、この手紙を印刷してあなたがたにおわたしします」と始まっている。この書き出しは、この作品が「わたくし」から「あなたがた」への「手紙」として書かれたことを示している。

これらの作品がいつ頃書かれたのかははっきりしていないが、大正八（一九一九）年九月二十一日付の葉書（保阪嘉内宛）において「早速乍ら本日別便にて半紙刷五十枚御送附申上候　御一読の上貴兄の御意見に合する点有之候はゞ何卒貴兄の御環境に撒布奉願候」と、嘉内に配布を願っている文書が「手紙一」〜「手紙三」のいずれかを指すものと推測されていることから、大正八年以降に執筆されたものと考えられている。「手紙四」については、その内容から大正十二（一九二三）年頃に書かれたと推測されている。賢治が童話の創作を始めたのは、弟の清六によれば大正七年夏のことであり、「手紙一」から「手紙三」は、賢治の創作活動のごく初期の位置に存在している作品と言える。

「手紙一」は、釈迦が前世において竜であったときのことを述べており、これは君野隆久が指摘しているように、大品般若経の注釈書である『大智度論』に収められているおはなしを賢治が読みやすく語り直したものである（『捨身の仏教』）。「手紙二」は、仏教を広めた王として知られる古代インドのアショーカ王と一人の女とのやりとりについて語っている。「手紙四」にはチュンセとポーセという兄妹が登場している。「手紙」には「わたくし」以外の存在が登場し、その存在と他の存在との関わりの中で様々な出来事が起こる。登場する存在それぞれの思いが交錯し、何らかの結末がもたらされる。ここでは、そのような明確な筋立てをもつおはなしを物語とよぶことにしたい。そうすると、賢治が仏教について他の人々に伝えようとしたとき最初に注目したのは、仏教書において物語の形で語られた仏の教えであったと言える。私たちは、仏の教えというと「色即是空　空即是色」などのような抽象的で難解なものというイメージをもつかもしれない。たしかに仏教は、私たちの常識を覆すような鮮やかな論理と世界観をもっている。けれども同時に、仏教は古くから物語的要素をふんだんに取り入れながら、自らが見いだした真理を語り伝えてきた。たとえば賢治が心惹かれた法華経の中には、長い間離ればなれだった親子が劇的な形で再会する話や、親が子を助けるために様々な手立てを講じる話が収められている。賢治は、様々な教説だけではなく物語を通しても仏の教えについて学んでいき、やがては自らも物語という形式を用いて仏の教えを伝えようとしたと推測できよう。

そこで本書では、賢治の作品について考察するために、物語の形で語られた仏の教えにも注目することにしたい。たとえば賢治の作品には、他者のために自らのからだを投げ出そうとする存在が登場するが、そうしたふるまいを仏教思想との関わりにおいて論じようとする場合、「不惜身命」という語を用いて分析することが多い。仏教書において「不惜身命」は、その行いが必要な理由について教説の形で論じられることもあれば、その行いがなされた経緯について物語の形で説かれることもある。後者の場合、からだを投げ出そうとする存在は、人や竜や鹿など様々であり、彼らがおかれている状況もまた様々である。同じように賢治が描いた、からだを投げ出そうとするあり方も多様であり、賢治がつくりだしたおはなしの特徴を捉えるために、仏教書に登場する物語を参照することは有効であろう。その際にまず参照すべきは、賢治が目を通した物語であるが、賢治が読んだと確定できないものであっても、テーマや枠組みにおいて共通する部分がある場合には、取りあげることにしたい。

四つの「手紙」

賢治が「手紙」を通して伝えようとしていたのは、「手紙一」と「手紙三」に即して考えれば、仏という存在についてである。「手紙二」は、釈迦が前世において竜であったときに、たくさんの小さな虫に自分のからだを食べ物として与えたことを語り、「手紙三」は、自分のこころを修めることによって、どれほど小さなものであっても明らかに見ることができる力を手に入れた人について述べている。前者では仏のもつ慈悲が、後者では仏のもつ智慧が大きなテーマとなっている。仏を慈悲と智慧とをそなえた存在として捉えることは、日本に伝えられた大乗仏教においてごく基本的な事柄であった。賢治自身も「ビジテリアン大祭」のなかで、主人公の「私」に次のような主張をさせている。仏教の出発点とは「一切の生物がこのように苦しくこのようにかなしい我等とこれら一切の生物と諸共にこの苦の状態を離れたい」ということであり、「如来の慈悲である完全なる智慧を具えたる愛」の精神ゆえに肉食をしない。いいかえれば、仏とは、一切衆生の苦しみを取り除きたいと願った存在であり、そうした仏の慈悲の思いは、同時に完全なる智慧とともに存在するものであった。「如来」という言葉は、「真理から来た」または「真理に至る」という意味であり、釈迦を指している。釈迦は「釈迦牟尼」の略称であり、釈迦牟尼はシャカ族出身の聖者という意味である。

では、なぜ仏という存在について伝えるために、物語という形式が選び取られることになったのだろうか。四つの「手紙」の中で唯一物語という形式をもたない「手紙三」が、この問題について考えるための手がかりを与えてくれるので、次に見ていくことにしたい。

「手紙三」

普通中学校などに備え付けてある顕微鏡は、拡大度が六百倍乃至八百倍位迄ですから、蝶の翅の鱗片や馬鈴薯の澱粉粒などは実にはっきり見えますが、割合に小さな細菌などはよくわかりません。千倍位になりますと、下のレンズの直径が非常に小さくなり、従って視野に光があまりはいらなくなりますので、下のレンズを油に浸してなるべく多くの光を入れて物が見えるようにします。二千倍という顕微鏡は、数も少くまたこれを調節することができる人も幾人もないそうです。いま、一番度の高いものは二千二百五十倍或は二千四百倍と云います。その見得る筈の大さは

　○、○○○一四粍　ですがこれは人によって見えたり見えなかったりするのです。

一方、私共の眼に感ずる光の波長は

　○、○○○七六粍（赤　色）　乃至
　○、○○○四　粍（菫　色）　ですから

これよりちいさなものの形が完全に私共に見える筈は決してないのです。
また、普通の顕微鏡で見えないほどちいさなものでも、ある装置を加えれば

　約○、○○○○○五粍　位までのものならばぼんやり光る点になって視野にあらわれ

その存在だけを示します。これを超絶顕微鏡と云います。
ところがあらゆるものの分割の終局たる分子の大きさは水素が

　○、○○○○○○○一六粍　砂糖の一種が

○、○○○○○五五粍　という様に
計算されていますから私共は分子の形や構造は勿論その存在さえも見得ないのです。しかるに。この様な、或(あるい)は更に小さなものをも明(あきらか)に見て、すこしも誤らない人はむかしから決して少くはありません。この人たちは自分のこころを修めたのです。

最後に登場する「この様な、或は更に小さなものをも明に見て、すこしも誤らない人」は、仏を指していると考えてよいだろう。彼らは自分のこころを修めることによって、どれほど小さなものであっても明らかに見ることができるという完全なる智慧を手に入れた。心静かに瞑想することによって智慧を獲得できるという教えは、初期仏教より一貫しており、大乗仏教においても、瞑想し真理を観察するという行いは、他者の救済を目指し修行する者がなすべきこととされていた。このような修行を通して体得できる知のはたらきについて説明するために、賢治は顕微鏡を利用した。顕微鏡は、私たちの知と仏の知とを結びつける役割を果たしている。

私たちは通常、自分の目で世界を捉え、ものの色や形を確かめている。空を舞う紋白蝶は白い羽をひるがえし、掘り起こしたばかりの馬鈴薯は土をまといごつごつとした姿を見せている。しかし、いったん顕微鏡をのぞけば、それまで見ることのできなかった世界が広がる。蝶の羽を覆う鱗粉も、馬鈴薯がその内に貯える澱粉の粒も見ることができる。顕微鏡が見せてくれるのは、今までたしかに目の前に存在していたが、私たちが決して見ることができなかった新しい世界である。

賢治は徐々に顕微鏡の精度を上げていく。もっとも顕微鏡は、誰でも簡単に扱えるものではなく、対象をしっかりと捉えるためには様々な手立てが必要になる。自分が身につけた技術によって、私たちはより小さなものをとらえることができる。さらに顕微鏡という道具もまた進化していく。その進化を支えていたのは、より小さなものを見たいという願いであろう。そうした願いが超絶顕微鏡を生み出していく。しかしその願いは、顕微鏡という道具によっては果たされることがない。道具のもつ限界を告げたところで、賢治は、こころを修めるという別の方法を新たに提示する。

どこかで限界に達するという意味では、私たちがからだを通して知ることと、近代科学が発明した道具を通して知ることとは連続している。このような知のあり方は、すべてを捉えることができる仏の知のあり方とは断絶している。一方、肉眼で捉えられない世界を見るという点に注目すれば、近代科学がもたらした知が捉える世界と、仏の知が捉える世界とは、連続することになる。「手紙三」において、丁寧に連ねられていく数字からは、この過程が、私たちにとって想像しがたい仏の知に一歩ずつ近付いていくための、一つの方法と見なされていたことが読み取れよう。より小さなものを見たいと願い、顕微鏡の精度を上げようと工夫し続ける、その努力のむこう側に、その願いを完全に実現した存在として仏が夢想される。

賢治は「私ども」の視点から仏について語ろうとしている。賢治が想定している「私ども」は、いまだ完全なる智慧をもたず、仏の教えを知らない存在であろう。仏の教えを教説の形で語ろうとするとき、語り手は、何らかの形で仏の教えをすでに知っているという位置に立っている。教説は仏が捉えた真理を抽象的な概念を用いて説明するものであり、教説を通して仏の教えを理解しようとする場合には、仏が捉えた世界を主に自らがもつ知のはたらきを通して理解することがめざされていると言える。けれども「手紙三」が語るように、仏が捉えた世界は、私たちが捉えている世界とはへだたりがある。私たちはそのへだたりを超え、どのように仏が捉えた世界と出会うことができるのだろうか。

仏との出会い

このような問いに対して、物語は、いまだ仏の教えにふれたことのない者を主人公にすえ、その視点から仏との出会いを語ることができる。たとえば「ひかりの素足」は、一郎と楢夫（ならお）という兄弟が山の中で吹雪にあい、「うすあかりの国」へ行き、「白くひかる大きなすあし」をもつ人に出会うという物語である。「白くひかる大きなすあし」をもつ人は、賢治が表現した仏の姿であると考えられるので、この作品は、仏のいる世界を一郎と楢夫がふだん暮らす世界とは別の形で設定し、その見知らぬ世界へ一郎が行き、再び戻ってくるという経験を語ることによって、仏との出会いがどのような形で体験されるのかを語ろうとするものと言える。この作品を読む者にとって、一郎と楢夫が暮らす世界は共感可能なものとして存在している。その世界を「こちら側」とすれば、「うすあかりの国」は「むこう側」の世界であり、そこは、読み手の常識が通用しない、不思議で恐ろしい世界である。この作品では、「むこう側」を「こちら側」の視点から語ることによって、二つの世界の連続性とへだたりを、読み手に具体的に伝えることが可能になっている。

もっとも賢治の作品を見ると、「ひかりの素足」のように仏教色の強い作品は、それほど多くはない。ことに『イーハトヴ童話　注文の多い料理店』などのように、実際に発表された作品の中には、仏を思わせる存在は登場しない。そうすると、賢治は仏の教えについて伝えることをやめたようにも見えるが、一方で、先ほど指摘した「こちら側」の視点から「むこう側」を語るというあり方は、『イーハトヴ童話　注文の多い料理店』から、「銀河鉄道の夜」に至るまで一貫している。

また、これらの作品は何らかの形で「ほんとう」を描き出そうとしているという点でも共通している。「ひかりの素足」では、「白くひかる大きなすあし」をもつ人が、一郎に対して「よく探してほんとうの道を習え。」と言っている。「手紙一」は、仏教書に収められている物語を賢治が読みやすい形で語り直したものであるが、そこでは原文に登場する「仏道」ということばが「まことの道」と言い換えられており、「お釈迦様」について、他の存在に「まことの道」を教え、「みんなに一番のしあわせ」を与えた人と語られている。「まことの道」や「ほんとうの道」は、仏の道を指すことばであり、このことばは『イーハトヴ童話　注文の多い料理店』や「銀河鉄道の夜」には登場していない。

しかし、『イーハトヴ童話　注文の多い料理店』では、その序において「わたくしは、これらのちいさなものがたりの幾きれかが、おしまい、あなたのすきとおったほんとうのたべものになることを、どんなにねがうかわかりません」ということが語られており、「銀河鉄道の夜」では、主人公のジョバンニが「みんなのほんとうのさいわいをさがしに行く」ことを決意している。賢治は一貫して「しあわせ」や「さいわい」について考え続けており、その過程において「ほんとう」ということばは大きな意味を担い続けている。それはいいかえれば、今自分が見聞きし感じていることを、何らかの形で偽りのもの、不確かなものと捉える視点をもっているということである。

このような視点を、賢治は仏教との関わりを通じて身につけていった。賢治は、どうすれば幸せになることができるのかを考え続け、仏教用語を使わずに、仏の教えを通して自分が捉えた世界を表現しようと試みたと言えよう。では、それはどのような世界なのだろうか。本書では、賢治が用いた「ほんとう」や「さいわい」ということばと、賢治が描いた様々な「むこう側」の世界に注目することによって、このような問題について考えていきたい。

近代科学と仏教

以上のような視点から賢治の作品を読んでいくとき、賢治がもっていた近代科学に関する知識や賢治が行った農業に関する実践と、賢治の思想との関わりはどのように捉えることができるだろうか。近代科学に関する知識と作品との関係については、たとえば賢治が学んだ相対性理論や進化論などがどのような影響を作品に与えたのか、これまで考察されてきた。あるいは、農業に関する実践と賢治の思想との関わりについては、賢治が書いた「農民芸術概論綱要」などを手がかりとして、賢治の思想を明らかにしようとする試みがなされてきた。しかし本書ではこのような考察は行わない。最初に述べたように、本書では仏教に注目し賢治の思想について考察していくことを目指しているが、それは、賢治の思想を仏教という視点から一貫して捉えることによって、その変化をたどることができると考えたからである。もちろん、賢治の思想を近代科学の受容という視点から一貫して捉えることによって、その変化をたどることも可能であるが、二つの視点が混ざることによって論が錯綜する危険がある。そのため、後者については本書では行わないこととした。

ただしそれは、近代科学や農業について全く扱わないということではない。「手紙三」が示していたように、賢治にとって近代科学がもたらした知は、仏の知のあり方を伝えようとするとき必要なものであった。物語において近代科学がどのような役割を果たしているのかを確認することは、賢治がどのように仏の教えを表現しようとしたのかを捉えるために重要である。また賢治は「グスコーブドリの伝記」などの作品において、農業に携わる登場人物を設定している。「グスコーブドリの伝記」は仏教色のない作品であるが、この作品と他の作品とを比較することによって、「グスコーブドリの伝記」と仏教との関わり、さらには農業と仏教との関わりもまた見いだせると予想できよう。

近代科学と仏教、あるいは農業と宗教的実践という、かけ離れたように見える二つの事柄が、賢治の作品の中では一つの世界を形作っている。宗教と科学は、私たちからすれば相反する性質をもつように感じられるが、賢治がつくりだした「物語」に注目することによって、宗教と科学を一つの土俵の上で捉え返すことが可能になるのである。

本書の構成

第Ⅰ章では「銀河鉄道の夜」について賢治の他の作品と比較しながら考察し、賢治が「みんなのほんとうのさいわい」についてどのように考えていたのかをたどることにしたい。続いて第Ⅱ章と第Ⅲ章では、賢治の実人生によりそいながら、賢治の信仰の変遷をおっていく。ある人物の生涯と思想を語ろうとするのであれば、その出生から順に論じていくのが一般的であろう。しかし、賢治の生い立ちから語り始めた場合、論の中心は、賢治が実際にどのような思想にふれ、自らの信仰を確立したのかということになり、賢治の作品と仏教思想との関わりについて問うことは難しくなる。父や友への手紙において賢治は、自らの信仰を難解な仏教用語を用いながら語っており、その内容と作品とのあいだには距離がある。賢治の思想世界に、こちらの側面から入ってしまうと、どこへ向かうのかわからず途方に暮れてしまう。そこで第Ⅰ章であらかじめ賢治がたどりついた地点を確認しておきたい。

第Ⅳ章と第Ⅴ章では、再び作品論に戻る。ここでは、第Ⅱ章と第Ⅲ章で明らかになった賢治の信仰のあり方をふまえた上で、『イーハトヴ童話　注文の多い料理店』について考察していく。そして最後に、再び「銀河鉄道の夜」を取りあげることによって、第Ⅰ章の内容が、第Ⅱ章と第Ⅲ章で論じた信仰のあり方とどのように結びつくのかを確認していく。そのことによって、第Ⅰ章ではふれることができなかった「銀河鉄道の夜」の別の側面にも目を向けることが可能になる。

賢治が作品の中で描き出した世界と、賢治が仏教思想を通して感じとった世界、その二つの世界の姿と両者の結びつきを、本書は丁寧にたどっていきたいと思う。

目次

第Ⅳ章　イーハトヴ童話

第Ⅴ章　みんなを思うこと

第Ⅰ章

ただ一人を思うこと

（資料提供：日本近代文学館）

『心象スケッチ　春と修羅』（複刻版）の表紙、函（大正 13（1924）年４月刊行）『心象スケッチ　春と修羅』に収められている一連の挽歌群からは、賢治が、トシに対する思いと仏の教えとの間で葛藤していたことが読みとれる（38 ～ 39 頁参照）。

「手紙四」

家　族

宮沢賢治は、明治二十九（一八九六）年、岩手県稗貫郡里川口町（現花巻市）に、政次郎・イチ夫妻の長男として誕生した。出生日は、戸籍上は八月一日となっているが、正確には八月二十七日であったと推定されている。その二年後には妹のトシが生まれ、続いてシゲ・清六・クニが誕生している。弟の清六は、賢治亡き後残された賢治の作品を出版するために尽力した。その結果、生前には発表されることのなかった多くの作品を、現在私たちは目にすることができている。政次郎は、父喜助が始めた質・古着商をつぎ、事業を大きく発展させた人物である。政次郎は、開通したばかりの鉄道を利用して四国や関西まで古着を仕入れに行くなど、時勢に応じた経営を行うとともに、第一次世界大戦による好景気のときには積極的に株式投資を行うことによって、利益を獲得した。また、明治四十（一九〇七）年には花巻川口町会議員に当選し計四期をつとめ、さらに小作調停委員・家事調停委員・司法委員などに選任され、たびたび表彰されている（全集第十六巻下、千葉一幹『宮沢賢治』）。

長男として生まれた賢治は、このように多方面で活躍していた政次郎の跡をつぐべき存在として期待されていたわけだが、賢治はこうした道に進むことを拒絶した。しかし、賢治が「はじめに」で述べたように様々な活動ができたのも、父の後ろ盾があったからだと言える。

「手紙四」から「銀河鉄道の夜」へ

宮沢清六によれば、大正七（一九一八）年の夏に賢治は自作童話「蜘蛛となめくじと狸」「双子の星」を家族に読みきかせたという。「蜘蛛となめくじと狸」は、蜘蛛となめくじと狸が「地獄行きのマラソン競走」をしていたというおはなしであり、「双子の星」は天上にすむ双子の星を主人公とするおはなしで、その中には「空の王様」という世界全体を見ている超越的な存在が登場している。この二つの作品は仏教との関わりが見えやすいと言えるが、両方とも雑誌に掲載されるといった形で公表されることはなかった。

賢治が実際に発表した初期の作品として注目されるのは「〔旅人のはなし〕から」であろう。これは大正六（一九一七）年七月一日に発行された『アザリア』第一号に掲載された作品である。『アザリア』は、賢治が盛岡高等農林学校在学中に、河本義行（一八九七〜一九三三）や保阪嘉内とともに刊行した同人誌であり、この同人誌に賢治は短歌を中心に様々な作品を発表している。賢治は盛岡中学三年生の頃から短歌の創作を始めたとされており、盛岡高等農林学校時代には『校友会会報』に短歌を掲載している。そうした中で「〔旅人のはなし〕から」は、「手紙四」と同じように「私」が読み手に語りかけるという形式をもつ童話風の作品である。この作品に登場するいくつかの逸話は、仏教書にもとづいて賢治が新たに創作したものとなっている。「手紙一」「手紙二」「手紙三」を含め、大正六年から大正八年にかけて書かれた童話には、仏教の影響が色濃くあらわれている。

　しかし、大正十三年十二月に出版された『イーハトヴ童話　注文の多い料理店』になると、仏教との結びつきは見えにくくなる。その後「オツベルと象」「グスコーブドリの伝記」などが雑誌に掲載されたが、「銀河鉄道の夜」は生前発表されることはなかった。賢治はこの作品におそらく十年近くものあいだ手を入れ続けており、その内容も大きく変わっている。全集には、「銀河鉄道の夜」と題する作品として四つの作品が収められており、本書ではそれぞれを「初期形第一次稿」「初期形第二次稿」「初期形第三次稿」「最終形」と呼ぶこととしたい。これらの作品からは賢治の推敲過程をたどることができ、その過程からは、「ほんとうのさいわい」というテーマが一貫して取りあげられていることがわかる。しかし、「はじめに」で述べたように「銀河鉄道の夜」と仏教との結びつきは見えにくい。そこで、参考になるのが「手紙四」である。

　「手紙四」には仏教用語が登場しており、「すべてのいきもののほんとうの幸福」をめぐる主張が仏教思想をふまえた上でなされている。ただし「手紙四」は、「手紙一」のように仏教書に収められている物語をそのまま利用して綴られているのではなく、チュンセとポーセという賢治が考案した人物が登場している。したがって「手紙四」は、賢治が仏の教えを独自の形で表現しようとした作品と位置づけることができる。本章ではまず「手紙四」を読み、仏教と出会った賢治が、読み手に何を伝えようとしたのか見ていくことにしたい。

「手紙四」

わたくしはあるひとから云いつけられて、この手紙を印刷してあなたがたにおわたしします。どなたか、ポーセがほんとうにどうなったか、知っているかたはありませんか。チュンセがさっぱりごはんもたべないで毎日考えてばかりいるのです。

ポーセはチュンセの小さな妹ですが、チュンセはいつもいじ悪ばかりしました。ポーセがせっかく植えて、水をかけた小さな桃の木になめくじをたけて置いたり、ポーセの靴に甲虫を飼って、二月もそれをかくして置いたりしました。ある日などはチュンセがくるみの木にのぼって青い実を落していましたら、ポーセが小さな卵形のあたまをぬれたハンケチで包んで、「兄さん、くるみちょうだい。」なんて云いながら大へんよろこんで出て来ましたのに、チュンセは、「そら、とってごらん。」とまるで怒ったような声で云ってわざと頭に実を投げつけるようにして泣かせて帰しました。

ところがポーセは、十一月ころ、俄かに病気になったのです。おっかさんもひどく心配そうでした。チュンセが行って見ますと、ポーセの小さな唇はなんだか青くなって、眼ばかり大きくあいて、いっぱいに涙をためていました。チュンセは声が出ないのを無理にこらえて云いました。「おいら、何でも呉れてやるぜ。あの銅の歯車だって欲しけややるよ。」けれどもポーセはだまって頭をふりました。息ばかりすうすうきこえました。

チュンセは困ってしばらくもじもじしていましたが思い切ってもう一ぺん云いました。「雨雪とって来てやろか。」「うん。」ポーセがやっと答えました。チュンセはまるで鉄砲丸のようにおもてに飛び出しました。おもてはうすくらくてみぞれがびちょびちょ降っていました。チュンセは松の木の枝から雨雪を両手にいっぱいとって来ました。それからポーセの枕もとに行って皿にそれを置き、さじでポーセにたべさせました。ポーセはおいしそうに三さじばかり喰べましたら急にぐたっとなっていきをつかなくなりました。おっかさんがおどろいて泣いてポーセの名を呼びながら一生けん命ゆすぶりましたけれども、ポーセの汗でしめった髪の頭はただゆすぶられた通りうごくだけでした。チュンセはげんこを眼にあてて、虎の子供のような声で泣きました。

それから春になってチュンセは学校も六年でさがってしまいました。チュンセはもう働いているのです。春に、くるみの木がみんな青い房のようなものを下げているでしょう。その下にしゃがんで、チュンセはキャベジの床をつくっていました。そしたら土の中から一ぴきのうすい緑いろの小さな蛙がよろよろと這って出て来ました。

「かえるなんざ、潰れちまえ。」チュンセは大きな稜石でいきなりそれを叩きました。

それからひるすぎ、枯れ草の中でチュンセがとろとろやすんでいましたら、いつかチュンセはぼおっと黄いろな野原のようなところを歩いて行くようにおもいました。すると向うにポーセがしもやけのある小さな手で眼をこすりながら立っていてぼんやりチュンセに云いました。

「兄さんなぜあたいの青いおべべ裂いたの。」チュンセはびっくりしてはね起きて一生けん命そこらをさがしたり考えたりしてみましたがなんにもわからないのです。どなたかポーセを知っているかたはないでしょうか。けれども私にこの手紙を云いつけたひとが云っていました「チュンセはポーセをたずねることはむだだ。なぜならどんなこどもでも、また、はたけではたらいているひとでも、汽車の中で苹果をたべているひとでも、また歌う鳥や歌わない鳥、青や黒やのあらゆる魚、あらゆるけものも、あらゆる虫も、みんな、みんな、むかしからのおたがいのきょうだいなのだから。チュンセがもしもポーセをほんとうにかあいそうにおもうなら大きな勇気を出してすべてのいきもののほんとうの幸福をさがさなければいけない。それはナムサダルマプフンダリカサスートラというものである。チュンセがもし勇気のあるほんとうの男の子ならなぜまっしぐらにそれに向って進まないか。」それからこのひとはまた云いました。「チュンセはいいこどもだ。さアおまえはチュンセやポーセやみんなのために、ポーセをたずねる手紙を出すがいい。」そこで私はいまこれをあなたに送るのです。

「手紙四」

いじ悪と雨雪

突然妹を失ったチュンセの悲しみと衝撃、そしてその後におとずれた戸惑いが鮮やかに描き出され、続けて「あるひと」の謎めいたことばが伝えられる。このような手紙をもし受けとったとしたら、気味の悪さを感じつつも、ふと、ポーセは本当にどうなったかと考えてしまいそうな不思議な力をもっている。その理由は、チュンセが「ポーセはほんとうにどうなったか」と問うに至った経緯が丁寧に語られていることにある。この問いは直接的には、蛙を叩いた後に、ポーセと夢の中で出会ったことによって生み出されたが、その前提には、ポーセが亡くなるまでのあいだに二人が積み重ねてきた関係が存在している。

もともとチュンセはポーセに「いつもいじ悪ばかり」していた。ところが十一月頃、急にポーセが病気になってしまう。チュンセはポーセに「おいら、何でも呉れてやるぜ。あの銅の歯車だって欲しけややるよ。」と言い、その申し出が拒まれると「雨雪とって来てやろか。」と言う。この一連の出来事を見ると、チュンセはポーセの病気によってその態度を大きく変化させているように感じられる。「いじ悪」な兄から親切な兄へと大きく転換しているように見えるだろう。しかし、チュンセの立場から考えてみると、チュンセは一貫してポーセに積極的に関わろうとしていることに気づく。

そもそも「いじ悪」をするためにも「雨雪とって来てやろか。」と言うためにも、ポーセの願いを明確に把握している必要がある。たとえば「いじ悪」の例として、ポーセが大切にしていた桃の木になめくじをおくということが描かれているが、この「いじ悪」は、この桃の木をポーセが大切にしているると知っているからこそできることである。したがって、チュンセは常にポーセの願望が何であるかに関心を払っており、その願望を邪魔する、あるいは叶えるという形で、一貫してポーセに積極的に関わろうとしていると言えるだろう。

このようにポーセに積極的に働きかけることによって、ポーセは「泣く」等の何らかの反応を示し、その結果チュンセは、自分は確かに何かをしたという手応えを得ることになる。チュンセは、ポーセに働きかけることによってポーセの生き生きとした反応を確認し、自分もまた生きて動いているということを実感している。チュンセは、自分という存在をポーセとの関わりを通じて確認し、支えていたのである。

では、「いじ悪」と「雨雪とって来てやろか。」という違いが生じたのはなぜだろうか。それはいいかえれば、ポーセの病気によって何が変化したのかということであろう。病気になるとは、今までのように何かを願って行動することができないということである。したがって、ポーセの行動を直接邪魔するという形でポーセに関わることができない。すなわち、「いじ悪」とは、ポーセが何かをくり返し願い行動することによって初めて可能になる関わり方なのである。

元気だったときのポーセはいつも様々なことを願っていた。桃の木を大切に育てようと願い、くるみが欲しいと願い、その願いを直接あらわしていた。それに対してチュンセは、ポーセのそうした願いの一つ一つを邪魔していった。「いじ悪」とは、相手に自分が何をしたのかはっきりと示す営みである。逆に親切は伝わらないこともあり得る営みであるだろう。たとえば、ポーセの大切にしている桃の木にチュンセが水をかけてあげたとしても、それはポーセがふだん行っていることと同じである以上、ポーセは気付かないかもしれない。しかし、桃の木になめくじを置くなら、ポーセは絶対に気付くだろうし、またその結果のポーセの反応も、驚く、泣く等、極めて分かりやすい。「いじ悪」とは、自分が何かをしたということの手応えを得やすい関わり方と言えるだろう。

チュンセは、ポーセの願いを邪魔するが、ポーセは再び新たに何かを願う。それに対してチュンセはまた邪魔をする。チュンセは「いじ悪」を繰り返すことによってポーセとの関わりを継続してきた。いいかえればチュンセは、ポーセがいつも何かを願い行動し続けるという元気さに依存する形で、ポーセに関わっていた。しかし、病気になってしまったポーセは、今までのように分かりやすい形で何かを望んではいない。したがって、ポーセの望みを邪魔するという形でチュンセはポーセに関わることはできない。おそらく、この時チュンセは、自分がポーセに頼っていたことや、自分にとってポーセとの関わりがどれほど大切だったかに気付いただろう。と同時に、その関わりが途絶えるかもしれないという危機感をも抱いただろう。だからこそ、そのときチュンセは、ポーセとの関わりを求めて「おいら、何でも呉れてやるぜ。あの銅の歯車だって欲しけややるよ。」と自分の宝物すべてを投げ出そうとするのである。「銅の歯車」は、チュンセが最も大事にしていたものであっただろう。もしかしたらポーセは幾度か兄の宝物を欲しがったのかもしれない。だがおそらく、チュンセはそれをことごとく断ってきた。その最も大事な物を、チュンセは今この瞬間に差し出そうとする。

しかしポーセは黙って頭をふる。すでにポーセの願いは、そうしたチュンセの宝物には向けられていない。おそらく以前であれば、心から喜んだであろう申し出も、今は心惹かれるものではなくなっている。

では、チュンセはどうしたか。すべてを投げ出して失敗したチュンセは、困ってしばらくもじもじしていたが、思い切ってもう一度、ポーセに声をかける。「雨雪とって来てやろか。」という申し出に対するポーセの答えは「うん。」であった。

チュンセの思った通り、今ポーセの願いはただ一つ、「雨雪を取ってくること」であった。おそらく、それが最後の願いとなるだろう。だが病気で寝ているポーセには、それは絶対に自分で叶えることのできない願いである。

そのポーセの願いをはっきりつかんだとき、チュンセは外に飛び出す。ポーセの願いを叶えること、それが今チュンセになしうる唯一のポーセとの関わりであった。「いじ悪」が、日常においてポーセの願望がくり返し生み出されることが前提となっている関わりであるのに対して、この場面においてチュンセがポーセの願いを叶えようとする営みは、ポーセの願いがたった一つに収斂し、それがポーセには絶対不可能であるというときに生じる、非日常的な一回的な関わりである。

チュンセが「両手にいっぱい」取ってきた雨雪を、ポーセは「おいしそうに」食べる。ところが三さじばかり食べると、ポーセは急にぐたっとなって息をしなくなる。ポーセはもう、動かない。ただ、おっかさんが揺すったとおり、動くだけである。

チュンセは泣く。もうポーセは、チュンセが「いじ悪」をして泣くことも、チュンセの取ってきた雨雪を「おいしそうに」食べることも、無い。ポーセの生き生きとしたすべての反応が消え、ポーセとチュンセの関わりは、消える。

「ポーセがほんとうにどうなったか」という問いは、こうした、ポーセとチュンセの直接的かつ具体的な関わりを背景にして生まれている。この問いだけでは、これは「ポーセは今自分とは無関係なところで何をしているのか」という問いのようにも見える。だがチュンセは、ポーセの生き生きとした反応を通じて、自己を確かなものとして実感していた。したがって、「ポーセがほんとうにどうなったか」とポーセのありようを問うことは、自分が生きているという手応えはどうなってしまったのか、と問うことでもある。ポーセの死によって浮かび上がってくるのは、ポーセの不在であると同時に、ポーセとの関わりの不在であり、さらに自己という存在の不確かさである。チュンセは、自分のよりどころとなる関わりを失い、ただ一人立ちすくんでいる。

蛙

季節は冬から春へとうつりかわる。チュンセは小さな蛙を潰した。するとその後ポーセが現れ「兄さんなぜあたいの青いおべべ裂いたの。」と言った。チュンセは驚いてはね起きる。おそらくチュンセは、ポーセと蛙の間には何らかのつながりがあるのだろうか、ポーセは蛙になったのだろうか、と考えただろう。「手紙四」の最初にある「ポーセがほんとうにどうなったか」という問いは、この場面で生じた疑問と結びついている。

この出来事だけを見ると、ポーセは蛙になったようである。しかし、もしチュンセがポーセは蛙になったのだと思ったのなら「ポーセがほんとうにどうなったか」と問うことはないだろう。だがチュンセはいろいろ考えて、結局「なんにもわからない」。チュンセはどのようなことを考えていたのであろうか。

先ほど述べたように、ポーセとチュンセの関わりということに注目すると、ポーセの「兄さんなぜあたいの青いおべべ裂いたの。」という言葉は重要な意味を持ってくる。この言葉によれば、ポーセは兄さんが自分の服を裂いたと思っている。けれども、チュンセは直接そんなことをした覚えはない。

もちろんその前に蛙を叩くことは叩いた。だがチュンセは、その蛙がポーセだと考えて叩いたわけではない。もしかすると、あの蛙はポーセだったのかもしれないと後から考えたかもしれないが、どう頑張っても、あの蛙を叩いたとき、自分はポーセと関わっているとは全く思えなかっただろう。自分にいじ悪をしたと言うポーセに対して、チュンセの方には、ポーセと関わったという自覚がない。さらに、ポーセは「ぼんやり」言ったことをも考え合わせると、そのポーセの言葉を聞いたという関わりが存在したことすらも、曖昧である。

だがチュンセは、ポーセとの関わりが全くなかった、と言い切ることはできないだろう。むしろこの出来事が示唆しているのは、実はポーセが死んだ後もポーセとかかわり合っているのに、自分はそれに気づいていないという可能性である。

ここで興味深いのは、両者の関係が以前のように「いじ悪」として描かれていることである。この場面が、もしチュンセがポーセに親切にするという展開になっていたとしたら、たとえば、チュンセが蛙を助けると後でポーセにありがとうと言われるという展開だったとしたら、おはなしはそこでハッピーエンドになる。ポーセはどこかで幸せにやっているのだとチュンセは思うことができる。ここでは、あくまでもチュンセが蛙に対していじ悪をしてしまったからこそ、チュンセは問わざるを得なくなる。もしかすると、これからも自分が気づかないうちにポーセにくり返しいじ悪をしてしまうかもしれない、そういう不安をぬぐい去ることができないからだ。「わたくし」はそうしたチュンセの問いを再びそのまま読み手に投げかける。

果たして死者との関わりは存在するのだろうか。そう問われたときおそらく多くの人が、存在しないと答えるだろう。私たちは死者の姿を見ることはできないし、死者の声を聞くこともできないからである。しかしそうすると、実は亡くなった人との関係は、「存在しない」なのではなく「わからない」というのが、最も正確なのではないだろうか。わからないことをとりあえず存在しないことにするというあり方は、わからないことを問うという営みを中断させる力をもつ。それは、わからないままに悩み続けるという状態の苦しさを思えば、自分を守るために必要な方法とも言えるだろう。そのとき、自分に捉えることのできる範囲が、世界のすべてとなる。けれども、亡くなった大切な人のことを思うとき、それほど簡単にわからないことは存在しないと割り切ることはできない。むしろ、わからないことを何とかわかろうとする。それは、今となっては全く見えないつながりを何とかして見ようとする営みである。そのとき、わからないことは存在しないと考える立場から、わからないけれども存在するかもしれないという立場へと一歩踏み出していると言える。チュンセもまた、他ならぬポーセのことだからこそ、ひたすら考え続けているのである。

「みんな、みんな、むかしからのおたがいのきょうだい」

チュンセの問いを投げかけた「わたくし」は、続いて「あるひと」のことばを「あなたがた」に伝える。そこには「ナムサダルマプフンダリカサスートラ」という不思議な呪文のように聞こえることばが登場する。これは、「南無妙法蓮華経」という語を、サンスクリット語の音で表記したものである（ただし正確な表記ではないとされている）。すなわち、「あるひと」は、「すべてのいきもののほんとうの幸福」は、南無妙法蓮華経であると述べたのであり、したがって「あるひと」は、何らかの形で仏の教えと関係のある存在であると言える。そうすると「みんな、みんな、むかしからのおたがいのきょうだい」という考えもまた、仏教で言うところの輪廻転生の思想と関係があると考えられる。

輪廻転生という考えによれば、生あるものは解脱をしない限り、くり返し六道（天・人・修羅・畜生・餓鬼・地獄）に生まれ変わる。そのそれぞれの生において、生あるものは他の生あるものと親子や兄弟等の関係を結ぶが、次の生ではもうお互いに見知らぬ関係となる。けれども私たちが無限の間生まれ変わってきたとすれば、その間無数の存在とかかわり合ってきたことになる。したがって、生あるものはすべて、かつてどこかで己の兄弟だったことがあり得る。だからこそ「みんな、みんな、むかしからのおたがいのきょうだい」であると言うことができる。

そうすると、なぜ「ポーセをたずねることはむだ」になってしまうのだろうか。それは、どれほど妹ポーセを求めても、他の死んだすべての存在が、さらに今生きているすべての存在が、かつて自分の妹であったかもしれない以上、妹ポーセを求めることはそのすべての存在を呼んでしまうことになるからである。

このことは、亡くなったポーセをたずねようとするとき、その手がかりは兄妹という二人の関わりそのものしか残っていないことを意味している。ポーセが生きていれば、チュンセがポーセをたずねようとするとき、その手がかりとなるのは、「ポーセ」という名であったり、ポーセの顔や姿であるだろう。だがポーセは死んでしまった以上、今どのような姿をしているかは全くわからない。それでもなおポーセをたずねようとするとき、そのよりどころとして浮かび上がるのが、自分たちが結んでいた兄妹という関係である。ポーセが死んでしまっても、チュンセが兄でありポーセが妹であることは変わらない、そのような意味で死んでもなお二人の関わりは変わらないと思うことが、ポーセをたずねる手がかりとなる。そのときチュンセは「自分は兄である」と自覚的に自分に言い聞かせることになる。それは具体的な妹がいないところで、妹とのつながりを実感し自分を確認しようとする、観念的な営みであるだろう。

だが、そうした「兄妹」という唯一の手がかりと思えたことが、まさにそれゆえに、すべての生きものを呼び寄せてしまう。なぜなら、みんな、自分の妹だから。だから、ポーセだけを求めることは無駄になってしまう。しかし逆に言えば、そのみんなの中には必ずポーセは入っている。

さしあたり「あるひと」のことばにもとづいて、チュンセがたどる思考の道筋を追ってみたが、輪廻転生思想を離れて考えてみたとしても、亡くなった大切な人のゆくえを追い求めた結果、すべての存在との関係に思い至ることは、十分にありうることだと思われる。先ほど述べたように、亡くなった大切な人がどうなったかを問うとき、人はわからないことは存在しないと考える立場から、わからないけれども存在するかもしれないという立場へと一歩踏み出していた。それは見えない関わりを存在すると思い、何とかして見ようとする営みである。しかし考えてみれば、自分が無縁と思っている他の亡くなった存在たちともまた、本当は関わりがあるのに、自分には見えていないだけなのではないだろうか。自分には、亡くなった大切な人との関わりが見えていないと考えることによって、そうした無数の存在との見えない関わりの可能性に思い至ることができる。したがって、自分に捉えることができる世界を超え出て大切な人との見えない関わりを見ようとすることは、同時に無数の存在との見えない関わりを見ようとすることにつながっていく。さらには、亡くなったものたちだけではなく、生きているものたちとの見えない関わりを見ようとすることにもなるだろう。

チュンセが「自分は兄である」ということにすべてをかけようとするとき、結果的にたどるのは、このような道筋なのではないだろうか。「自分は兄である」と思うとは、見えない関わりの中に自分を位置づけようとすることである。それはいいかえれば、自己を支え確かなものとしてくれるのは、今となっては見ることも触ることもできない存在なのだと自覚することであろう。だが、このように一つの見えない関わりの中に自分をおくことによって、結果的には自分が見ることのできないすべての関わりに気づくことにもなる。亡くなった大切な人との関わりを思うことによって、すべての生きものとの関わりを意識することになる。「すべてのいきもののほんとうの幸福」を探すことは、このような思考の延長線上に存在している。

思索の出発点

「あるひと」が、輪廻転生思想にもとづいて提示したのは以上のような関係の広がりであり、このような関係を意識した上で、チュンセは「すべてのいきもののほんとうの幸福」を探し、それは「ナムサダルマプフンダリカサスートラ（南無妙法蓮華経）」であるという地点にたどり着くことが求められている。

一般的には、この「すべてのいきもののほんとうの幸福」は「ナムサダルマプフンダリカサスートラ」であるという仏の教えが、この「手紙四」の主題として重要視されている。だが「あるひと」は、この教えを手紙に書けとは述べていない。「あるひと」が最後に述べたのは、「チュンセはいいこどもだ。さアおまえはチュンセやポーセやみんなのために、ポーセをたずねる手紙を出すがいい。」ということであった。「ポーセをたずねることはむだだ。」と言った「あるひと」は、決してチュンセのそうした営みを否定していたわけではない。むしろ、チュンセは「いいこども」であり、「ポーセをたずねる手紙」を出すことを、「私」に勧めているのである。

物語全体を見てもわかるように、「ポーセがほんとうにどうなったか」をたずねることが、この手紙の中で一貫してくり返されていたことであり、したがって「手紙四」が読み手に求めたのは、「ポーセがほんとうにどうなったか」を問うことである。それは、「あなたがた」一人ひとりが、ポーセはどうなったか考え、さらにまた自分にとって大切な人が亡くなった後どうなったかを考えてもらうことであろう。おそらくそれぞれの人が、様々な思索を経て、何らかの結論に達するだろう。この手紙は出発点を明確に示すことによって、一人ひとりにそうした思想的な営みを行うことを求めている。

もちろん「あるひと」はそのような出発点にはいない。「あるひと」は、チュンセがポーセをたずねることは無駄だと悟り、みんなの幸福をさがし、それは「ナムサダルマプフンダリカサスートラ」

であるという結論に出会うという、極めて長い思想的な営みを一気に性急に結論まで述べている。だがそれらは、決してチュンセに向かって直接述べられてはいない。あくまでも「あるひと」が命じたのは「ポーセをたずねる手紙を出す」ことである。それは、チュンセのように、亡くなった大切な人をたずねるということのみが、そうした長い長い思索の出発点となることを認めているということであろう。

「すべてのいきもののほんとうの幸福」とは何かという問いに気づくこと、あるいは、仏の教えが自分に響いてくること、そうした出会いの出発点には、自分にとって大切な人について考えるという営みが潜んでいる。それはたしかに、抱えていることがつらく苦しい問いであるが、その問いのゆくえを賢治は見定めようとしている。その背景にあるのが、賢治自身が妹のトシを失い、その死後のゆくえを切実に追い求めたということであった。

「オホーツク挽歌」

連作「オホーツク挽歌」

明治三十一（一八九八）年十一月五日に誕生したトシは、大正四（一九一五）年四月に日本女子大学校家政学部予科に入学し、東京での生活を始めることとなった。翌年三月に予科を修業すると、四月には日本女子大学校家政学部に入学した。卒業後は花巻に戻り、大正九年九月より母校花巻高等女学校教諭心得となる。しかしその翌年、体調不良が続いたため九月に退職する。トシが二十四歳の若さで亡くなったのは、大正十一（一九二二）年十一月二十七日のことであった。この日の様子を描いた詩が「永訣の朝」「松の針」「無声慟哭」であり、大正十三（一九二四）年に出版された『心象スケッチ　春と修羅』に収められている。「きょうのうちに／とおくへいってしまうわたくしのいもうとよ」と書き出される「永訣の朝」の中には、「わたくし」が「いもうと」のために「あめゆき」をとってくる場面がある。このような場面は「手紙四」にも登場しており、「手紙四」は、賢治がトシを失うという経験をした後に「あなたがた」に伝えたいと思ったことを記したものと考えられる。

しかし賢治は、「手紙四」で示されていた結論にすぐにたどり着いたわけではなかった。『心象スケッチ　春と修羅』に収められている一連の挽歌群からは、賢治が、トシに対する思いと仏の教えとの間で葛藤していたことが読みとれる。そこで本節では『心象スケッチ　春と修羅』を手がかりとして賢治の思索の跡をたどった上で、「手紙四」で語られた思想について確認することにしよう。その上で改めて「手紙四」から「銀河鉄道の夜」への変化について考察したい。

大正十二（一九二三）年七月三十一日、賢治は樺太へと向かう旅に出る。日露戦争後に結ばれたポーツマス条約によって、北緯五十度以南の樺太は日本の領土となっていた。花巻から青森まで鉄道を使い、青函連絡船で津軽海峡を渡って函館に到着する。函館から札幌・旭川をへて稚内まで再び鉄道を使い、稚内より樺太大泊行連絡船に乗り宗谷海峡を渡る。大泊からは豊原、栄浜へと向かった。花巻に戻ったのは八月十二日のことである。

賢治の行程は、この旅の経験をもとに書かれた一連の挽歌群から推定されている。挽歌とは、昔中国で棺を載せた車を挽くときにうたった歌であり、人の死を悲しみいたむ歌を指す。日本でもたとえば『万葉集』では、挽歌は雑歌・相聞とともに三大部立の一つとなっている。『心象スケッチ　春と修羅』は、「序」と八つの章から構成されており、それぞれの章にも「春と修羅」「真空溶媒」「小岩井農場」といった題がつけられている。その中で「オホーツク挽歌」と名づけられた章には、「青森挽歌」「オホーツク挽歌」「樺太鉄道」「鈴谷平原」「噴火湾（ノクターン）」の五篇の詩が収められている。以後、五篇の詩をあわせてよぶときには、連作「オホーツク挽歌」と表記したい。これらの詩には、旅先で見た風景が記されており、それらを読むとおおよそ賢治がどのような行程を経たのかが分かる。

この旅には、農学校の生徒の就職を依頼するという目的があった。とはいえ一連の挽歌が示しているように、賢治にとって、この旅は妹トシの存在のゆくえを問う旅でもあった。たとえば「青森挽歌」は「こんなやみよののはらのなかをゆくときは／客車のまどはみんな水族館の窓になる」と、闇夜の野原を鉄道が走りゆく光景から書き始められているが、その途中に次のような言葉がある。

あいつはこんなさびしい停車場を
たったひとりで通っていったろうか
どこへ行くともわからないその方向を
どの種類の世界へはいるともしれないそのみちを
たったひとりでさびしくあるいて行ったろうか
（中略）
かんがえださなければならないことは
どうしてもかんがえださなければならない
とし子はみんなが死ぬとなづける
そのやりかたを通って行き
それからさきどこへ行ったかわからない
それはおれたちの空間の方向ではかられない

感ぜられない方向を感じようとするときは
たれだってみんなぐるぐるする
「オホーツク挽歌」

賢治は、「みんなが死ぬとなづける／そのやりかたを通って行」ったその先を感じようとする。その過程で賢治は、トシのいる場所として美しい天の世界を思い描きつつ、その一方で毒を含む臭気に満ちた世界をも思い描いてしまう。様々な状景を語った「青森挽歌」は、次のように終わっている。

《みんなむかしからのきょうだいなのだから
けっしてひとりをいのってはいけない》
ああ　わたくしはけっしてそうしませんでした
あいつがなくなつてからあとのよるひる
わたくしはただの一どたりと
あいつだけがいいとこに行けばいいと
そういのりはしなかったとおもいます

「みんなむかしからのきょうだいなのだから／けっしてひとりをいのってはいけない」という声が賢治に聞こえてくる。この言葉は、賢治のそれまでの試みを否定するものである。それは、みんなを祈ることとただ一人を祈ることとは両立し得ないものであると告げている。なぜそうした声が聞こえてきたのだろうか。

「みんな」の救済を願う

「はじめに」で引用した「ビジテリアン大祭」で示されていたように、賢治は仏教の出発点を「一切の生物がこのように苦しくこのようにかなしい我等とこれら一切の生物と諸共にこの苦の状態を離れたい」という願いに見いだしていた。このような願いを、賢治は盛岡高等農林学校時代に短歌の形で表現している。『校友会会報』第三十四号（大正六年七月十八日発行）に掲載された短歌の中に「おのこらよ　なべてのものの　かなしみを　にないてわれら　とわに行かずや」というものがある。またこの号では「ひたすらに　おみなを得んとつとむるは　まことに強き　おのこの業か」という歌も発表している。賢治は、すべての存在が抱える悲しみを背負ってともに永遠に進んでいこう、ひたすらに女を得ようとするのは本当に強い男のなすべきことではない、と友に呼びかけた。ここからは、すべての存在を救済するという目標のためには、異性に対する欲望を抑制すべきであるという主張が読み取れる。

仏教思想にもとづいて考えれば、すべての生きものとともに苦を離れること、いいかえればすべての生きものとともに仏に成ることを願うのであれば、ただ一人に執着することは、煩悩として否定されることになる。執着が否定すべきものであることは、父政次郎と賢治が読んでいた『十善法語』において、次のように説かれている（『十善法語』については第Ⅱ章で詳しく説明する）。

昔インドに、互いに愛し敬い合う情の厚い夫婦がいた。しかし、夫は若くして亡くなってしまう。妻は悲しみにたえず、亡き夫のために僧をよび供養をした。そのとき、鼻から虫が出てきたので庭に投げて踏みにじろうとした。そこで僧は、しばらく待てと女を止めた。女は、この七、八日間自分の鼻の内を悩ましていた虫であると告げる。それに対して、僧は次のように語る。これは汝の夫が生まれ変わった姿である。彼は常に汝の容色を愛していた。だから亡くなった日より汝の鼻の中に生まれたのだ。この虫を殺せば汝の身に災いがあり、その罪も深いものとなるに違いない。

夫は妻を深く愛していた。自らが死んでもなお、そのそばにいたいと願っていた。ことに夫は、妻の美しい容貌を愛していた。それゆえ彼は、妻の鼻の中に住む虫へと生まれ変わったのである。執着は、自らを苦しい境涯へと生まれ変わらせる。また、虫へと生まれ変わった夫を殺せば、妻もまた罪を重ね、来世は苦しい境涯へと生まれ変わることになる。ここでは、執着は苦を生み出すものとして位置づけられている。執着がおこる原因は、仏が告げる真理を知らないことに見いだされている。私たちは、すべてのものは移り変わり永遠のものは存在しないということを知らず、あれこれの物事に心ひかれ、そこに心をとどめる。その結果、自分が執着する対象が失われたとき、悩み苦しむ。執着をしないとは、仏の告げた無常という理を確かに知っているということを示している。

ここに登場する夫と比較してみると、賢治はトシの来世がよきものになることを願っているので、それは執着とは異なる思いであるように感じられる。しかしこの思いも、もしトシだけがよいところに行くことを願う思いであったとすれば、それもまた、仏の教えから逸脱したものとなる。大乗仏教が一切衆生の救済をめざすのは、すべてのものが関わり合いながら存在する以上、ある特定の存在だけが救済されることは不可能だからである。この思想の源は、初期仏教の「諸法無我」の教えにある。「諸法無我」は、すべてのものは様々な関係の中で仮にそのようなものとして存在しているにすぎず、永遠不変の実体はないということである。この考えをもとに大乗仏教で主張されたのが「空」と「縁起」であった。

「空」は、執着すべき永遠不滅の実体はないということである。では、あらゆるものはどのように成立しているのか。それは「縁起」によって、いいかえれば、お互いに関係し合うことによって成立している。このような考えから大乗仏教では、一つのものが成立するためには、他のあらゆるものが関わっているということが説かれるに至った。この思想を表現したものとして、華厳経（けごんきょう）に登場する「因陀羅網（いんだらもう）」があげられる。「因陀羅網」は、帝釈天、すなわちインドラ神の宮殿である帝釈天宮にはりめぐらされた網のことで、一つ一つの結び目に宝珠（ほうじゅ）がつけられている。宝珠は光り輝き、互いに照らし合い映し合い、さらに映し合う。その姿は、互いに照応反映する関係をあらわしている。この比喩をもとに書かれたのが、賢治の作品「インドラの網」である。

このように、すべての存在が関わり合っているのであれば、ただ一人だけが救済されることは不可能になる。したがって、もしただ一人だけが救済されることを願ったとすれば、それは、この理を理解していないということを意味している。「ただ一人だけを祈る」ということをしてしまったという時点で、仏の教えに従い行いを正していくという生き方から遠く離れてしまっているのである。

トシの願い

賢治はトシの死を通して、自分が「ただ一人」を強く思うということを経験した。この経験をどのように引き受けていけばよいのか、その後賢治は模索することになるが、おそらくトシは、賢治よりも先に、この問題と向き合っていたと思われる。トシは大正九（一九二〇）年一月下旬頃から二月初めにかけて「自省録」を執筆している。これは、過去の自分をふり返り、今自分は何を望んでいるのかということを分析したものである。トシ二十一歳のときのことであった。その中でトシは、かつて自分がある特定の人物と結んだ関係について次のようにふり返っている。

云ふまでもなく彼女の求むる所は享楽（たとへそれがどんな可憐なしほらしい弁解がついても）以上には出なかったらしい。それは表面愛他的、利他的な仮面を被っても畢竟、利己的な動機以上のものではなかったらしい事を認めなければならない。或特殊な人と人との間に特殊な親密の生ずる時、多くの場合にはそれが排他的の傾向を帯びて来易い。彼等の場合にも亦そうではなかったか？他の人人に対する不親密と疎遠とを以て彼等相互の親密さを証明する様な傾きはなかったか？
　彼等の求めたものは畢竟彼等の幸福のみで、それがもしも他の人人の幸福と両立しない場合には、当然利己的に排他的になる性質のものではなかったか？

彼女の反省はこの問に否とは云ひ得ないのである。

（山根知子『宮沢賢治　妹トシの拓いた道』）

ある特定の人と親密な関係をきずきえたとき、人は排他的になる。他の人を排除し二人だけの関係を維持しようとする。その場合は、他の友人とは疎遠になることが、あなただけを大切に思っている証として積極的に求められる。もし二人の関係を壊そうとする者があれば、その相手を傷つけることもいとわないだろう。「ただ一人だけ」を思うことは、容易に利己的かつ排他的なふるまいを引きおこす。「頑迷な痴愚な愛は、自他を傷つけずにはおかないであらう」と考えたトシは、自らの願いを次のように語っている。

彼女が凡ての人人に平等な無私な愛を持ちたい、と云ふ願ひは、たとへ、まだみすぼらしい、芽ばえたばかりのおぼつかないものであるとは云へ、偽りとは思はれない。「願はくはこの功徳を以て普(あま)ねく一切に及ぼし我等と衆生と皆倶(とも)に――」と云ふ境地に偽りのない渇仰(かつごう)を捧げる事は彼女に許されない事とは思へないのである。

（同）

「自省録」に登場する「彼女」はトシを指している。直視することが困難なつらく苦しい経験をふり返るために、トシは自らを「彼女」とよび突き放し、客観的にその内面をことばにしようとしている。その中に登場した「願はくはこの功徳を以て普ねく一切に及ぼし我等と衆生と皆倶に――」の出典は、法華経化城喩品に登場する「願わくはこの功徳をもって　普く一切に及ぼし　われ等と衆生と皆、共に仏道を成ぜん」である。これは、自分が善い行いをした結果得た功徳を他にめぐらし向けることを願う偈である。もともと仏教の教説は、自業自得の因果応報説にもとづいていた。この説にしたがえば、自分が善い行いをすることによって功徳を積むことができ、その功徳の力によって仏と成ることができると言える。それに対して大乗仏教では、自己の積んだ功徳を他にめぐらし向け、ともに仏と成ることが重視された。これが回向とよばれる営みである。その背景にあるのが、先ほど説明した「空」「縁起」の思想である。

現在でも私たちは、親しい人が亡くなったとき一周忌・三回忌と法要を行うが、これも回向である。僧に経を唱えてもらうという善き行いをし、その結果得られた功徳を亡くなった人にめぐらし向け、亡くなった人がよりよい境涯に生まれ変わることを願っている。先ほど引用した法華経の偈は、回向文とよばれるもので、法会などの終わりに一般的に誦されている。

この偈は、賢治が大正七（一九一八）年三月十四日前後に書いたと推定されている手紙（保阪嘉内宛）にも登場している。したがって、この偈にふれたのは賢治が先であったと思われるが、おそらくこの時点では、賢治にはトシが直面していたような愛をめぐる葛藤は存在していなかったと思われる。先ほど引用した『校友会会報』に掲載された短歌は、あくまでも他の生徒を批判するものとなっており、これは賢治にとって「ただ一人」を思うことが切実な問題となっていなかったことを示している。この問題に直面することになったのが、トシの死という経験であった。トシ亡き後、賢治が「自省録」をよむ機会があったかは分からない。いずれにせよ結果的には、トシが抱えた問題を賢治が引き継ぐことになったのである。

「オホーツク挽歌」から「手紙四」へ

『心象スケッチ　春と修羅』では、「青森挽歌」に続いて四篇の詩が掲載されているが、基本的に賢治はトシのことを考え続けている。さしあたり「わたくしはただの一どたりと／あいつだけがいいとこに行けばいいと／そういのりはしなかったとおもいます」ということが免罪符となっていたと言えよう。ただし「オホーツク挽歌」と「樺太鉄道」では、途中に「ナモサダルマプフンダリカサスートラ」ということばが、呪文のように入っている。しかし、そのことばの意味が説明されることはない。一連の挽歌の最後を飾るのは「噴火湾（ノクターン）」だが、その末尾は次のようにまとめられている。

駒ヶ岳駒ヶ岳
暗い金属の雲をかぶって立っている
そのまっくらな雲のなかに
とし子がかくされているかもしれない
ああ何べん理智が教えても

私のさびしさはなおらない
わたくしの感じないちがった空間に
いままでここにあった現象がうつる
それはあんまりさびしいことだ
　（そのさびしいものを死というのだ）
たとえそのちがったきらびやかな空間で
とし子がしずかにわらおうと
わたくしのかなしみにいじけた感情は
どうしてもどこかにかくされたとし子をおもう

「わたくし」がたどりついた結論は、自分はどうしてもトシを探そうとしてしまうのだ、ということである。トシが今ここにいないということは、さびしく悲しい。賢治は一貫してトシただ一人を求め続けている。「手紙四」は、このような経験をもとにつくり出されたと考えられるが、「手紙四」と連作「オホーツク挽歌」には、大きく異なる点がある。それは「手紙四」は、チュンセがポーセが本当にどうなったかを考えることを「むだだ」とは言っているが、禁止してはいないということである。「青森挽歌」の論理にしたがえば、チュンセは否定すべき行いをしている子になる。けれども「手紙四」で「あるひと」は、ポーセについて考え続けるチュンセを「いいこどもだ」と評している。だからこそ「あるひと」は、ポーセをたずねる手紙を出すよう「わたくし」にすすめた。亡くなった妹について考えることは、禁止すべきことから推奨されることへと反転したのである。

なぜ、このような反転が可能になったのだろうか。その理由について考えるために「手紙四」でおこったもう一つの変化に注目したい。「噴火湾（ノクターン）」では、賢治はトシが今「わたくしの感じないちがった空間」にいると考えていた。それに対して「手紙四」が語るのは、亡くなったポーセが今ここに自分の傍らにいるにもかかわらず、自分には分からないという事態である。つまりポーセは、チュンセと同じ空間にいることになる。輪廻転生の思想は、すべての生きものがかつてどこかで自分の兄弟であった可能性を語るが、亡くなったポーセが転生したと考えれば、今生で出会うすべての生きものが、ポーセの生まれ変わった姿であるという可能性がある。

連作「オホーツク挽歌」を書いていたとき、賢治は輪廻転生の思想を、あくまでも一切衆生の救済を自分に求めてくる教えとして受けとめていた。しかし、トシの死後のゆくえを切実に求め続ける中で、賢治は、トシが別の姿になって再び自分の前に現れるかもしれないと気づいたのである。この発見は、賢治に希望を与えたかもしれない。けれども賢治は、この発見を喜びとともには語らなかった。もし亡くなった妹との再会を肯定的に描こうとするのであれば、たとえば、チュンセが蛙を助けたら夢の中にポーセがあらわれ、兄さんありがとうと言うといった展開が考えられる。しかし賢治は、チュンセがポーセを叩くという展開を選んだ。それは、輪廻転生の思想はいとしい相手にどこかで会えるかもしれないという希望だけではなく、自分が気づかないうちにいとしい相手を傷つけているかもしれないという恐怖を与えると、賢治が理解していたことを意味している。たしかにすべての存在を自分の兄弟であると捉えることによって、すべての存在をいつくしむ思いが生み出されると考えれば、輪廻転生の思想は、一切衆生に対する慈悲を喚起する力をもつ。しかしその一方で、同じ思想は恐怖をも引きおこす。その側面が浮かび上がるのは、輪廻転生の思想を用いて不殺生を説く場合である。

輪廻転生思想と不殺生

輪廻転生の思想にしたがえば、すべての生きものはかつてどこかで自分の父母だったことがありうる。そのため、生きものを殺して食べることは自分の父母を殺し食うことである。それゆえ殺してはならない。このような論理は梵網経(ぼんもうきょう)などで提示されており、日本においても広く受け入れられてきた。この論理にしたがえば、自分の目の前にいる生きものに前世の父母の可能性を見いだし、その生きものを殺さないという生き方が選択されることになる。もし、自分の現世での父母が生きているのであれば、目の前にいる生きものは、あくまでも前世の父母の可能性をもつ存在である。しかし、自分の現世での父母が亡くなっている場合、目の前にいる生きものは現世の父母の可能性をもつ。そのとき「生きものを殺して食べることは、自分の父母を殺し食うことである」ということばは、生々しい恐ろしさをもって立ち上がってくる。

このような恐ろしさは、先ほど引用した『十善法語』の話にも共通している。妻は亡き夫を深く愛していたからこそ、亡き夫がよりよい境涯に生まれ変わることを願い供養をしようとした。しかし、実は夫は妻の鼻の中にすむ虫に生まれ変わっていた。妻はそうとは知らず虫を殺そうとする。虫が鼻から出てくるところが何ともおぞましく、気持ち悪い。それは、執着のもつおぞましさを語っている。同時にこの話は、自分に不快感を与える虫を殺すという当たり前のように見えるふるまいが、実はいとしい夫を殺すふるまいになるという衝撃的な事実を語っている。この事実を見あらわしたのは、供養のためによばれた僧であった。このような出来事に出会ったとき、不殺生の教えは、首肯せざるを得ない恐ろしさをもって迫ってくる。

　賢治は「ビジテリアン大祭」において、主人公の「私」に肉食をしない理由を仏教の立場から説明させているが、その説明の背景には以上のような恐ろしさがあると考えられる。「私」は、肉食をしない理由を宗教の精神から論じようと思うと告げ、キリスト教の精神によって説明すれば「愛」がその理由となることを述べ、続いて次のように述べている。

> 　仏教の精神によるならば慈悲である、如来の慈悲である完全なる智慧を具えたる愛である　仏教の出発点は一切の生物がこのように苦しくこのようにかなしい我等とこれら一切の生物と諸共にこの苦の状態を離れたいと斯う云うのである。その生物とは何であるか、そのことあまりに深刻にして諸氏の胸を傷つけるであろうがこれ真理であるから避け得ない、率直に述べようと思う。総ての生物はみな無量の劫（カルパ）の昔から流転に流転を重ねて来た。流転の階段は大きく分けて九つある。われらはまのあたりその二つを見る。一つのたましいはある時は人を感ずる。ある時は畜生、則ち我等

が呼ぶ所の動物中に生れる。ある時は天上にも生れる。その間にはいろいろの他のたましいと近づいたり離れたりする。則ち友人や恋人や兄弟や親子やである。それらが互にはなれ又生を隔ててはもうお互に見知らない。無限の間には無限の組合せが可能である。だから我々のまわりの生物はみな永い間の親子兄弟である。異教の諸氏はこの考をあまり真剣で恐ろしいと思うだろう。恐ろしいまでこの世界は真剣な世界なのだ。

輪廻転生の思想は、それを聞いた人の胸を傷つける「あまり真剣で恐ろしい」ものである。どれだけ親しい関わりを結んだ相手でも、生まれ変われば互いに見知らぬ関係となる。今生では親子として仲むつまじく暮らした二人が、次の生では人と魚になり、食い食われる関係を結ぶこともある。私たちはそうとは知らないまま、いとしい相手を傷つけながら様々な関係をきずき、自分がきずいた関係を背負って生まれ変わり続ける。このように織りなされる関係の全体を、あわれで悲しいものと捉え、そこからの救済方法を伝えようと願ったのが、如来、すなわち仏という存在であった。

チュンセが経験したのは、まさにこのような恐ろしさであった。しかし、このような経験こそが「すべてのいきもののほんとうの幸福」について考える出発点となることを「手紙四」は語ろうとしている。

「すべてのいきもののほんとうの幸福」について考えることは、仏の教えに心ひかれた賢治にとってごく当たり前のことであったし、輪廻転生の思想もまたなじみのあるものであった。松岡幹夫は、賢治の輪廻転生観は『歎異抄』によるものであると指摘している（『宮沢賢治と法華経』）。『歎異抄』については第Ⅱ章で詳しく取りあげるが、親鸞（一一七三〜一二六二）のことばを弟子の唯円が書きとめたものであり、賢治は十六歳のときにはすでにこの書を読んでいる。このような仏の教えを、賢治はトシの死について考え続けることによって、改めて捉え返すことになった。すべての生きものが、亡くなったトシかもしれないと思い、そして、自分とトシとの関わりと同じような深い関わりが、自分とすべての生きものとのあいだにも存在していることを発見する。

トシを通して賢治は、すべての生きものとの関わりの深さを新たに実感することができた。それはたしかに、自分の行いをふり返ってみれば、立ちすくんでしまうような状景であるが、だからこそ、そこから一歩踏み出そうとする気持ちを起こすことができる。同時に、このようにすべての生きものとの関わりを思うことによって、トシへの思いもまた、肯定することができる。亡くなった人とのよりよい関係を願う思いは、すべての存在とのよりよい関係を願う思いと重ね合わされ、その実現に向けて何をすべきかを考えることができる。それは、死者とのへだてを思い、深い寂しさと悲しみに打ちひしがれていた状態から抜け出す力を与えてくれると言えるだろう。だからこそ「手紙四」においては、「ポーセがほんとうにどうなったか」を問うことは、「あなたがた」と共有すべき大切な問いとして描かれたのである。

「銀河鉄道の夜」

「手紙四」から「銀河鉄道の夜」へ

「銀河鉄道の夜」は、ジョバンニという少年が友人カムパネルラとともに銀河を走る鉄道に乗って旅をし、その途中で様々な人との出会いと別れを経験する物語である。最終的にジョバンニはカムパネルラと二人きりになり、ジョバンニは「どこまでもどこまでも一緒に行こう。」と言うが、カムパネルラは消えてしまう。再び地上に戻ったジョバンニは、カムパネルラは川へ落ちた友人を助けるために川へ飛び込み、そのまま見つからないということを知ることになる。二人の旅路は幻想的な宇宙の描写によってくまどられ、二人が出会う人々も極めて個性的である。それだけに最後の二人の別れが痛切なものとして胸に迫りくる。

この作品は、数回にわたり大きな修正がほどこされた作品として知られている。先ほどまとめたあらすじは「最終形」であり、「最終形」の前には、「初期形第一次稿」「初期形第二次稿」「初期形第三次稿」の三つの段階がある。「初期形第三次稿」から「最終形」への修正はことに大きいもので、この段階で、ジョバンニの地上での生活を語る冒頭の部分と、ジョバンニがカンパネルラの死を知る最後の場面が追加されている。この四つの「銀河鉄道の夜」の中で、「手紙四」との関連で注目されるのは、「初期形第三次稿」の次の場面である。

突然カムパネルラの姿が汽車から消えてしまいジョバンニが泣き始めると、うしろから「やさしいセロのような声」が聞こえてくる。ジョバンニがふりむくとそこには「黒い大きな帽子をかぶった青白い顔の瘠せた大人」がいた。二人は次のような会話を交わす。


「おまえのともだちがどこかへ行ったのだろう。あのひとはね、ほんとうにこんや遠くへ行ったのだ。おまえはもうカムパネルラをさがしてもむだだ。」

「ああ、どうしてなんですか。ぼくはカムパネルラといっしょにまっすぐに行こうと云ったんです。」

「ああ、そうだ。みんながそう考える。けれどもいっしょに行けない。そしてみんながカムパネルラだ。おまえがあうどんなひとでもみんな何べんもおまえといっしょに苹果をたべたり汽車に乗ったりしたのだ。だからやっぱりおまえはさっき考えたようにあらゆるひとのいちばんの幸福をさがしみんなと一しょに早くそこに行くがいい、そこでばかりおまえはほんとうにカムパネルラといつまでもいっしょに行けるのだ。」


この大人のことばは、「手紙四」の「あるひと」のことばと似ている。「おまえはもうカムパネルラをさがしてもむだだ。」は「チュンセはポーセをたずねることはむだだ。」と、「あらゆるひとのいちばんの幸福をさがしみんなと一しょに早くそこに行くがいい」は「大きな勇気を出してすべてのいきもののほんとうの幸福をさがさなければいけない。」と重なる。しかしいくつか異なる点もある。「銀河鉄道の夜（初期形第三次稿）」では、「あらゆるひと」いいかえれば人間にとっての幸福がさがし求められているのに対して、「手紙四」では、すべての生きものにとっての幸福がさがし求められていた。また、「手紙四」の「あるひと」は「それはナムサダルマプフンダリカサスートラというものである。」と、すべての生きもののほんとうの幸福は何かその答えを示すが、「銀河鉄道の夜（初期形第三次稿）」では答えは示されていない。先ほど引用した部分の続きでは、ジョバンニが「ぼくはどうしてそれをもとめたらいいでしょう。」とたずね、黒い大きな帽子をかぶった大人は、どのようにしてほんとうの幸福を探し求めればよいのか、その方法を教えている。

　このように「銀河鉄道の夜（初期形第三次稿）」からは、「手紙四」が語っていたことと重なり合いながら微妙に変化していく過程が読み取れるが、さらに「最終形」では、先ほど引用した部分を含め、ジョバンニと黒い大きな帽子をかぶった大人との会話がすべて削除されることになる。それは「手紙四」に登場していた「あるひと」の役割を担う存在が消えたことを意味している。「初期形第三次稿」で答えを示さないという方向性が示されたわけだが、「最終形」ではその方向性が徹底され、「むだだ」という答えもまた示さないという選択がなされた。それはなぜだろうか。

　改めて「手紙四」の展開と「銀河鉄道の夜（初期形第三次稿）」の展開とを比較してみると、そこに大きな違いがあることに気づく。「手紙四」では、「みんな、みんな、むかしからのおたがいのきょうだい」であることが説明された上で、「すべてのいきもののほんとうの幸福」をさがせという結論が導き出されている。一方「銀河鉄道の夜（初期形第三次稿）」では、ジョバンニは「みんながカムパネルラだ」と教えてもらう前に「みんなのほんとうのさいわいをさがしに行く。」と決意している。そのため、黒い大きな帽子をかぶった大人は「やっぱりおまえはさっき考えたように」あらゆる人の一番の幸福を探せと伝えるのである。

「銀河鉄道の夜（初期形第三次稿）」は、みんなの幸福を願うという思いが、輪廻転生の思想を知るという契機を経ることなく生み出される過程を描いている。もしその過程を説得力のある形で描きえたとすれば、最後に輪廻転生の思想を登場させることは不要なものとなるだろう。「初期形第三次稿」から「最終形」への修正は、「初期形第三次稿」がもっていたこのような方向性を徹底させる形で行われたと考えられる。では「最終形」は、みんなの幸福を願うという思いはどのように生み出されると語っているのか。「ほんとうのさいわい」に注目して物語の展開を整理すると次のようになる。

ジョバンニとカムパネルラが旅を始めたとき、カムパネルラは「おっかさんは、ぼくをゆるして下さるだろうか。」「ぼくはおっかさんが、ほんとうに幸（さいわい）になるなら、どんなことでもする。けれども、いったいどんなことが、おっかさんのいちばんの幸なんだろう。」と告げる。しかしこの段階では、ジョバンニはカムパネルラのことばの意味が分からない。続いてジョバンニは、列車に乗ってきた鳥捕りとの関わりの中で「もうこの人のほんとうの幸になるなら自分があの光る天の川の河原に立って百年つづけて立って鳥をとってやってもいいというような気が」する。

さらに、鳥捕りの後に乗ってきた青年・女の子・男の子とやりとりを交わし、女の子から「どうか神さま。私の心をごらん下さい。こんなにむなしく命をすてずどうかこの次にはまことのみんなの幸のために私のからだをおつかい下さい。」と言って死を迎えた蠍(さそり)の話を聞く。三人がサウザンクロスで降りた後、カムパネルラと二人きりになったジョバンニは「僕はもうあのさそりのようにほんとうにみんなの幸のためならば僕のからだなんか百ぺん灼いてもかまわない。」「僕もうあんな大きな暗(やみ)の中だってこわくない。きっとみんなのほんとうのさいわいをさがしに行く。」と決意する。

ジョバンニは鳥捕りの「ほんとうの幸」を考えるところから出発し、蠍の話に共感することによって「まことのみんなの幸」が意識され、「みんなのほんとうのさいわい」を探そうという決意が生み出された。ではなぜジョバンニは鳥捕りの「ほんとうの幸」を考えることになったのだろうか。また、鳥捕りひとりの幸福を願うこととみんなの幸福を願うこととはどのように結びつくのだろうか。

鳥捕りとの出会い

鳥捕りは、旅の途中でジョバンニとカムパネルラが座っていた席にやってきて「ここへかけてもようございますか。」とたずねる。ジョバンニは「ええ、いいんです。」と答えるが「なにか大へんさびしいようなかなしいような気が」する。鳥捕りは二人に話しかけ、二人に自分がとってきた雁(がん)を「どうです。すこしたべてごらんなさい。」と言って渡す。ちょっと食べてみたジョバンニは、「なんだ、やっぱりこいつはお菓子だ。チョコレートよりも、もっとおいしいけれども、こんな雁が飛んでいるもんか。この男は、どこかそこらの野原の菓子屋だ。けれどもぼくは、このひとをばかにしながら、この人のお菓子をたべているのは、大へん気の毒だ」と思いつつ何も言わずに食べ続ける。しかしカムパネルラは「こいつは鳥じゃない。ただのお菓子でしょう。」と思い切ったというふうにたずね、鳥捕りはあわてたふうになり列車から降りる。空から舞い降りた鷺(さぎ)をつかまえた鳥捕りは、再び列車に乗りジョバンニの隣りに座る。

その後、車掌が切符の確認にあらわれ、ジョバンニの切符を見た鳥捕りは「おや、こいつは大したもんですぜ。こいつはもう、ほんとうの天上へさえ行ける切符だ。」とあわてたように言い、きまりが悪くなったジョバンニは、カムパネルラと二人窓の外を眺めていたが、鳥捕りが時々大したもんだというように自分たちをちらちら見ていることを感じていた。続いて語られるのが次の場面である。

ジョバンニはなんだかわけもわからずににわかにとなりの鳥捕りが気の毒でたまらなくなりました。鷺をつかまえてせいせいしたとよろこんだり、白いきれでそれをくるくる包んだり、ひとの切符をびっくりしたように横目で見てあわててほめだしたり、そんなことを一一考えていると、もうその見ず知らずの鳥捕りのために、ジョバンニの持っているものでも食べるものでもなんでもやってしまいたい、もうこの人のほんとうの幸になるなら自分があの光る天の川の河原に立って百年つづけて立って鳥をとってやってもいいというような気がして、どうしてももう黙っていられなくなりました。ほんとうにあなたのほしいものは一体何ですか、と訊こうとして、それではあんまり出し抜けだから、どうしようかと考えて振り返って見ましたら、そこにはもうあの鳥捕りが居ませんでした。網棚の上には白い荷物も見えなかったのです。また窓の外で足をふんばってそらを見上げて鷺を捕る支度をしているのかと思って、急いでそっちを見ましたが、外はいちめんのうつくしい砂子と白いすすきの波ばかり、あの鳥捕りの広いせなかも尖った帽子も見えませんでした。

「あの人どこへ行ったろう。」カムパネルラもぼんやりそう云っていました。

「どこへ行ったろう。一体どこでまたあうのだろう。僕はどうしても少しあの人に物を言わなかったろう。」

「ああ、僕もそう思っているよ。」

「僕はあの人が邪魔なような気がしたんだ。だから僕は大へんつらい。」ジョバンニはこんな変てこな気もちは、ほんとうにはじめてだし、こんなこと今まで云ったこともないと思いました。


ジョバンニは、鳥捕りを邪魔だと感じていた。振り返ってみれば、ジョバンニとカムパネルラが向かい合わせで座り会話をしていた中に割り込んできたのが、鳥捕りであった。ジョバンニは鳥捕りがあらわれたときに、すでに大へん寂しいような悲しいような気持ちになっている。さらに鳥捕りと会話を続ける過程でジョバンニの中に逡巡が生まれる。ジョバンニは鳥捕りが言っていることは嘘だと思い、鳥捕りを馬鹿にする気持ちをもつ。そのときジョバンニはその気持ちをあらわさない。かといって馬鹿にしたまま食べるのも気の毒だと思う。一方カムパネルラは、おそらくジョバンニと同じような逡巡をへて、「こいつは鳥じゃない。ただのお菓子でしょう。」と思い切って言う。しかしそのふるまいは鳥捕りをあわてさせる。自分が感じたことを正直に言った場合も言わなかった場合も、どちらも相手に対して申し訳ないという気持ちを生じさせる。その後鳥捕りはジョバンニの切符を見、二人を大したものだと思うが、二人はその気持ちを受けとめかねる。

ジョバンニは、鳥捕りからお菓子をもらい、大したものだとほめられる。ジョバンニは鳥捕りから一貫して好意を受けとっているが、そのために相手の好意に自分は応えられていないという思いがわきあがってくる。また、相手の好意は自分が応えられないものというだけではなく、わずらわしく邪魔なものとして受けとめられている。しかしそうとは言えないまま、様々な思いを抱えこんだジョバンニは、相手から目をそらし窓の外を見る。とはいえ自分の心が落ち着くわけではない。逆に、率直であけっぴろげな鳥捕りのふるまいを思い起こすと気の毒に思う気持ちが生まれてくる。しかし相手に対して自分が何を差し出せるのかは全く分からない。そこで「ほんとうにあなたのほしいものは一体何ですか」とたずねたいという気持ちが芽生える。しかし質問できない。逡巡している間に鳥捕りは消えてしまう。ジョバンニには後悔だけが残る。

相手のほんとうに欲しいものを考えるという営みは、相手の好意に応えられていない、相手を傷つけてしまっているという意識から生み出されている。それは、自分のせいで関わりがうまくいっていないと感じたときに、その関わりを反転させようとする試みである。

相手との関係をどうにか好転させられないかという思いは、おそらく誰もが抱いたことがあるものだろう。しかしジョバンニがここで鳥捕りに対して抱いた思いは、私たちが通常想定するよりも、はるかに過剰なものであった。それは、ジョバンニ自身が「ほんとうにあなたのほしいものは一体何ですか」ときこうとして「それではあんまり出し抜けだから、どうしようか」と感じてしまうような、自分でもよく分からず、相手にもすぐに受け入れてもらえるとは思えないような衝動である。

ジョバンニの内にわき上がったのは、自分のもっているものでも食べるものでも何でもあげてしまいたいというような、相手に対して自分のすべてを投げ出してその希望をかなえようとする過剰な思いである。かつ、相手の「ほんとうの幸」を実現する手段としては、天の川の河原に百年続けて立つというように、自分が苦痛を甘受することが想定されている。このような思いは「手紙四」においてチュンセが抱いた思いと重なり合う部分をもっている。病に臥したポーセに対して、チュンセは「何でも呉れてやるぜ。」と告げていた。けれどもチュンセの場合は、そうした衝動を抱いた相手がともに暮らしてきた妹であったのに対して、ジョバンニの場合はたまたま汽車の中で乗り合わせた存在となっている。なぜ見ず知らずの鳥捕りに対してここまで思うのかという疑問は、読み手の中に残るだろう。だからこそこの思いは、ジョバンニ自身にとっても了解しがたい思いとして描き出されているのだと思われる。

ジョバンニは、自らの内に今まで感じたことのない衝動を覚える。そうした衝動は、鳥捕りの姿が消えることによって行き場を失う。「ほんとうの幸」や「ほんとうにあなたのほしいもの」という形で、今ここにない何ものかが求めるべきものとして観念されるが、それは具体的な像を結ばないまま漂うことになる。

蠍の話

その後ジョバンニは、女の子から蠍の話を聞く。女の子は、弟と、自分たちの家庭教師をつとめていた青年とともに鉄道に乗り込んだ。彼らが乗っていた船が氷山にぶつかり、家庭教師の青年は、他の人を押しのけて助かろうとするか、あるいはこのまま神の前に行くことを選ぶか悩み、最終的に後者を選ぶ。その結果銀河鉄道に乗り、ジョバンニたちとともに旅をすることになった。女の子は、赤く光る蠍の火（蠍座のアンタレス）を見、蠍が闇夜を照らす火に生まれ変わった理由を次のように語っている。「蝎いい虫じゃないよ。」と主張する弟に対して答えたものである。

「そうよ。だけどいい虫だわ、お父さん斯う云ったのよ。むかしのバルドラの野原に一ぴきの蝎がいて小さな虫やなんか殺してたべて生きていたんですって。するとある日いたちに見附かって食べられそうになったんですって。さそりは一生けん命遁げて遁げたけどとうとういたちに押えられそうになったわ、そのときいきなり前に井戸があってその中に落ちてしまったわ、もうどうしてもあがられないでさそりは溺れはじめたのよ。そのときさそりは斯う云ってお祈りしたというの、

ああ、わたしはいままでいくつのものの命をとったかわからない、そしてその私がこんどいたちにとられようとしたときはあんなに一生けん命にげた。それでもとうとうこんなになってしまった。ああなんにもあてにならない。どうしてわたしはわたしのからだをだまっていたちに呉れてやらなかったろう。そしたらいたちも一日生きのびたろうに。どうか神さま。私の心をごらん下さい。こ

んなにむなしく命をすてずどうかこの次にはまことのみんなの幸のために私のからだをおつかい下さい。って云ったというの。そしたらいつか蝎はじぶんのからだがまっ赤なうつくしい火になって燃えてよるのやみを照らしているのを見たって。いまでも燃えてるってお父さん仰ったわ。ほんとうにあの火それだわ。」

蠍は「どうかこの次にはまことのみんなの幸のために私のからだをおつかい下さい。」と言う。ここで「みんな」という意識が生まれたのは、その前に蠍が自分の生のあり方について振り返ったからである。自分は生きていくためにたくさんの命をとる一方で、自分はいたちに食べられそうになって逃げた。蠍は、食い食われる関係の中で自分が生きていることを自覚する。自分がこれまで食べてきた虫たちもまた、自らの生をつなぐために他のより小さな虫を食べていただろうし、逆に自分を食べようとしたいたちもまた他のより大きな生きものによって食べられてしまうだろう。この世で生きている誰もが、加害者となり、かつ被害者となるという事態から逃れることができない。そう意識したときに願われる「まことのみんなの幸」とは、このような関係そのものが解消された状態であろう。蠍は他の生きものと傷つけ合う関係に否応なく入ってしまうことそのものを厭うている。

　ジョバンニと蠍に共通するのは、今自分が結んでいる関係の形を望ましくないものとして否定したいという思いである。ただし望ましい形が何かは分からない。分からないけれども、さしあたり「ほんとうの幸」としかよびようのないものを強く求める気持ちはある。ジョバンニは蠍のもっていた思いの激しさに共感した。鳥捕りに対して抱いた過剰な思いがこの世においてとりうる形を見出したのである。

もう一つジョバンニと蠍に共通しているのは、他の存在と切り離されたときに「みんな」を意識している点である。蠍はいたちから逃げようとして井戸に落ちた。井戸の中とは、自分を食う存在とも自分が食う存在とも切り離され、ただ一人となっている状態である。地上で生きていたときは、食い食われる関係だけではなく、恋い恋われる、育て育てられるといった様々な関わりを多くの存在と結んでいた。その場合はつねに自分が関係の一角を占めているので、自分が結んでいる関係そのものに注意がいってしまう。逆説的ではあるが、ただ一人であることを意識したとき、いいかえれば、自分が関係を結んでいたすべての相手との関わりが絶たれたときに、「みんな」を意識することができる。

一方ジョバンニは、カムパネルラと二人きりになったときに、いいかえればジョバンニとカムパネルラの二人が他の存在と切り離されたときに「みんな」を意識している。したがって、ジョバンニが考える「みんな」としては、まずカムパネルラとともに出会い別れるという経験をした相手が思い浮かぶ。そこには、鳥捕りや青年や女の子や男の子が含まれる。さらに、銀河鉄道に乗ったために別れることになった地上の人々もまた含まれるだろう。今ここにいない人の総体が「みんな」として思い描かれる。

そうするとジョバンニは、蠍のように、生きもののおりなす関係そのものを苦しみと捉えるという視点をもってはいないように見える。たしかにジョバンニにそうした自覚はない。しかし物語は、ジヨバンニがそう自覚してもおかしくはないような経験をジョバンニにさせている。

関係につまずく

ジョバンニは鳥捕りが消えてしまった後「僕はあの人が邪魔なような気がしたんだ。だから僕は大へんつらい。」と告げている。ジョバンニは、鳥捕りを邪魔に思ってしまったことを改めてつらいこととして思い返している。ここで「銀河鉄道の夜」の冒頭にさかのぼってみれば、そこでは、ジョバンニがクラスメイトから仲間はずれにされていることが描き出されている。ジョバンニはクラスメイトと烏瓜(からすうり)ながしに行きたいと思うが、逆にからかいのことばを浴びせられてしまう。親しくことばを交わしたいという願いが拒絶され、ただ一人孤独をかみしめるときの寂しさを、ジョバンニは誰よりも知っていた。にもかかわらずジョバンニは、自分を見つめる鳥捕りから目をそらした。地上で味わった孤独感がカムパネルラとの旅の喜びを強め、その喜びが新たにあらわれた他者に孤独をもたらす。ジョバンニは、他者から排除されるとともに、他者を排除するという経験をする。

鳥捕りとの関わりを通じてつらさを味わったジョバンニだが、続いて登場した人物たちによって再び心を揺り動かされる。蠍の火について語った女の子は、最初に列車に乗ったときにカムパネルラの隣の席に座る。カムパネルラと女の子がことばを交わすうちに、ジョバンニは「かなしい気」がする。そうして女の子に話しかけられても「生意気ないやだいと思いながらだまって口をむすんでそらを見あげて」いる。ジョバンニには、カムパネルラが女の子とおもしろそうに話しているように見え「ほんとうにつらい」と思う。ジョバンニは自分だけがのけものになっていると感じている。それは、自分こそがカムパネルラを独占したいという思いをもっているからである。

最初は女の子を、いわば鳥捕りと同じように邪魔な存在と考えていたジョバンニだが、一緒に窓の外をみる経験を積み重ねていく中で女の子に心を開いていく。その後彼女から蠍の火の話を聞くが、彼女と弟と彼らの家庭教師をつとめていた青年はサウザンクロスで降りることになる。そのときジョバンニは「僕たちと一緒に乗って行こう。僕たちどこまでだって行ける切符持ってるんだ。」と強く引きとめる。しかし、三人は降りていかなければならない。女の子は「じゃさよなら。」と振り返って二人に別れの挨拶を述べるが、ジョバンニは「さよなら。」と「まるで泣き出したいのをこらえて怒ったようにぶっきら棒に」言う。それを見た女の子は、「いかにもつらそうに眼を大きくしても一度こっちをふりかえってそれからあとはもうだまって」出て行ってしまう。

ジョバンニがぶっきらぼうに「さよなら。」と言うのは、女の子との別れがつらく悲しいからである。けれども女の子からすれば、最後の瞬間にそのような態度をとられるのは、あまりにつらい。双方が一緒にいたいという思いを抱きながら、不本意な形で別れざるをえない。お互いに思い合っていればうまくいくというわけではなく、相手が好きだから相手にひどいことをしてしまうこともある。ジョバンニは、傷つけられる側にも傷つける側にも立っている。傷つける側と傷つけられる側は、つねに固定しているのではなく、何かのきっかけで反転し、相手に対して悪意をもっていなくとも関係が壊れることがある。

ザネリの思い

「銀河鉄道の夜」がこのような関係を語ろうとしているとすれば、単なるいじめっ子と解釈されることの多いザネリの位置づけもまた、再考すべきであろう。押野武志は、ザネリはジョバンニと同じように「カムパネルラを排他的に占有したいという思い」を抱いていたという解釈を提示している（「宮澤賢治「銀河鉄道の夜」のふたつの〈終わり〉」）。この論考は、ザネリの内面に踏み込んで考察しようとしており示唆に富んでいる。このような視点から考えてみると、実はザネリが好きだったのはジョバンニだったのではないか、という可能性が浮かび上がってくる。その根拠となるのは、カムパネルラが銀河鉄道の中に登場した場面での、次の台詞である。

「みんなはねずいぶん走ったけれども遅れてしまったよ。ザネリもね、ずいぶん走ったけれども追いつかなかった。」

この台詞からは、みんなは銀河鉄道に乗りたいと思って走っていて、中でもザネリはとくに一生懸命走ったけれども追いつけなかった、という事態が読み取れる。ジョバンニは、この言葉を聞いて、ザネリも含めてみんなは銀河鉄道に乗りたいのだと思ったからこそ、次に「どこかで待っていようか。」と提案するのである。しかしカムパネルラは、「ザネリはもう帰ったよ。お父さんが迎いにきたんだ。」とジョバンニの提案を断っている。

もちろん物語の最後までたどり着けば、これは、川に落ちたザネリをカムパネルラが助け、カムパネルラだけが溺れてしまい、助かったザネリは父親と一緒に家に帰ったということを意味しているとわかる。しかしこの出来事は、カムパネルラを通して見れば、ジョバンニが乗っている銀河鉄道に誰が早くたどり着けるかという競争であった。カムパネルラは見事その競争に勝ち、ジョバンニと二人で旅する栄誉を獲得したのである。カムパネルラがジョバンニと二人でいたいと思っていたことは、カムパネルラがジョバンニと同じように鳥捕りに対してふるまっていることから読み取れる。カムパネルラは、ジョバンニが乗っている銀河鉄道に乗りたいと願い、走った。そのときライバルとして意識していたのはザネリであった。カムパネルラは、ザネリがジョバンニに好意を持っていることを知っていた。それは、ザネリがジョバンニをからかう理由を理解していたことを意味している。

では、ザネリはなぜジョバンニにからかいの言葉を浴びせるのだろうか。おそらくザネリは以前からいじめの首謀者であったのではない。ジョバンニがクラスメイトからひやかしの言葉を受けていることは、「三、家」の場面に登場している。ジョバンニのお母さんが「お父さんはこの次はおまえにラッコの上着をもってくるといったねえ。」と言ったのに対して、ジョバンニは「みんながぼくにあうとそれを云うよ。ひやかすように云うんだ。」と答える。ひやかすのは「みんな」であり、ただしカムパネルラは言わないということになっている。次の「四、ケンタウル祭の夜」で、ジョバンニがザネリとすれちがったとき、ジョバンニが「ザネリ、烏瓜ながしに行くの。」と言ってしまわないうちに、ザネリが「ジョバンニ、お父さんから、らっこの上着が来るよ。」と投げつけるように後ろから叫ぶ。ジョバンニはザネリに普通に話しかけており、その段階では、ザネリに対する反発は生じていない。では、なぜザネリはジョバンニに出会ったとき、このようなふるまいをしたのか。

ザネリは「一、午后の授業」から登場している。先生からの質問に対してジョバンニが答えられなかったとき「ザネリが前の席からふりかえって、ジョバンニを見てくすっとわらいました」と記されている。ザネリは、ジョバンニのふるまいに注目し、関心を持っている。その後先生はカムパネルラを名指すが、カムパネルラも答えない。カムパネルラのふるまいは、クラスメイトに対してジョバンニとカムパネルラとの絆の強さを印象づける。カムパネルラにとってジョバンニが特別な存在であることを実感したザネリは、次にジョバンニに話しかけられたときに、「ジョバンニ、お父さんから、らっこの上着が来るよ。」と言う。そこにはカムパネルラからジョバンニを遠ざけたいという思いがあるだろう。ザネリがジョバンニに「烏瓜ながしに行く」と答えた結果、ジョバンニが烏瓜ながしに来ることになれば、ザネリは、ジョバンニとカムパネルラが一緒に楽しむ姿を見なければならないことになる。またザネリの中には、ジョバンニが好きだからいじめたいという思いもあるかもしれない。「風野又三郎」では、又三郎が、木の下を通る耕一に上から冷たいしずくを何度も降らせた翌日、「すきだから昨日もいたずらしたんだ」と全く悪びれずに言っている。「手紙四」のチュンセも含めて、賢治作品には、好きだから意地悪をするというパターンが繰り返し登場するが、又三郎と比較するとザネリは屈折が深まっているように思う。

ザネリは、みんなといるときに再びジョバンニに同じ言葉を率先して浴びせ、ジョバンニは急いで行きすぎようとする。そのとき、気の毒そうにだまって少しわらって、ジョバンニの方を見るカムパネルラに気づく。ジョバンニは、逃げるようにその目を避け、町かどを曲がるとき振り返ってみたら、ザネリがやはり振り返っていた。カムパネルラは振り向かないまま、向こうへと歩いて行く。その姿を見たジョバンニは、いきなり走り出す。ザネリは、ジョバンニが気になっている。そして、ジョバンニがカムパネルラの姿を目で追ったことも、見ている。去り際に振り返るという仕草は、サウザンクロスで降りた女の子の姿と重なり合う。

相手を傷つけ排除しようとするふるまいは、相手に好意を持っている場合も生じる。あるいはザネリからすれば、自分はジョバンニとカムパネルラが結んでいる強い二人関係から排除されていると感じられるだろう。排除し、排除される関係は固定していない。人は、他者に好意を抱くことによって、排除する側にも排除される側にも容易になり得る。

もっとも、このような関係の連なりや反転は、生きているときには見えにくい。銀河鉄道に乗る前のジョバンニにとって、他者は一方的に悪意をもって自分を排除する存在として感じられたであろう。しかし、銀河鉄道での旅を通じて、ジョバンニは自分もまた他者を邪魔に思う気持ちをもつことを知る。とはいえ物語は、ジョバンニが独占欲をもってはいけないと反省するといった方向へは向かわない。ジョバンニがカムパネルラと一緒にいたいという思いは、物語を通じて一貫して描き出されている。その思いこそが、ジョバンニを突き動かしていると言えるだろう。

この思いは、最終的に「僕もうあんな大きな暗の中だってこわくない。きっとみんなのほんとうのさいわいをさがしに行く。どこまでもどこまでも僕たち一緒に進んで行こう。」という形で表現される。カムパネルラとどこまでもどこまでも一緒にいたいという気持ちは、他者を排除するものではなく、「みんな」の本当の幸いを探すという営みを支えるものとして位置づけられている。なぜこのような転換が可能になったのだろうか。「どこまでもどこまでも」という思いがどのような過程を経て抱かれるようになったのか、最初からたどり直すことによって、考えていきたい。

みんなのほんとうの幸いを求めて

「一、午后の授業」でジョバンニは、カムパネルラの家で一緒に雑誌を読み、美しい銀河の写真を二人でいつまでも見たことを思い出すとともに、この頃はもうカムパネルラとことばを交わさなくなっていることに改めて気づく。「三、家」でも、母に対して、父と一緒にカムパネルラの家に遊びに行ったという思い出を語り「あのころはよかったなあ。」と振り返る。カムパネルラと二人で過ごした時間は、ジョバンニにとって今はもう取り戻すことのできない大切な時間であった。

しかし、銀河鉄道に乗ることによって、ジョバンニはカムパネルラと二人で過ごすという時間を再び手に入れる。そこに鳥捕りがあらわれるわけだが、鳥捕りは「あなた方は、どちらへ入らっしゃるんですか。」とたずねる。それに対してジョバンニは「どこまでも行くんです。」と「少しきまり悪そうに」答える。この段階では、ジョバンニは旅の目的地を意識していなかった。「どこまでも行く」ということばは、自信をもって発されたものではない。「少しきまり悪そうに」という表現からは、どこへ行くのかわからないまま旅をしていることに気づき、少し不安を覚えている姿がよみとれるだろう。ジョバンニのことばに鳥捕りは「それはいいね。この汽車は、じっさい、どこまででも行きますぜ。」と答える。このことばは、ジョバンニがためらいながら言った「どこまでも行くんです。」という事態が、実現可能なものであるとお墨付きを与える役割を果たしている。

続く場面でジョバンニの切符を見た鳥捕りは「こいつをお持ちになれぁ、なるほど、こんな不完全な幻想第四次の銀河鉄道なんか、どこまででも行ける筈でさあ、あなた方大したもんですね。」と言い、二人が銀河鉄道で「どこまででも行ける」ことを保証する。しかしジョバンニは「何だかわかりません。」と答え、決まりが悪いのでカムパネルラと二人でまた窓の外を眺める。「どこまでも行く」ことは、いまだ自分自身の願望としては意識されていない。その後鳥捕りが消え、青年と女の子と男の子があらわれる。カムパネルラと女の子が話しているのを見て、ジョバンニは次のように思う。

> ああほんとうにどこまでもどこまでも僕といっしょに行くひとはないだろうか。カムパネルラだってあんな女の子とおもしろそうに談(はな)しているし僕はほんとうにつらいなあ。

「どこまでもどこまでも」一緒に行くことを求める思いは、今ここでカムパネルラが自分を見ていないと感じることによって生み出されている。したがってこの思いは、カムパネルラに対して、常に、かついつまでも自分だけを見ていてほしいと願っていることを意味している。銀河鉄道に乗る前に、昔カムパネルラと二人で遊んでいたことを懐かしんでいたときには、ジョバンニはともかくまずカムパネルラと一緒にいることを願っていた。その願いが銀河鉄道の旅で実現すると、次に、鳥捕りを邪魔に思ったように他者を排除したいという願いが生まれる。しかし鳥捕りに対してカムパネルラは好意を示してはいなかったので、鳥捕りはそれほど脅威ではなかった。続いて登場した女の子とは、カムパネルラは親しげに話している。その姿を見たときジョバンニのうちに、いつまでも自分に注意を向けていてほしいという願いが生じる。関係の永遠性は、関係が壊れることを予感したときに切実な形で求められる。ジョバンニのこのような思いは、再びカムパネルラと二人きりになったときに次のような形で表現される。

「カムパネルラ、また僕たち二人きりになったねえ、どこまでもどこまでも一緒に行こう。僕はもうあのさそりのようにほんとうにみんなの幸のためならば僕のからだなんか百ぺん灼いてもかまわない。」
「うん。僕だってそうだ。」

ジョバンニのことばには、カムパネルラとの関係が永遠であることを願う気持ちが込められている。さらにジョバンニは、カムパネルラとの間で理想の共有がなされていると考えている。ジョバンニのことばにカムパネルラが賛同することによって、カムパネルラもまた、ジョバンニとどこまでも一緒に行きたいと願っているとともに、女の子から聞いた蠍の話に強く心を動かされたことが明らかになっている。しかし、続いて問われるのは「けれどもほんとうのさいわいは一体何だろう。」ということである。ジョバンニもカムパネルラもわからない。わからないからこそ、ジョバンニはしっかりやろうと決意するが、そこに石炭袋（そらの孔）があらわれる。

その後再び、「僕もうあんな大きな暗の中だってこわくない。きっとみんなのほんとうのさいわいをさがしに行く。どこまでもどこまでも僕たち一緒に進んで行こう。」という形でジョバンニの決意を語る台詞が登場する。このときには進むべき方向が見えている。それは「暗の中」をさがしにいくこと、いいかえれば、ほんとうの幸いが何かわからない中で、それが何であるかを問い続けることを意味している。ここで登場した「どこまでもどこまでも」ということばには、もちろんカムパネルラとの関係が永遠であることを願う気持ちが込められている。けれども先ほどのことばと比較してみると、「どこまでもどこまでも」は「さがしに行く」とより強く結びついていることに気づく。ここでは、「どこまでもどこまでも」ということばによって、ほんとうの幸いを果てしなく問い続けるという決意が示されているのである。

死者の問いを引き受ける

この台詞の後、カムパネルラは「ああきっと行くよ。ああ、あすこの野原はなんてきれいだろう。みんな集ってるねえ。あすこがほんとうの天上なんだ　あっあすこにいるの僕のお母さんだよ。」と窓の遠くに見えるきれいな野原を指して叫ぶが、ジョバンニには、カムパネルラが言ったように思えないという事態が生じる。そうしてジョバンニが再び「カムパネルラ、僕たち一緒に行こうねえ。」と言いながら振り返ると、カムパネルラの姿はすでにない。

ジョバンニは泣き始める。ジョバンニはカムパネルラと同じように世界を見ることができないという経験をして、別れる。ジョバンニの「カムパネルラ、僕たち一緒に行こうねえ。」ということばは、カムパネルラが見ているものを共有できていないという不安から発せられている。

ジョバンニは、カムパネルラから問いと謎を受け取っている。ほんとうの幸いは何かという問いは、カムパネルラの「わからない」という答えによって二人が共有する問いとなった。カムパネルラが違う世界を見ていたことは、カムパネルラはなぜそのような世界を見ていたのか、なぜ自分にはその世界が見えなかったのかという問いを生み出す。さらにジョバンニは、元の世界に戻った後カムパネルラの死を知り、カムパネルラが旅の最初に発した問い「おっかさんは、ぼくをゆるして下さるだろうか。」の意味に思い当たるだろう。ジョバンニは、二人の問い、自分一人の問い、カムパネルラの問いを引き受けて生きていく。「どこまでもどこまでも」問い続けようとする姿勢の源は、「どこまでもどこまでも」カムパネルラと一緒にいたいと願ったことにある。一緒にいたいという思いは、たしかに他者を排除するというふるまいを生み出す。しかし同時に、みんなのほんとうの幸いを問い続けるという営みをも生み出す。

「銀河鉄道の夜（最終形）」は、このような道のりを描き出した。これは「初期形第三次稿」では語られていない。「初期形第三次稿」では、銀河鉄道に乗る前の段階で、ジョバンニはみんなから離れてどこまでもどこまでも行ってしまいたい、もしカムパネルラが自分と一緒に来てくれたら、二人でどこまでもどこまでも行くのならどんなにいいだろう、と考えている。「初期形第三次稿」では、ジョバンニはカムパネルラと友達になることを願っており、その願いの強さが二人でどこまでもどこまでも行きたいという形で表現されている。ジョバンニは、最初から永遠の関係を願う存在としてあらわれている。したがってカムパネルラとの別れは、この願いが挫折したことを意味する。そのため、そこにセロのような声がきこえてきて「みんながカムパネルラだ。」と伝えることによって、カムパネルラを思うことがみんなを思うことへとつながる道のりを示す必要が出てくる。それに対して「最終形」では、ジョバンニの願いが徐々に変化する様子を描き出すことによって「どこまでもどこまでも」という思いに、みんなのほんとうの幸いを問い続けようという決意を込めることが可能になった。

この決意こそが、カムパネルラと一緒に行くことが不可能になったときにジョバンニのもとに残されるものである。したがって「みんながカムパネルラだ」という説明はむしろ不要なものとなる。カムパネルラも意識していた「みんな」を思い続け、カムパネルラの問いを引き受けている限り、ジョバンニはカムパネルラとともにいることができる。ジョバンニがみんなのほんとうの幸いを探す過程で、ただ一人を求めることがはらむ排他性に気づくかもしれないし、サウザンクロスで降りた女の子やザネリの思いに気づくこともあるかもしれない。それらのすべてを一挙に解決する方法はわからないが、解決しようと考え続けていこうとすること、その重要性を物語は語っている。

第Ⅱ章

真宗と禅宗と法華経と

（資料提供：林風舎）

宮沢政次郎　賢治の父政次郎は、近角常観や暁烏敏など、当時新たな運動を起こしていた浄土真宗の僧侶たちと親交を深めながら自らの信仰を形づくっていった。賢治の信仰の出発点には、父をはじめ、そうした人物との関わりが存在している（89 頁、91 頁参照）。

仏教の歴史

ただ一人を思うこと

「青森挽歌」「手紙四」「銀河鉄道の夜」。これら三つの作品を仏教思想とのかかわりにおいて捉え返すと、ただ一人を思うことはどのように位置づけられるのかということが共通して問われていたと言える。「青森挽歌」では、ただ一人を思うことは、みんなを思うことと矛盾するものとして意識されていたが、「手紙四」では、ただ一人を思うことは、みんなを思うことの出発点として位置づけられている。二つの作品の背景にあるのは輪廻転生思想だが、賢治は輪廻転生思想について考え続けることによって「手紙四」に示されたような道のりを新たに見つけ出した。輪廻転生思想はたしかに恐ろしさをもっているが、「すべてのいきもののほんとうの幸福」をさがすことが、自分がポーセを思う気持ちをすくいとってくれるのであれば、それは残された者にとって一つの希望となるだろう。ただしこの希望は、「手紙四」の中で直接チュンセに対しては示されていない。

「銀河鉄道の夜」でも、ただ一人を思うことは、みんなを思うことの出発点として位置づけられているが、この作品では新たに、自分にとって大切な存在が見ているものや感じていることが分からないという事態についても問おうとしている。このような他者とのへだてをどのように引き受けるのか。

物語が示したのは、「みんなのほんとうのさいわい」を問うこと、そして大切な存在が抱えていた問いを担い続けることであった。ここでは「みんなのほんとうのさいわい」を問うことが、大切な存在とのへだてを引き受けていく力をもたらしてくれている。すべての存在が幸せになれるよう努力することは、仏教がすすめる望ましい生き方と言えるが、その生き方が、実は私たちが生の途上で必ず出会う、大切な存在との別れがもたらす悲しみやつらさを引き受けるために、大きな力を与えてくれることを、賢治は描き出そうとしている。

賢治は、その生の途上において様々な問いを抱き、その問いの答えを仏教と向き合うことによって探し求めていった。仏教は、それと向き合う者が抱く願いや苦しみに応じて異なった相貌を見せる。第Ⅰ章でとりあげたのは、妹トシを失った後賢治がたどった道のりであるが、賢治が仏教に心ひかれた時期はさらにさかのぼる。第Ⅰ章で述べたように、賢治はすでに盛岡高等農林学校時代には、仏の教えにもとづきすべての存在を救うことをめざしていた。

では、賢治はどのような経験を通して仏教に心ひかれるようになったのだろうか。本章では少し時間をさかのぼり、賢治が仏の教えをどのように受けとめていたのか、たどっていくことにしたい。そのの手がかりとなるのは、賢治が政次郎や保阪嘉内に宛てた書いた手紙であるが、そこには難解な仏教用語が頻出している。そこで最初に、ごく簡単に仏教の歴史について概観し、賢治の思想について考えるための準備をしたい。

仏教のはじまり

仏の教えの源は、紀元前六世紀または五世紀に誕生したとされる釈迦が説いた教えにある。その基本的な内容としては、四諦八正道と四法印があげられる。四諦とは四つの真理という意味であり、具体的には、苦諦・集諦・滅諦・道諦の四つを指す。その内容をまとめれば、この世のすべては苦しみであり、その原因は決して満たされることのない欲望（煩悩）である。原因である煩悩を滅却すれば苦しみもなくなる。煩悩を滅却するためには八つの正しい修行方法、すなわち八正道に拠らなければならないというものである。八正道には、正見（物事を正しく見ること）や正定（正しい瞑想による精神統一）などが含まれる。四法印とは、諸行無常・諸法無我・一切皆苦・涅槃寂静の四つを指している。すべては移り変わり、存在は関係の中で仮にそのようなものとして存在しているに過ぎず、永遠不滅の実体ではない。しかし人はそれに気づかず、永遠のものと思い執着する。その結果、手に入れられないものを得ようとして苦しみが生じる。この苦しみを取り除くことで静かな安らぎの境地に達することができる。仏教がめざしたのは、真理に目覚め、煩悩を滅し、苦から脱却することであった。このように開悟成道した存在が「仏陀」とよばれる。なお「諸法無我」の「法」は、存在を意味している。法は〈保つ〉という語の語根から成立した言葉であり、真理・規範・因といった幅広い意味をもっている。仏教では、真理にもとづく釈迦の教えと、真理にもとづいて成立している物事をも指している。したがって、真理・教え・存在の三つが、いずれも「法」とよばれている。

悟りをひらいた釈迦は、他の人々に自らが悟った真理を伝えた。布教を続けるなかで、多くの弟子が釈迦に従うようになり、教団が形成されていった。教団は、出家者と在家信者から成立している。出家者は、戒律に従い悪を止め善を修し、瞑想修行を行うことによって真理を体得することがめざされていた。彼ら彼女らは、家を出る、すなわち家族との関わりを断ち一切の生産活動から離れ、修行を続けることになる。具体的には、戒(かい)・定(じょう)・慧(え)の修行が行われた。戒は戒律を、定は心の散乱をしずめた瞑想の境地を、慧は智慧を指している。一方在家信者は、出家することなく釈迦の教えを守る生活を続け、出家者に衣食住の供養を行い功徳を積んでいく。在家信者が守るべき戒が五戒（不殺生・不偸盗(ふちゅうとう)・不邪婬(ふじゃいん)・不妄語(ふもうご)・不飲酒(ふおんじゅ)）である。

在家信者は世俗での生活を続けていくことになるが、その生活は、生きていくために必要な物を生産し、かつ未来に備えて蓄えていくということを基本としている。このような営みは、古くは食物を貯蔵することから始まり、貨幣が登場した後は、貨幣を蓄えることになる。貨幣はくさる心配がなく、いつでも望みの物に交換できると期待されているので、より安心できる備えであると考えられている。けれども実は、このような、蓄えることを意識して生きるという生活に入ることによって、新たな不安が生じるのではないだろうか。

私たちは、未来に備え準備をするが、明日、実際に何が起こるかは分からない。十年後、二十年後に何が起こるかも、もちろん分からない。そのため私たちは、どれぐらい準備すれば明日以降の生を問題なく送れるかは正確には分からない。そうだとすれば私たちは、どれほど蓄えたとしても完全に安心することはできない。むしろ、備えようという気持ちが強ければ強いほど、いいかえれば、何があっても問題ないようにしようという気持ちが強ければ強いほど、不安はより高まってくる。蓄えようとするものが、食物や貨幣など具体的な物の形をとっている場合は、保管する場所を確保しなければならないが、現在のように、たとえば銀行に預けるという形になると、際限なく数を増やしていくことが可能になる。だが通常は、際限なく数を増やしていくことはできないので、どこかで蓄えるという営みを断念する。しかし断念したとき、本当にこれで大丈夫だろうかという不安が浮かび上がる。

あるいは、それぞれの人が「蓄える」ということをしていると、互いの間で競う気持ちが生まれる。このことを描きだしたのが、賢治の作品「蜘蛛となめくじと狸」である。この作品では、主人公の蜘蛛が、網をかけて食物となる虫をどんどん捕まえていくが、巣の下を通りかかった狸に網のまずさを指摘され、くやしがる。その結果、狸を見返すためにあちこちに網をかけるが、最終的に食物がずんずんたまって腐敗し、それが蜘蛛の夫婦と子どもにうつり家族四人は死を迎える。「蜘蛛となめくじと狸」は、蓄えるという未来に備える行為が、いつしかそれ自身が目的となって他者と競う気持ちを生み出し、結果的に、その行為をなすものを死に至らしめる、いいかえれば現在の自己を殺すことを語っていよう。明日に備え蓄えるという生き方は、安心を得ようとして逆に不安を増やし、現在の自己の存立を危うくする。だからこそ、完全なる心の平安をめざす仏教においては、蓄えないという生き方が選び取られたのである。

出家者は、生産活動にはたずさわらず、貯蓄することも禁じられている。出家するとは、他者からそのつど与えられた食べ物によって生をつなぐという生き方を選ぶということである。それは、未来という実体のないものによって心を動かすことを否定する生き方である。一方で在家信者は、出家せず生産活動にたずさわりながら、出家者の生を支える役割を果たす。在家の信者も仏の教えをもっともなこととして受け入れており、出家が望ましいあり方であると考えている。在家者は、目指すべきあり方を実践している出家者を支えるという生き方を選んでいると言えるだろう。仏の教えは、私たちが当たり前と考えている生き方に対して疑問を投げかける。出家者は実際に世俗の生活から離れることによって、異なった生き方があることを示し、在家者は、世俗のなかにありながら、世俗から距離をとり世俗の生活を対象化する視点をもっている。このような視点を可能にするのが仏の教えであった。仏の教えにしたがって世界を捉えることによって、苦を逃れるために必要な行いが分かる。この行いが「善い行い」であり、出家者も在家者も、自らが善い行いをなすことによって自らが楽を得ることができる、いいかえれば幸せになれると考えていた。もともと仏教は自業自得を旨とするものであったと言える。

大乗仏教

それに対して、紀元前後におこった大乗仏教が強調したのが回向（えこう）である。回向とは、自己の善行の結果である功徳を他にめぐらし向けることである。しかしこのような変化は、仏教が異なる教えへと変貌したことを意味するのではない。元来あった「諸法無我」の教えがより徹底されることによって、新たに生み出されたと言える。すべての存在が関係の中で成立するのであれば、自分一人が成仏することは、論理的に不可能となる。その結果、切り離された個としての自己が成仏することではなく、相互の関わりの中でともに成仏することがめざされたのである。このような思想を支えていたのが「空」「縁起」の思想であった。大乗仏教は、自己が「みんな」とともに幸せになることをめざしたのである。

　また大乗仏教では、仏の身体について新たに三身、すなわち法身（ほっしん）・応身（おうじん）・報身（ほうじん）の三つの身体が説かれるようになった。法身は、永遠不変の真理の当体をさし、人間の感覚を超えている。応身は、衆生を救うために、衆生に応じてあらわれる身体である。報身は、仏と成るための因としての行をつみ、その報いとしての完全な功徳を備えた身体である。

　もともと仏身論は、釈迦の死をきっかけとして生みだされたものであり、原始仏教でも考察が進められていた。絶対的な真理を語る仏としての釈迦が、有限な死を迎えたということは、残された者に、絶対と有限をめぐる新たな問いをもたらすことになった。その結果見いだされたのが、仏は、法身（永遠身）と色身（現実身）という二重の形で存在するという理解である。

　大乗仏教ではこの二つの身に加えて新たに報身がたてられた。それは大乗仏教が、相互の関わりの中でともに成仏すること、いいかえれば自利とともに利他をめざしたことにもとづいている。前世において釈迦は、他の生あるものを救うという利他行をくり返し行い、その結果として、うるわしい身を得ることができたと考えられるようになったのである。報身をめぐる言説は、有限なこの身による行の積み重ねとして、絶対的な身に到達するという道すじを示しており、絶対的なるものと有限なるものとのあいだをつなぐ論理を示している。このような前世の釈迦の行いを説いた物語は、本生譚（ほんじょうたん）とよばれている。賢治が「手紙一」で書いた竜のおはなしも本生譚の一つである。本生譚の主人公は出家しているとは限らない。本生譚は、釈迦は前世にそれだけの難行苦行を行うことによって仏になったのだと語ることによって、釈迦の偉大さを示すという意味をもっているが、仏になるためには、出家し僧となり修行することが必要であるという考えを弱めていく力ももっている。

　大乗仏教の思想は、新たに作成された大乗経典を通して表明された。賢治が信奉した法華経は、紀元五〇年頃から一五〇年頃に成立したとされている。法華経以外にも、般若心経（はんにゃしんぎょう）、華厳経（けごんぎょう）、無量寿経（むりょうじゅきょう）、涅槃経（ねはんぎょう）、大日経（だいにちきょう）など数多くの経典が作成されている。それらの経典では釈迦以外の仏も新たにたてられることになった。たとえば無量寿経は阿弥陀仏という仏がなぜ誕生したのかを語ったものである。

日本における仏教の歴史

　それでは続いて、中国そして日本における仏教の歴史について確認したい。中国に仏教が伝えられたのは、文献上は紀元前二年とされている。二世紀頃からは本格的な訳経の作業が進み、六世紀末に始まる随唐時代になると教相判釈（きょうそうはんじゃく）が発達した。中国に伝えられたのは主に大乗仏教だが、仏教の膨大な経典群は、インドで長い期間にわたって成立したものである。それらが中国には順不同で短期間にもたらされ、かつそれらすべてが釈迦が開悟した後涅槃に入るまでの間に説いたものと考えられたため、経典どうしの関係をどのように捉えればよいのかという問題意識が生じた。その結果、経典がどのような順番で説かれたか、どの経典が主軸となるかを確定しようとする試みがなされた。この試みが教相判釈である。様々な形で教相判釈が行われた結果、仏教の各宗派が誕生する。たとえば天台宗は法華経を、華厳宗は華厳経を根本経典としている。浄土教は無量寿経などによって形成されたものであり、禅宗は特定の経典をよりどころとせず、そのかわりに祖師の言行録である「語録」をつくり修行の基準としている。

以上のように中国において新たに展開された仏教が、六世紀頃に日本に伝えられた。奈良時代には、南都六宗とよばれる華厳宗や律宗などの六つの宗派が国家仏教を支え、平安時代には入唐し、かの地で仏教を学んだ最澄（七六七～八二二）と空海（七七四～八三五）が、それぞれ日本天台宗、真言宗をひらいた。また浄土教も広がりを見せ、平安時代末期には法然（一一三三～一二一二）が登場する。法然は、阿弥陀仏のいる極楽浄土に往生するために、もっぱら南無阿弥陀仏と称えることをすすめ、ここに浄土宗が誕生する。法然の教えを継承し、後に浄土真宗の開祖とよばれるようになるのが親鸞である。一方日蓮（一二二二～一二八二）は法然の思想を批判し、よりどころとすべきは法華経であると主張した。親鸞と日蓮は、日本天台宗の中心寺院である比叡山延暦寺で学んだことがあり、同じように比叡山で学んだ道元（一二〇〇～一二五三）は、宋で修行を重ね日本に曹洞宗を伝えた。以上のように鎌倉時代は、明治時代以降にも影響を与えている仏教の各宗派が誕生した時代でもあった。

この後、江戸時代になると寺請制度が施行され、檀那寺と檀家との関係が固定されることになった。もともと檀那は布施を意味しており、檀那寺は布施を受ける寺を指している。家ごとにある仏教宗派に属し、布施によって檀那寺の経済基盤を支えるという形がここに成立した。しかし明治時代になると、政府の出した神仏分離令をきっかけとして、廃仏毀釈の運動が全国に広まった。日本においては、仏教伝来以降、神に対する信仰と仏に対する信仰は融合していき、神仏習合とよばれる信仰形態が続いていたが、明治政府は国の近代化を進めるために神道と仏教を切り離すという道を選んだ。新たなよりどころとして、国家神道を立ち上げようとしたためである。その結果仏教側は、様々な形で抵抗を行うと同時に、新たな時代にふさわしい仏教のあり方を模索することになる。文久元年に生まれた田中智学（一八六一～一九三九）の活動もまた、その一つとして位置づけられる。あるいは、宮沢政次郎が交流を深めていた暁烏敏（一八七七～一九五四）や近角常観（一八七〇～一九四一）などの活動も、浄土真宗から生み出された新しい活動であった。

　宮沢賢治の信仰の出発点には、そうした人物との関わりが存在している。そこで次節では、彼らとのかかわりも含めて、賢治の信仰について確認することにしたい。

政次郎と賢治

「歎異鈔の第一頁」

宮沢賢治は、大正元（一九一二）年十一月三日に書かれたと推定されている政次郎宛の手紙の中で、「小生はすでに道を得候。歎異鈔の第一頁を以て小生の全信仰と致し候」と述べている。当時賢治は、盛岡中学校の四年生で寄宿舎に入っていた。十六歳のときである。「歎異鈔」は親鸞の門弟唯円が、親鸞の死後その教えに異説があることを嘆き記した書である。賢治はこの手紙の中で自らの信仰を父に告げているが、その理由は父を安心させるためであった。

引用した文の前で賢治は、佐々木電眼という人物に一円を支払い静座法指導をしてもらう約束をしたことを述べている。その理由は、「静座と称するもの丶極妙は仏教の最後の目的とも一致するものなりと説かれ小生も聞き噛り読みかじりの仏教を以て大に横やりを入れ申し候へどもいかにも真理なるやう存じ申し候」と説明されている。「大に横やりを入れ」るという言葉からは、賢治が積極的に議論をふっかけたことがうかがえよう。続いて賢治は、静座をして体が丈夫になれば親孝行であると主張しつつ「多分この手紙を御覧候はゞ近頃はずいぶん生意気になれりと仰せられ候はん」と父の反応を推測し、父は自分が歌を作り始めたことを咎め自分が危険思想などを抱かないよう心配しているのではないかと予想している。その上で記されたのが「御心配御无用に候　小生はすでに道を得候。歎異鈔の第一頁を以て小生の全信仰と致し候」という言葉であった。

自分はいろいろなことを試してみたい。しかし父親はそんな自分を必ず心配する。自由にやるためにも、父親を安心させなければならない。だからこそ「小生はすでに道を得候。歎異鈔の第一頁を以て小生の全信仰と致し候」と宣言した。それは、政次郎の信仰がまさに「歎異鈔の第一頁」にもとづくものであると賢治が理解していたからであろう。後に賢治は父の信仰を否定し、自らの信仰を打ち立てていくことになる。賢治の信のあり方を捉えるためにも、政次郎の信のあり方を理解することは重要な意味をもっている。そこで、ここではいったん賢治を離れ、政次郎の信仰を確認したい。

政次郎と暁烏敏

宮沢家はもともと浄土真宗の檀徒であったが、さらに政次郎は、近角常観や暁烏敏など、当時新たな運動を起こしていた真宗の僧侶たちと親交を深めながら自らの信仰を形づくっていった。近角と暁烏は真宗大谷派の僧侶で、『歎異抄』（現在ではこの表記が一般的に用いられているため、以後引用以外においてはこの表記を用いる）を広く世に知らしめた人物である。近角は明治三十七（一九〇四）年八月に、暁烏は明治三十九年八月に、花巻郊外の大沢温泉で開かれた夏期講習会に講師として招かれている。この講習会は明治三十二（一八九九）年には始まっていたと推測されており、最初は学生向けの勉強会で歴史や自然科学などを学んだが、やがて内容を変え仏教講習会へと移行していった。その運営に関わったのは、花巻における仏教篤信者の会「四恩会」のメンバーであり、その中に政次郎も含まれていた。政次郎は上京した際には近角のもとを訪れており、また暁烏には直接講師の依頼を行っているなど、各講師との関わりも深かった（全集第十六巻下、栗原敦『宮沢賢治』、岩田文昭・碧海寿広「宮沢賢治と近角常観―宮沢一族書簡の翻刻と解題」）。

ことに暁烏には、大沢温泉での仏教講習会が縁となり、たびたび手紙を送っている。当時政次郎は三十二歳、暁烏は二十九歳であった。暁烏は明治三十六年から雑誌『精神界』に「『歎異鈔』を読む」の連載を始めていた。その後八年にわたり書き続けた文章をまとめたのが『歎異抄講話』（当時の表記は『歎異鈔講話』）であり、この書を暁烏は政次郎に送っている（栗原敦編注「宮沢政次郎書簡集」。以下政次郎の手紙の引用は、同資料による）。一方近角は、明治三十八年に『懺悔録』を出版している。これは『歎異抄』について語った講演会の記録であり、そのなかに『歎異抄』のテキストがそのまま載せられている。政次郎は、近角と暁烏が『歎異抄』について熱烈に語ったその傍らにいたのである。

では、政次郎はどのような信仰を抱いていたのだろうか。暁烏宛の手紙において示されているのは、政次郎がくり返し自己を「罪悪ノ凡夫」（明治三十九・五・二十一）と捉える姿である。その意識は、仏が指し示す善き行いをなすことができないという自覚を通じてもたらされる。たとえば政次郎は、自分が「愛欲名利」を捨てることができず（明治四十二・一・十二）、「愛欲名利」ゆえに苦しんでいることを告げている（明治四十五・五・十一）。政次郎は、特定の誰かを強く愛し現世の名声や利益を求めることが、自分に苦しみをもたらすと考えている。それは仏の教えにもとづき人の生の苦しみの原因を捉えているからである。

人間の苦しみは、すべては無常であり堅固なものは何もないという事実を知らず、あれこれの物事に執着することから生じる。「愛欲」は「実体化された他者」に執着することであり、「名利」は、「実体化されたこの身をさらに強固なものにしようとする」ことである（頼住光子『日本の仏教思想』）。だからこそ苦しみから逃れるためには、「諸行無常」「諸法無我」といった仏の告げる真理を知り、執着を克服することが必要である。政次郎は、このような仏の教えを理解しつつも、より正確に言えば、理解するからこそ、そうしたふるまいのできない自己を強く意識せざるを得ない。

政次郎は、明治三十九（一九〇六）年八月十四日に、次のような手紙を書いている。

あゝ大沢十日の別れ何ぞ我心の弱く候ぞ　遠くなり行く車轍の跡を目送しつゝ胸中の暗涙禁じ得ざりしハ何の為めぞ　会者定離とハ常ニ聞馴れたる事ながら其時ニなりてハ何の己れを制する助けにもならぬ腑甲斐なさ　飽迄も愚病執着の悪凡夫と存候

大沢温泉で暁烏は、八月一日から清沢満之（一八六三～一九〇三）の「我信念」を講じ、十日に盛岡に向けて出発している。暁烏を見送るとき、その別れのつらさゆえ政次郎の胸の中は涙であふれる。そのとき頭をよぎるのは「会者定離」ということばである。会う者は必ず別離するという、この世の無常をあらわすことばを、政次郎はたしかに知っているが、だからといって今ここで味わう悲しみがなくなるわけではない。真理を知ることが自らを制することに結びつかない。だからこそ自己を「愚病執着の悪凡夫」と捉える意識が生み出されるのである。

　このような自己がどうすれば救われるのか。そう問うたときに阿弥陀仏の存在が浮かび上がる。阿弥陀仏はかつて法蔵菩薩であったときに、衆生を救済するために四十八の誓願をたて、途方もなく長い間修行を重ねた後に誓願を成就し阿弥陀仏と成った。法蔵菩薩がたてた誓願の一つを、すべての念仏する衆生を救おうという願と解釈し、その誓願をよりどころとして自らの信仰のあり方を見いだしていったのが法然であり、法然の門弟の親鸞であった。『歎異抄』第一条は、親鸞のことばとして、阿弥陀仏の誓願は「罪悪深重・煩悩熾盛の衆生」を助けるための誓願であり、阿弥陀仏の誓願を信じるならば他の善は必要ないということを伝えている。阿弥陀仏は、他ならぬ自分のような「罪悪深重・煩悩熾盛の衆生」を助けるために誓願を立ててくれた。このように意識したとき、阿弥陀仏の存在が自己に関わるものとして切実な形で捉え返されることになる。このようなあり方は、政次郎が明治四十二（一九〇九）年一月十一日に書いた手紙から読みとることができる。

　政次郎は、自らの耳目に入るのは、「傷ましき愛欲名利の取り遺り」のみであり、一方自分を省みれば、その浅ましさに慄然とし、次のように思う。

> されハこそ先賢の魔郷と喝破せられし事の尊き導きを感じ候　されどそこ迄気付きても矢張り愛欲名利捨る事もならぬ無智の徒ら者真実大慈大悲の御前降伏の兜を脱する外無之候

中国で浄土教を大成した善導（六一三～六八一）は、この世を魔郷、すなわち仏道修行を妨げる魔の多い世界、迷いの世界と呼び「魔郷にはとどまるべからず」と説いた。政次郎は改めてこのことばに納得するが、それでもなお愛欲名利を捨てることができない。そのとき政次郎は、自分の力で自分を救うことができない「無智の徒」のためにと願を立てた阿弥陀仏の前に降伏し、兜を脱ぐ。ここでは「降伏」ということばが使われており、戦いに負けて不本意ながら相手に屈するという雰囲気がある。一方で政次郎は、季節も人も移り変わる中で、「幸ニ変らせたまハぬ御仏のまことのミ心強く覚へ候」と述べたり（明治三十九・八・十四）、「アラヒザラヒ発イテ見テも名利ノ悪妄念ナラデハナキ我ニ折々御名ノ称ヘラル丶も不思議ニ候」（明治三十九・九・三十）と述べるなど、素直に阿弥陀仏をよりどころとし、念仏を称えることもある。

自力への思い

ただ総じて政次郎は、自分の力で何とかしたいという思いが強い。たとえば明治四十（一九〇七）年六月二十六日の手紙では、暁烏に前年の夏「凡夫ハ凡夫ラシク」と言われたことに対して少なからず不満に思ったことを懺悔している。その不満の内容を、政次郎は「凡夫ナレバコソ心ニ任セズ嗜メトコソ仰ラルベキニ凡夫ラシク放任セヨト聞ユレバ随分酷ナル御示シト存ジ居候ヒシ」と説明している。凡夫だからこそ、自分の心に任せてふるまうのではなく節制しろと言ってくれるはずのところを、凡夫らしくそのまま自分の内にある煩悩を放っておけというのはあまりに酷ではないか。

政次郎は、自らの煩悩を今この時において消す方法を求めていた。自らの力をたよる思いは、自分の友人もまた抱いていたと政次郎は考えている。しかし政次郎は続けて言う。「何一ツ思フニ任セテ出来ル次第ナラバ誰カ三悪道ノ苦患ヲ恐レテ常住ノ安楽ニ帰セザルモノアラン」。直訳すれば、もし自分が自分の思う通りにふるまえるのであれば、三悪道の苦しみを恐れて常住の安楽に帰しない者があるだろうか、いやない。もし人が、自分の望むとおり自己を抑制し善き行いをなすことができるのであれば、みな来世で地獄・餓鬼・畜生の苦しみを受けることを恐れ、永遠の楽を願いつとめはげむことができるはずである。しかし、私たちはそのようにふるまうことができない。そう意識したときに、「一切ハ大御親ノ御手ノ中」にあることに気づき、どれほど迷い狂おうとも阿弥陀仏の「摂取ノ御手」が自分たちを救ってくれることを信じる思いがわき上がる。

しかし、自分で自分の煩悩を何とかしたいという思いは、簡単に消せるものではない。明治四十五（一九一二）年五月十一日の手紙で、政次郎は「何を苦しむと言ふても只愛欲名利等に外ならぬ事に候間是れに淡くなる工夫何卒御教へ賜ハり度候」と頼んでいる。自分の抱える如何ともしがたい執着を何とかするための「工夫」がほしいと切実に願う。政次郎の内には、自己の抱える問題を今ここで解決したいという思いと、どうあがいても今ここで解決できないという思いが共存している。この二つの思いは、眼前の社会が抱える問題に対しても抱かれることになる。

政次郎は、現実にある不平等を前にし、真に「平等」を実現できるのは、阿弥陀仏だけであると考えていた（明治四十年十二月二十五日の手紙）。いいかえれば、私たちには「平等」を実現することはできない。しかし政次郎は、救済できるのは阿弥陀仏だけであるという地点にまで、自力を断念することを徹底させることはできない。明治四十五年五月十一日の手紙では、地方の困窮を目の当たりにするなかで「世事を離れて宗教もなき事と存候間密接にこの処を結び得る工夫ハなきものに候哉年々に迫り来る生活難と宗教と何としても交渉なき訳にハ参らぬ事と存居候」と訴え、自分としては「簡易質素の生活法」を実行するより外ないと考えると述べ「御教へを蒙り申度候」とたずねている。

政次郎は、多くの人が生活難に苦しむ中で、どうすればよりよい方向へと向かうことができるのか、その方法を具体的に考えずにはいられない。そこには、この現実を変えたいという強い願いがある。しかし、この思いは、おそらく再び断念されることになると予想されよう。自分にできることを探そうとすることが「できない」という自覚を生み、「できない」自分を救う存在として阿弥陀仏が意識される。自ら修行することによって悟りを目指そうとするときには、愛欲や名利を否定することが行われるのに対して、阿弥陀仏をよりどころとしようとするときには、自分の力を頼りにする心を否定することが求められる。それは、愛欲や名利を否定することと同じように困難である。しかし自力を断念することができないからこそ、くり返し阿弥陀仏の慈悲に出会うことができると言えよう。

改めて『歎異抄』第一条をふり返ってみれば、その内容は、阿弥陀仏の誓願が「罪悪深重・煩悩熾盛の衆生」のためのものであり、阿弥陀仏の誓願を信じるならば他の善は必要ではないと宣言するものであった。とはいえ他の善を願う気持ち、いいかえれば、自分の力によって自己や社会をよりよい方向へと変えていきたいと願う気持ちは、くり返し起こってくる。そのとき再び第一条を読むことによって、自力の無効を意識し、阿弥陀仏の慈悲を実感することができる。政次郎にとって『歎異抄』第一条は極めて重い意味をもっていたと考えられる。

賢治と『歎異抄』

ではここで、再び賢治の手紙に戻ることにしたい。本節の冒頭で引用した手紙の中で、賢治は「歎異鈔の第一頁を以て小生の全信仰と致し候」と述べていた。「歎異鈔の第一頁」がどの部分を指すのかは、宮沢家に所蔵されていた『歎異抄』が分からないため確定できない。なお近角常観の『懺悔録』に掲載されている『歎異抄』の一頁目には、「序」と第一条の途中までが載っている。暁烏敏の『歎異抄講話』は、「第一章　緒言」で『歎異抄』の「序」を取りあげ、「第二章」から、『歎異抄』第一条の説明を始めている。賢治の言う「第一頁」に「序」が含まれるか否かは判断の難しいところだが、「小生の全信仰」と名指すにふさわしい内容をもつのは、第一条であるとここでは推測したい。では、賢治は、父に対して自分の信仰をどのように伝えたのだろうか。手紙の続きを確認したい。

御心配御无用に候　小生はすでに道を得候。歎異鈔の第一頁を以て小生の全信仰と致し候　もし尽くを小生のものとなし得ずとするも八分迄は会得申し候　念仏も唱へ居り候。仏の御前には命をも落すべき準備充分に候　幽霊も恐ろしく之れ無く候　何となれば念仏者には仏様といふ味方が影の如くに添ひてこれを御護り下さるものと承り候へば報恩寺の羅漢堂をも回るべし岩手山の頂上に一

人夜登ること又何の恐ろしき事かあらんと存じ候
かく申せば又無謀なと御しかりこれ有るべく候

一読して気づくのは、賢治はここで、自分は信仰がもたらしてくれる力によっていろいろ「できる」と宣言しているということである。仏の御前に命を落とすこともできるし、報恩寺の羅漢堂を回ることも岩手山の頂上に一人夜登ることもできる。このように自分が「できる」ということを主張するのは、賢治からすれば自分の信仰心の強さを父に訴えかけたいという意図があるからだろう。しかし政次郎からすれば『歎異抄』第一条は、阿弥陀仏が「罪悪深重・煩悩熾盛の衆生」を救ってくれることを宣言するものである。自分が「できない」ということを自覚することによって一層阿弥陀仏への信が強まるという経験を積み重ねてきた政次郎からすれば、賢治のことばは、いささか苦笑しつつ、より心配になるものだったのではないだろうか。というのも、賢治がすでに先回りして父からの叱責を予想しているように、「できる」と標榜する賢治は、本当に仏の前に命を投げ出してしまうのではと思わせるものをもっているからである。

もっとも賢治のことばは、『歎異抄』と全く無関係だったというわけではない。暁烏が政次郎に贈り、賢治も読んだと思われる『歎異抄講話』には次のような文がある。

如来を信じたる者よ、汝もしこは如来の我々に命じ給うところなりとの確信来たらば、国家の法律がいかにあろうとも、汝の生命がいかに危うかろうとも、これを遂行せよ。（中略）かくて善神は汝を敬伏（きょうぶく）するであろう、善人は汝に供奉（ぐぶ）するであろう、悪神は汝を恐れて近づかぬであろう、悪人また一指も汝に加うることができぬであろう。汝はじつに天地の間を横行闊歩（かっぽ）するの最勇者である。しかしてこの大勇は自分で造るのではない、絶対の御力の汝に働き給うのである。

これは『歎異抄』第七条の解説として記されたものである。第七条は「念仏者は無碍（むげ）の一道なり」ということばで始まっており、その理由として「信心の行者には、天神地祇（てんじんちぎ）も敬伏し、魔界外道も障碍することなし」ということが挙げられている。「念仏者は」について暁烏は、昔は「念仏者無碍の一道なり」という文だった、つまり「者」は助詞の「は」をあらわしていたが、のちに「念仏者」の下に助詞の「は」が加えられたのではないかと推測している。「無碍」は「障碍なし」という意味であるので、そうすると元の文章の意味は、念仏は何ものにも妨げられることのない自由の大道である、ということになる。何ものにも妨げられない理由は、阿弥陀如来を信じる念仏には、天神地祇が尊び従い、悪魔外道も妨害することができないからである。

『歎異抄』第二条

ただし『歎異抄』からは、如来の命令を遂行するために自らの生命を投げ出せという主張を導き出すことはできない。暁烏のこの主張の背景にあると考えられるのが、『歎異抄』第二条に対する解説である。第二条には、親鸞が東国から上京してきた門弟に対して「あなたがたが、身命を惜しまずはるばる訪ねてきた意思は、浄土に生まれる手立てをひたすら問い尋ねるためでありましょう」と語ったことが記されている。親鸞は、遠い道のりを様々な苦難に出会いながら、自分のいる京にまでやってきた人々の思いをなぞり返す。暁烏はここに、「求信者」としてのあるべき姿を読み込む。関東の同行たちは身命を顧みずして親鸞を訪ねた。その目的は「ひとへに」すなわち「一意真心に」往生極楽の道をたずねるためである。「金もうけをしよう、身体を壮健にしよう、大人物となるの要素を作ろうなどといういろいろの目的のために宗教の門を叩くのは、ひとえに往生極楽の道を問い聞こうとするのではない」「私ども信仰を求むる態度は、何でも身も命も捨ててであるから、もちろん財産のなくなることや、父母妻子の饑ゆることやなどを顧みず、万事を放棄してなりとも、仏に向かわねばならぬ。（中略）信仰を求むるという点では、親に背いても妻子を捨てても、たとえ自分の生命が危うなろうとも、勇猛精進でなければならぬ」。

なお『歎異抄』第二条では、先ほど引用した部分の後に「ですが、念仏を称えること以外に往生の道を知っており、また経論なども知っているだろう、それを聞きたいものだとお思いであるならば、大きなあやまりです、もしそうなら興福寺や延暦寺の学僧たちにたずねるとよいでしょう」という親鸞のことばを伝えている。親鸞自身は「身命をかへりみずして」やってきたことをそのまま肯定しているわけではない。どちらかといえば、そうしたふるまいが念仏以外の行を求める思い、いいかえれば自分の力を頼む思いを呼び寄せてしまうことを鋭く感じとっていたように思われる。身命を惜しまない努力の結果親鸞に会えたと思うことは、自分が意味あることを為しとげたという自負を生み、ここまで努力してやってきたのだから何か特別な教えがほしいという願望を生む。このように考えていた門弟たちに対して、よそにいけばと言う親鸞のことばは冷水を浴びせるような効果をもっていただろう。

したがって、『歎異抄』第二条から「求信者」のあるべき姿を見出すという解釈や、「汝もしこは如来の我々に命じ給うところなりとの確信来たらば、国家の法律がいかにあろうとも、汝の生命がいかに危うかろうとも、これを遂行せよ」という主張には、暁烏自身の信念が色濃くあらわれていると言える。ではなぜ暁烏は、このような主張をしたのだろうか。その背景には、実際に「国家の法律」にもとづいて仏教の否定が行われたことが存在しているだろう。明治初期に起こった廃仏毀釈運動である。明治元（一八六八）年に政府が出した神仏分離令をきっかけとして廃仏毀釈の運動が広まり（八九頁参照）、寺や仏像や仏具や仏典などが破壊されたり焼かれたりするという事態が出現した。明治十（一八七七）年に石川県の明達寺の長男として生まれた暁烏にとって、廃仏毀釈運動は自分に直接関わる切実な問題であったと考えられよう。この文には、自分の命をかけて阿弥陀仏を守るという強い意志が込められている。

以上のように『歎異抄講話』には「勇猛精進」であることを聞き手に対して勧める場面が登場している。しかし全体としてみれば、基本的な自己理解は「罪悪深重・煩悩熾盛」、すなわち善き行いが「できない」自己であったと言えよう。

自力を求める

そうした中で賢治の意識は、どちらかと言えば「できる」という方向へと向かっている。実際賢治はこのとき、静座法を体得し真理に近づこうとしていた。この手紙を書いた翌大正二（一九一三）年九月には、曹洞宗報恩寺の尾崎文英について参禅している。日本曹洞宗は道元を開祖と仰ぐ宗派であり坐禅を重視した。浄土真宗が「他力」であるとすれば、曹洞宗は「自力」である。賢治は「真理」に近づくために、様々な方法を試したいと考えていたのである。

もっともこのような姿勢は、政次郎からすれば否定すべきものであろう。しかし同時に、自分の力で自己を変えていきたいという思いは、先ほど述べたように政次郎の内にもたしかに存在するものであった。政次郎は小倉豊文宛の手紙において、自分は浄土門について学ぶ中で様々な疑問をもつことがあり、その間には「法華経関係のものや禅門等の人々にも正式の弟子入りハせぬも折々の接触や見聞の恵みを与へられしは多々」であったと述べている（栗原敦「小倉豊文の宮沢賢治研究」）。明治三十七（一九〇四）年に大沢温泉で行われた夏期講習会では、臨済宗の釈宗活（一八七一～一九五四）が講師をつとめているので、賢治よりも政次郎の方が先に禅宗に対する関心をもっていたと言えるだろう。

小倉豊文（一八九九～一九九六）は歴史学・仏教史学の研究者で、賢治亡き後、賢治の作品にひかれ、その研究を始めた人物であり、政次郎とも深く交際していた。この手紙は昭和二十二（一九四七）年十月十五日の日付をもつもので、賢治が生きた時代についての考察も記されている。政次郎によれば、賢治が生まれた明治二十九（一八九六）年、賢治が「知恵つき盛り」の明治三十五、六年前後は、軍国主義の胎動がはなはだしく、一面で福沢諭吉（一八三五～一九〇一）らの「功利の学」が流行するとともに、「精神的の力」となるようなよりどころを求める動きもあらわれ、清沢満之の精神主義が登場し、西田幾多郎（一八七〇～一九四五）の哲学にも讃美者がいたと述べている。明治二十九年から明治三十六年といえば、政次郎の年齢は二十二歳から二十九歳である。清沢満之が暁烏敏らと雑誌『精神界』を創刊し「精神主義」を広く提唱しはじめたのは明治三十四（一九〇一）年、西田幾多郎が『善の研究』を出版したのは明治四十四（一九一一）年のことである。政次郎は、広く仏教思想に興味をもつとともに、同時代の思想・哲学にも注目していたと言えるだろう。

また、賢治の友人である森荘已池（一九〇七～一九九九）は、政次郎から『十善法語』を読むことをすすめられたと述べている（「宮澤賢治研究〔十五〕」）。『十善法語』は、江戸時代の真言宗の僧慈雲（一七一八～一八〇四）が在家信者のために十善戒（不殺生戒・不偸盗戒など）について説明したものである。慈雲は諸宗の学に広く通じ、とくに戒律の復興につとめたことで知られている。『十善法語』は自ら善をなすことをすすめており、煩悩を克服するための工夫を知りたい政次郎にとっては、極めて役に立つ書だったと思われる。この書には賢治も親しんでおり、『心象スケッチ　春と修羅』に収められている「不貪慾戒」という詩には慈雲の名が登場している。

「自力」を求める思いは、政次郎と賢治がひとしく抱いていたものであった。政次郎の場合は、そのように自力を求めるからこそ、くりかえし阿弥陀仏の慈悲を実感することができ、一方賢治は「できる」という手応えをもったまま、自力を求める方向へと進んでいくことになる。その中で出会ったのが法華経であった。

法華経との出会い

賢治と法華経との出会いもまた、政次郎を通じてもたらされたものであった。賢治が読んだ法華経として、島地大等編著『漢和対照　妙法蓮華経』が知られているが、これは大正三(一九一四)年八月二十八日発行の奥付をもっており、政次郎の法友高橋勘太郎から政次郎に贈られたものである。そのため賢治がこの経典を読んだのは同年九月以降と推定されている。島地大等(一八七五〜一九二七)は真宗本願寺派の僧侶で、明治四十一(一九〇八)年より盛岡願教寺で仏教夏期講習会を行っていた。また様々な大学で教鞭を執り、天台教理史や日本仏教史について講じるなど、仏教に関する幅広い知識を有していた人物である。島地大等の名は、先ほど引用した大正元(一九一二)年十一月三日(推定)の手紙にも登場している。賢治は、静座法を実践している佐々木電眼について「島津〔地〕大等師あたりとも交際致しずいぶん確実なる人物にて候」と政次郎に対して説明しており、大等は政次郎と賢治にとって、信頼のおける人物だったと言える。

大正三(一九一四)年は、賢治にとって大きな変化のあった年であった。三月に盛岡中学校を卒業し、四月中旬に肥厚性鼻炎の手術のために入院する。退院後は花巻に戻る。賢治は上級校への進学を希望していたが認められず、鬱々とした日々を過ごすことになる。その姿を見かねた政次郎が盛岡高等農林学校の受験を許し、賢治は受験勉強の結果、大正四年四月に入学する。同じ年の四月には、妹のトシが日本女子大学校家政学部予科に入学している。

この頃の信仰の様子を伝えるものとしては、大正五（一九一六）年四月四日に書かれた高橋秀松（一八九六〜一九七五。賢治が盛岡高等農林学校に入学した際、寄宿舎で同室だった）宛の葉書がある。その中で賢治は「聖道門（しょうどうもん）の修業者には私は余り弱いのです」とつづっている。「聖道門の修業者」とは、自らの力で悟りを目指す修行者を指している。「聖道門の修業者」と対照的なのが「浄土門」の修行者である。「浄土門」は、阿弥陀仏のはたらきに任せ悟りを目指すあり方である。聖道門が提示する修行をなすことができないと意識する、いいかえれば「罪悪深重・煩悩熾盛」と自己を捉え返すことによって、浄土門という道が選び取られることになる。賢治の場合は幼い頃から接していたのが浄土門であった。しかし賢治の内には、聖道門にひかれる思いがわき上がっていたと言えよう。けれども、自分は実際に聖道門の修行者となるにはあまりに弱いと思い返し悩んでいる。このとき賢治がふれていた聖道門は禅宗であった。大正五年には報恩寺で尾崎文英の教えを受けており、翌年には、当時十九歳で、人生について悩みを抱えていた関登久也（一八九九〜一九五七）を尾崎の元に連れて行き、教えをこうている。一方、賢治は高等農林の一年後輩にあたる保阪嘉内に、『真宗聖典』（大正六年五月一日発行）を贈っている（保阪庸夫・小澤俊郎『宮澤賢治　友への手紙』）。

この時点において、賢治の中で仏教は、浄土真宗と禅宗と法華経がともに存在する形をとっていた。このようなあり方がうかがえる作品として「「旅人のはなし」から」が挙げられる。

「「旅人のはなし」から」

「「旅人のはなし」から」

「「旅人のはなし」から」は、大正六（一九一七）年七月一日に発行された『アザリア』第一号に掲載された。この作品は、「ずっと前に、私はある旅人の話を読みました。書いた人も本の名前も忘れましたが、とにかく、その旅人は永い永い間、旅を続けていました」と書き始められている。

「私」は、自分が今思い出した「旅人の話」を綴っていく。ある時その旅人は、一人の道連れと歩いていた。そのとき、ふと鴨が一疋、飛んで過ぎた。道連れの旅人は、「あれは何でございましょうか。」とききき、旅人は「鴨です」となんの気もなく答えた。「どこへ行ったでしょう。」「飛んで行ったじゃ、ございませんか。」というやりとりの後、道連れの旅人はこの旅人の鼻をひねり「飛んでいったもんかい」と言う。はっと気がついた旅人は、も少し旅をしなければならないと思う。旅人はそれよりも前に、ある支那の南部の町に行った。旅人は宿屋で、あした町はずれの小山で面白いことがあるということをきき、翌日出かける。沢山の見物人と一所に立っていると、乞食が大きな鈴を鳴らしてむこうから来る。乞食は木で作った箱のようなものを持ち出して、その中へ入り、蓋がされる。しばらくしてみんなが少しがやがや言い出すと、そのとき空中にガランガランと鈴の音が激しく鳴りひびき、そしてやむ。みんな初めは青くなっていたが、とうとうその箱の蓋を開いて見ると、もはや何も居なかった。旅人は行く先々で友達を得、そして離れた。旅人は旅の忙しさに大抵は忘れてしまったが、時々は朝の顔を洗うときや、ぬかるみから足を引き上げる時などに、この人たちを思い出して泪ぐんだ。この多感な旅人は旅の間に沢山の恋をした。女をも男をも、あるときは木を恋したり、指導標の処へ行って恭しく帽子を取ったりした。

旅人は一つのお城にたどり着く。そこは、すべてが楽しみすべてが悦びすべてが真であり善である国であった。旅人は城から出てきた王様にだきつかれる。旅人はこの王様の王子であった。王子は再び永い旅に出る。「なぜなれば、かの無窮遠のかなたに離れたる彼の友達は誠は彼の兄弟であったからでありました、それですから今も歩いているでしょう。盛岡高等農林学校に来ましたならば、まず標本室と農場実習とを観せてから植物園で苺でも御馳走しようではありませんか。新しい紙を買って来て、この旅人のはなしを又書きたいと思います」と、このおはなしはまとめられている。

禅宗と法華経

空中に鳴り響く鈴の音と空っぽの箱、あるときは指導標に対して恭しく帽子をとる旅人など、この作品に登場する人や物は後に書かれた童話がもつ不思議さを同じようにまとっている。指導標とは、道路などに設置されている、方角や地名などを示す標識のことである。

この作品は、いくつかのおはなしを組み合わせることによって形作られている。物語の前半を支えているのは禅語録である。主人公である旅人は、道連れの旅人ともに空を飛ぶ鴨を見上げ会話をする。またこの出来事の前には、支那の南部の町で箱の中に入った乞食が消えてしまうということを目撃している。杉尾玄有が指摘しているように、前者の出典は『碧巌録』第五十三則「百丈野鴨子」の公案であり、後者の出典は、『景徳伝燈録』巻十、もしくは『臨済録』「勘弁」の「鎮洲普化和尚」の逸話である（「道元禅師と「洞源和尚」—宮沢賢治の、知られざる曹洞禅的開眼—」）。これらの禅語録には、禅の指導者と弟子とのあいだで、あるいは修行者どうしのあいだでなされたやりとりが収められている。

　このようなやりとりを、賢治は一人の旅人を主人公とする物語へとつくりかえた。「「旅人のはなし」から」は、旅人が謎に直面する場面を描き出すことによって、読み手に問いを投げかけている。なぜ、道連れの旅人は、主人公である旅人の鼻をひねり「飛んでいったもんかい」と言ったのか、その答えは示されていない。また乞食はどこにいったのか、あるいはそもそも乞食がいたことは確かなのか、乞食は何ものなのか、謎は尽きない。旅人を含め、この出来事をまのあたりにした人々からすれば、乞食は、私たちの知らない世界からあらわれ、私たちに見えている世界がすべてではないことを示し、再びどこかへ去って行ったように見える。

　ここでは「こちら側」の常識がくつがえされるという場面を描き出すために、「こちら側」の常識ではかれない存在を登場させている。そのとき「こちら側」の常識ではかることのできない世界が「むこう側」に広がっているように感じられる。「むこう側」から見たとき「こちら側」の常識は相対化される。しかし、この場面においては「むこう側」から「こちら側」がどのように見えるかは分からない。自分とは異なる世界の捉え方が存在することが暗示されるだけである。旅人は、不思議な出来事にくり返し出会い、問いを抱く。続く場面では、旅人が様々な人と関わり合うことが描き出され、最後にたどりつく場所として、ある王国が登場することになる。

王国の場面の背景には、すでに多くの人が指摘しているように、法華経信解品（しんげほん）に登場する「長者窮子のたとえ」が存在している。これは、豊かな長者の一人息子が、父の元を去り困窮するも再び父とめぐり合い、父の配慮のおかげで親子の名乗りをあげ父の財産を受け継ぐというおはなしである。このたとえは、一人息子に対する長者の配慮を語ることによって、釈迦が真理を伝えるにあたり、巧みな方便を用いたことをほめたたえるためにつくられたものだが、この物語から賢治が見いだしたのは、修行者が長い旅の果てに素晴らしい場所にたどり着き、自らの親に出会うという筋立てであった。親に出会うという設定は、再び旅に出るために必要なものとなっている。主人公は「彼の友達は誠は彼の兄弟であった」ことを知って、いいかえれば彼が出会い別れてしまった友達の親もまた、この王様であることを知って再び旅に出る。

他者とのかかわりを「兄弟」と捉え返す発想については、第Ⅰ章で述べたように輪廻転生思想に由来するものがある。それに対してここでは、釈迦仏をすべての存在の親と捉えることによって互いの関係を位置づけようとする発想が見られる。釈迦仏と同じように阿弥陀仏もまた自らの親として位置づけられていた。たとえば暁烏敏は、『歎異抄講話』において、先ほど紹介した「長者窮子のたとえ」を引用しながら、阿弥陀仏もまた、他力の教えをきいたとしてもなかなか承知しない人のために巧みな手立てを用いて導こうとしていることを語っている。暁烏にとって阿弥陀仏は親であり、したがって阿弥陀仏を信じる者たちは、阿弥陀仏から見ればひとしく子と言える。暁烏は、読み手を阿弥陀仏の信仰にいざなう際に「如来の光明の懐の中で私と兄弟名乗りをしてくださいませぬか」と述べている。阿弥陀仏を親と仰ぐ者どうしの関係は、「兄弟姉妹」と言える。また『歎異抄』第五条には、「一切の有情は、みなもて、世々生々の父母兄弟なり。いづれも――、この順次生に仏になりて、助さふらふべきなり」ということばが収められており、ここでは、すべての生きものを自らの父母兄弟と捉え、極楽浄土に生まれ変わり仏と成った後に助けるべきであるということが説かれている。

このように、極楽浄土にたどりついた後再びこの世に戻るというあり方は、「「旅人のはなし」から」に描かれていた、王国にたどりついた後再び旅に出るというあり方と重なり合う。今ここと は異なる世界に行き、ふたたび元の世界に戻るという筋立ては、賢治の作品にしばしば見られるものだが、その源には、今ここと は異なる素晴らしい世界で、自らの親である仏に出会い真理をもらった後、かつて出会った存在を救うために再び旅に出るというイメージがあったと言えよう。

ただし、「「旅人のはなし」から」では、旅人が王国で何かをもらったとは語られていないし、また、別れた友達が兄弟だったと知り、なぜ再び旅に出たのかも明らかにされていない。その結果、読み手は禅語録を引用した前半部分も含めて、旅人の経験を不思議なものとして受けとめることになる。賢治がこの作品を通して描こうとしたのは、旅の途上で何らかの答えを得ることではなく、自分が出会った謎に心ひかれながら問いをもって歩き続ける楽しさであるだろう。禅語録をふまえれば、旅人は真理を求める修行者と考えられるが、「指導標の処へ行って恭しく帽子を取ったり」する旅人には、どこか賢治自身の姿を彷彿とさせるものがある。同時に、旅人をもてなそうと提案する「私」の姿からは、旅を続ける修行者と出会い、様々な話を聞くことを心待ちにしている様子がうかがえる。賢治にとって仏教にふれることは、不思議で楽しく喜ばしい経験だったのである。

また注目されるのは、旅人が「多感」で「沢山の恋」をする人物として造型されている点である。第Ⅰ章で引用したように、『校友会会報』に掲載した短歌では、女性を求める学友たちに批判的な目を向けていたが、「「旅人のはなし」から」では、旅人は、女も男も木も、さらには指導標に対しても恋をする人物となっている。旅人は、行く先々で得た友達について、離れてしまった後では「大抵は忘れてしま」うと書かれてあり、このような人物であれば、たしかに特定の存在に対して強い「愛欲」を抱くというありようからは解き放たれているだろう。

政次郎が自らが抱える「愛欲」の重さに苦悩していたことと比較すると、むしろ賢治は、自分の欲望を広く肯定していく方向に仏教が語る理想があると考えていたように思われる。その意味でも、賢治にとって仏教は、解放感をもった喜びを与えてくれるものであった。

第Ⅲ章

信仰の変遷

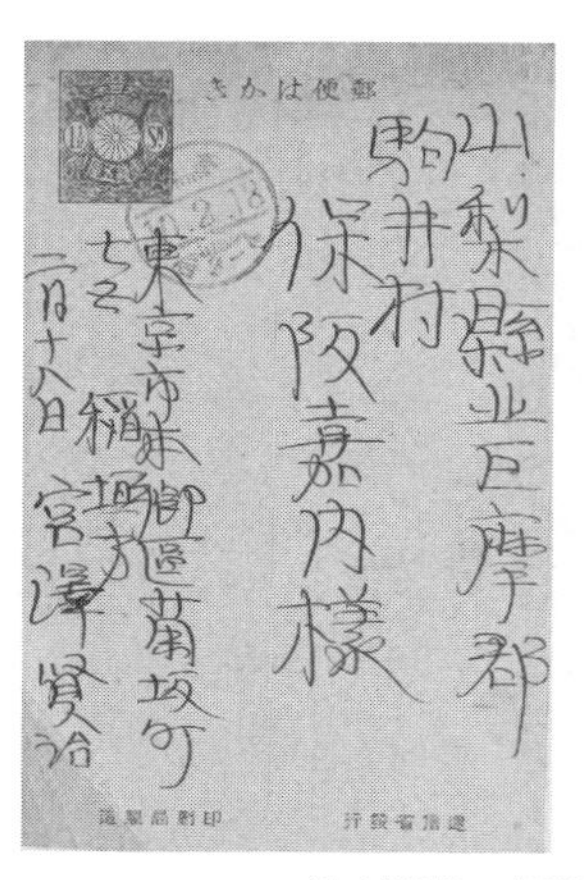

郵便はかき

山梨県北巨摩郡
駒井村
保阪嘉内様

東京市本郷区菊坂町
七五 稲垣方
宮澤賢治
二月十八日

逓信省発行
印刷局製造

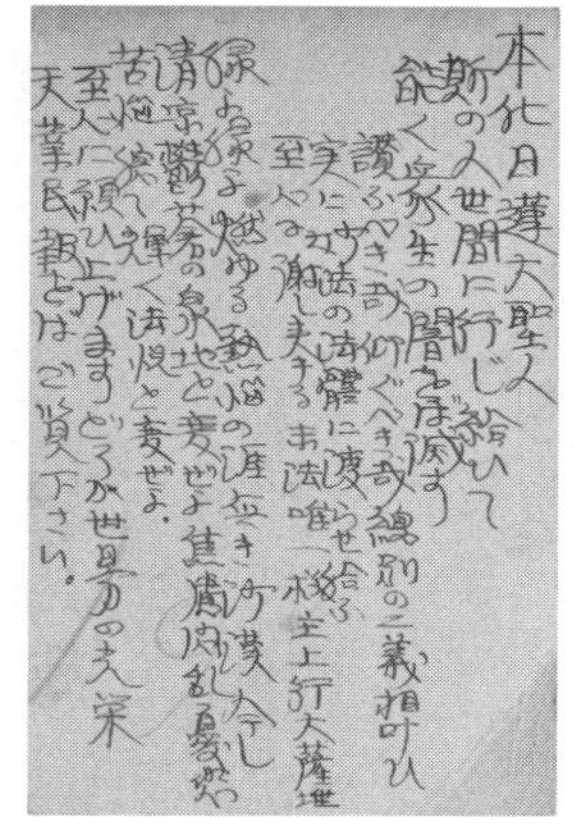

本化日蓮大聖人
斯の人世間に行じ給ひて
能く衆生の闇を滅す
讃ふべき哉 総別の二義相叶ひ
実に法の法體に渡らせ給ふ
至心に頂禮し奉る本法唯一根本上行大菩薩
保阪嘉内 燃ゆる熱悩の涯無き河漢今し
清涼醍醐芬芳の泉地と変ぜよ 焦爛肉乱る
苦悩の炎は輝く法悦と変ぜよ。
至心に頂禮し上げます どうか世界の大宗
天業民報とはご覧下さい。

（資料提供：保阪嘉内・宮沢賢治アザリア記念会）

保阪嘉内宛の葉書（大正 10（1921）年 2 月 18 日付）

大正 9 年に、国柱会に入会した賢治は、家族に対して改宗を迫るとともに、嘉内に対しても強く入信をすすめるようになる(179 頁、186 頁参照)。

徴兵問題

浄土門から聖道門へ

「「旅人のはなし」から」を発表した大正六（一九一七）年七月の時点では、賢治は浄土真宗・法華経・禅宗に関心を寄せていたが、翌大正七年二月二日に政次郎に宛てて書いた手紙では、中国やインドにも法華経を広めたいと自らの信仰について告げている。また三月以降は保阪嘉内に対して法華経を読むことを熱心に勧めている。それはこの年の三月に、嘉内が盛岡高等農林学校を退学になったことが一つのきっかけとなっている。熱烈な勧誘は、突然学業の道をたたれ途方に暮れているであろう友を慰め、離れてもなおともに進むことを求めるがゆえのふるまいであった。また、三月二十日前後に書かれたと推定されている嘉内宛の手紙では「私の遠い先生は三十二かにおなりになって始めてみんなの為に説き出しました」と述べており、ここに登場する「私の遠い先生」は日蓮を指すと考えられている。したがって賢治は、この半年の間に法華経を自らの信仰の中心におくようになり、同時に日蓮に対する関心を強めていったと言える。

賢治が浄土真宗から離れたのは、一つには聖道門を志す思い、つまり自分の力で真理をつかみ、人々を救っていきたいという思いが強まったからであろう。賢治は大正七年六月二十日前後に書かれたと推定されている嘉内宛の手紙の中で、自分の家に満ちている信仰について「あきたらず思ひます」と述べ、自らが望むのは「早く自らの出離の道を明らめ、人をも導き自ら神力をも具へ人をも法楽に入らしめる」ことであると語っている。また浄土真宗を批判的に捉えるようになったことも、その理由として挙げられるだろう。

このような視点は、第Ⅱ章でとりあげた「蜘蛛となめくじと狸」という作品からうかがえる。この作品は、弟の清六によれば大正七年夏に賢治が家族に読み聞かせたものである。現在残されている原稿は、それより数年後に成立したものと考えられているが、賢治の童話作品の中で最も早い時期に書かれたものと言える。この作品では、蜘蛛となめくじと狸の三人が「地獄行きのマラソン競走」をしていたことが明かされている。その中で狸は、自分のもとを訪れた兎が「狸さま。こうひもじくては全く仕方ございません。もう死ぬだけでございます。」と訴えると、「そうじゃ。みんな往生じゃ。山猫大明神さまのおぼしめしどおりじゃ。な。なまねこ。なまねこ。」と言い、兎も一緒に念猫をとなえはじめると、狸は「なまねこ、なまねこ、みんな山猫さまのおぼしめしどおり、なまねこ。なまねこ。」と言いながら兎を食べてしまう。「念猫」いいかれば「念仏」によって「往生」をすすめる思想は、苦を背負い生きる者を自発的に死へと追いやる力をもっており、「山猫さまのおぼしめしどおり」のように、すべてを超越的な存在のはたらきと捉えることは、搾取する側を正当化する論理ともなり得る。この作品からはそうした批判が読み取れるだろう。

また、なめくじは、自分のもとをおとずれたかたつむりととかげに対して「あなたと私とは云わば兄弟」と伝え、親切そうなふりをしてかたつむりととかげを食べている。「「旅人のはなし」から」では、「兄弟」はみんなを思うために必要なキーワードであったが、「蜘蛛となめくじと狸」では、同じことばが相手をだますために使われていることをふまえれば、ここでイメージされているのは、阿弥陀仏を親としすべての衆生を「兄弟」と捉えることかもしれない。いったん批判的に捉えられた「兄弟」という発想が再び切実なものとして意識されるようになったきっかけが、トシの死であったと考えられよう。

以上のように、浄土門に対する批判を強めていった賢治は、聖道門の中で日蓮にひかれていくことになる。先ほど引用したように、賢治が願っていたのは「早く自らの出離の道を明らめ、人をも導き自ら神力をも具へ人をも法楽に入らしめる」ことであった。「法楽」とは、仏の教えを信じ受けとめることによってもたらされる楽を指す。賢治は他の人々に楽を伝えたいと願っていた。その前提には、賢治自身が法華経から楽を感じていたということが存在する。

たとえば、嘉内宛に大正七年三月二十日前後に書かれたと推定されている手紙には、「南無妙法蓮華経と一度叫ぶときには世界と我と共に不可思議の光に包まれるのです」と記されている。賢治にとって南無妙法蓮華経と唱えることは、自分を含めた世界全体を光に満ちた世界へと反転させる力をもっていた。もともと賢治が親しんでいたのは、称名、すなわち「南無阿弥陀仏」と称えることである。明治四十五（一九一二）年五月三十日の政次郎宛手紙の中で、賢治は「曇れる空、夕暮、確かなる宛も無き一漁村に至る道、小生は淋しさに堪へ兼ね申し候　無意識に小生の口に称名の起り申し候」と述べている。このとき賢治は、修学旅行中で塩竈を訪れていたが、伯母を見舞うため教師の許可を得て一人別行動をとっていた。その途上、淋しさに堪えかね無意識に南無阿弥陀仏と称える。世界が自分にとって暗くよそよそしいものとして立ちあらわれたとき、賢治はそうと気付かぬうちに阿弥陀仏をよぼうとしている。

第Ⅱ章で引用した政次郎宛の手紙で、賢治は、念仏者は仏が守ってくれると書いていた。阿弥陀仏は、世界が自分に危害を加えるものとして現れるとき、自分を守ってくれる。いいかえれば、阿弥陀仏は、自分と世界との関係を変える力はもっていない。それに対して「南無妙法蓮華経」と唱えることは、世界との新たなつながりをもたらす力をもっている。自分の声を天と地に響かせることによって、光と喜びに満ちた世界が現れ出るのである。

徴兵問題

大正七（一九一八）年の時点で、賢治は仏の教えが与えてくれる喜びを、自分の身体を通して感じとっていた。また大正七年には、徴兵をめぐる対立が父との間で生じている。賢治の中で、信仰に関する問題と徴兵に関する問題は分かちがたく結びついていた。それは、二つの問題が「死」をどのように引き受けるかということに深く関わっていたからである。第Ⅱ章で引用したように、賢治は、大正元（一九一二）年に政次郎宛手紙の中で「仏の御前には命をも落すべき準備充分に候」と書いていた（九八頁参照）。このことばは暁烏敏に触発されて発せられたものと思われるが、主たる意図は自分の信仰の強さを父に納得してもらうことにあった。その意味では、賢治自身の中で自らが命をおとす場面は、まだ具体的には想定されていなかったと言えよう。この問題が切実なものとして浮かび上がってくるのが、自分が戦争に行く可能性があることを意識したとき、すなわち、徴兵検査を受けるべき年齢が近づいてきたときである。

明治六（一八七三）年に徴兵令が制定された後、満二十歳以上の男子には兵役に服することが義務づけられることになった。賢治は大正五年、盛岡高等農林学校二年生のときに満二十歳を迎えているが、この時点では徴兵検査を受けていない。当時は、中等学校またはこれと同等以上の在学生は、満二十八歳まで猶予が認められていたためである。したがって、大正七年三月に盛岡高等農林学校を卒業すればすぐに徴兵検査を受けることになる。そこで政次郎は、検査を延期させるために賢治が研究生として学校に残ることを望んでいた。

大正三（一九一四）年から始まった第一次世界大戦は全ヨーロッパを戦争に巻き込み、大正六年にはロシア革命が起こる。翌年、イギリス・アメリカ・フランスなどは革命に干渉するためシベリアに軍隊を派遣し、日本も八月にシベリア出兵を宣言し軍隊を出動させた。もし賢治が徴兵検査を受け合格すれば、戦争の最前線に行く可能性があった。だからこそ政次郎は徴兵延期の道を勧めたのである。

一方賢治は、徴兵検査を受けることを希望していた。大正七年二月一日の政次郎宛手紙で賢治は、卒業後の進路のことについて自らの希望を述べ、翌二月二日には、自らの信仰について記した手紙を書いている。賢治にとって、信仰の問題と徴兵の問題とは深く結びついたものであった。そのことを示すのが、大正七年三月十日の消印をもつ政次郎宛手紙である。そこには、次のような文がある。

聖道門の修業千中無一と思召され候はゞ誠に及び難き事を悟らせ下さる事こそ御慈悲に御座候　斯て仏を得べしと信じ喜び勇みて懈怠上慢の身を起し誠の道に入らんと願ひ候ものを只一途に御止め下され候事は止むなき御慈悲とは申せ実は悲しき事に御座候　仮令名もなき戦に果て候様見え候とも私は輝く道に至り、願ひのごとくもなるべく候

「聖道門の修業千中無二」とは、聖道門の修行をして往生できるものは千人中一人もいないという意味である。「懈怠」は、悪を断ちきり善を修する努力を尽くしていないこと、「上慢」は「増上慢」を指すとすると、いまだ悟っていないのに悟ったと思いおごり高ぶることという意味である。これらのことばから、賢治と政次郎との間にどのような対立が生じていたのかが浮かび上がる。

聖道門を志す賢治に対して、政次郎は、聖道門の修行は自分たちのような凡夫がなし得るものではなく結果をもたらさない、往生をもたらすのは浄土門だと反論する。それに対して賢治は「聖道門の修業千中無一と思召され候はゞ誠に及び難き事を悟らせ下さる事こそ御慈悲に御座候」と言う。聖道門は及び難い。とてもその修行方法は自分たちが成し遂げることができるものではない。だからこそ、聖道門は望ましい結果をもたらしてくれない。そうだとすれば、聖道門の修行がとうていたどり着けないものであることを自分に悟らせてほしい。このように希望するとき賢治が望んでいたのは、こと

ばで聖道門の困難さについて説得されることではなく、自分が実際に聖道門を行うことによってその及びがたさを納得したいということであっただろう。だからこそ次の文で、父が聖道門の修行を願う自分をとめることに対して、「止むなき御慈悲」と受けとめつつも「悲しき事」であると不満を述べている。

なぜ、聖道門を止めることが慈悲であるのだろうか。挫折が約束される道に進むことを止めるのは、たしかにわが子を思いやってのことであろう。ただ浄土門においては、仏と成るために必要な修行が「できない」ことによって阿弥陀仏の慈悲を実感できるのだとすれば、賢治の言うとおり、実際に及び難いことを経験させることは意味があるように思える。しかし、それは政次郎にはできなかった。なぜなら賢治の中では、戦死をすることが聖道門の修行を行うこととして位置づけられていたからである。賢治は聖道門を止める父に対する不満を述べた後、「仮令名もなき戦に果て候様見え候とも私は輝く道に至り、願ひのごとくもなるべく候」と言っている。信仰の話が、ここでは戦場に行くことと直接結びつけられている。そうだとすれば、政次郎が聖道門の修行を止めるようとしていることには、賢治が戦場に行くことを止めたいという思いが含まれている。そのことが分かっているからこそ、賢治は、父が一途に止めることを「止むなき御慈悲」と受けとめていると言えよう。

戦死と菩薩行

では、なぜ賢治の中で、両者は結びついていたのだろうか。おそらく賢治は、戦争に行き死ぬということを菩薩の行いの一つと見なすことによって受け入れようとしていたのだと思われる。このような発想は、賢治が、盛岡高等農林学校校友会が発行する『校友会会報』に載せた短歌からうかがえる。第Ⅰ章でその一部を引用したが（四二頁参照）、ここで掲載された短歌をすべて紹介したい。これらの短歌には「黎明のうた」という題が付されている。

ますらおの　偉（おお）きつとめは　わすれはて　ただやすかれとつとむる群は。
ますらおは　はてなきつとめにないたち　身をかなしまず　とわに行くべし。
おのこらよ　なべてのものの　かなしみを　にないてわれら　とわに行かずや。
このむれは　おのこのかたちしたりとて　こころはひたに　おみなに似たり。
まことなる　おのこらはたて　立ちいづる　そのあめつちの　春のあかるさ。
あめつちに　ただちりほども　菩薩たち　われらがために　死し給わざる無し。
春すぎて　かがやきわたる　あめつちに　わかものたちは　ただ身を愛す。
ひらすらに　おみなを得んとつとむるは　まことに強き　おのこの業（わざ）か。
たびはてん　遠くも来つる　旅ははてなむ　旅立たむ　なべてのひとの　旅はつるまで。

九首の歌は、おおよそ三首ずつのまとまりに分けられ、批判→提言→仏の教えという展開が二回繰り返され、最後は、批判→批判→仏の教えとなっている。批判の対象となっているのは、偉大なつとめを忘れはて自らの安寧を求める男、女に似た心をもつ男、ただわが身を愛し、ひたすら女のことを考えている男である。一方、目指されているのは、わが身をかなしまず、すなわちわが身を愛することなく、はてなきつとめを担って立ち上がり、永遠に進もうとすることである。「つとめ」の内容は、ここでは具体的には書かれていないが、「つとめ」を担うのが男に限られていることを踏まえれば、「つとめ」として、徴兵検査を受け戦争に行くことが想定されていたと考えられよう。賢治は、そうした行いを菩薩の行いとして位置づけた。菩薩は、すべての生きものの悲しみをにない、すべての生きものが救われることを願って、天地のありとあらゆる場所でわが身を投げ出した。自分が戦場で死を迎えることもまた、そうした菩薩の行の一つとして捉えられる。このような行いは、すべての人の旅が終わるまで、いいかえれば、すべての人が救われるまで続けなければならない。

これらの歌は、『校友会会報』という在校生が目にする雑誌に発表された。したがってこれらは、同級生たちに対するメッセージという意味を持っていたと思われる。実際に賢治の言動が友人たちに影響を与えていたことが、政次郎宛の手紙よりうかがえる。大正七年二月一日の手紙で、賢治は徴兵検査の延期に反対する理由として「小生の只今の信ずる所により」ということの他に、「小生の今年検査を受くるにならひて本年の検査を恐れざる友人等あるにより申し候」ということを挙げている。自らの死の可能性を受け入れ、徴兵検査を受けるという賢治の姿勢は、徴兵検査を前にし不安やおそれを抱く友人たちに、ある心強さを与えていた。戦死を菩薩の行いとして位置づけることは、一定の共感を得ていたと考えられよう。

このような賢治の捉え方を支えていたのは「あめつちに　ただちりほども　菩薩たち　われらがために　死し給わざる無し」ということである。これは、法華経提婆達多品に登場する「三千大千世界を観るに、乃至、芥子の如き許りも、これ菩薩の、身命を捨てし処に非ざること有ることなし。衆生のための故なり」にもとづいている。ここでは菩薩は、前世の釈迦を指している。前世において釈迦は、この世界のすべての場所に現れ様々な衆生と出会い彼らを救うために死を迎えた。前世における釈迦の行いを描いた物語は、本生譚とよばれている。本生譚では、釈迦の前世の行いは、今生において成仏という果をもたらした原因として位置づけられている。したがって、成仏の原因を今生の釈迦に即して考えた場合と、前世の釈迦の生も含めて考えた場合では、慈悲の具体的な内容とその位置づけに変化が生じる。

　今生の釈迦の生に即して考えれば、慈悲とは釈迦が人々に真理を与えたことを指す。人々は真理を得ることによって苦を離れ楽を得ることができるようになったのであり、慈悲は、真理を獲得することによってはじめて可能になる行いと言える。一方、前世の釈迦の生もふまえて考えると、仏と成るためには、衆生を助けるためにわが身を投げ出すといった行いが必要になる。これらの行いもまた、慈悲とよばれる。成仏するためには、真理を求め続けるとともに、慈悲を行い続けなければならない。ただし、捨身という慈悲の行いは、真理を知ることと無関係のままなされるものではない。捨身は、無常の理を知り、わが身をはかなく当てにならないものと捉えた結果なされるものである。本生譚において、菩薩が捨身という行いをなすのは、菩薩が自らの身体に対する執着を断ち切った存在であることを示すために選ばれている。

賢治もまた、自らがめざすべき「旅」の姿を、真理を求め続けることと、慈悲を行い続けることとして捉えていた。「「旅人のはなし」から」は、真理を求めるというあり方を中心に描いたものであり、「黎明のうた」では、捨身という形での慈悲が強調されている。賢治が模範としていたのは、前世の釈迦の行いであった。そのときに必要なのが、わが身を愛さないということである。わが身を愛しているのは、わが身が確かなよりどころとなるものと考えているからである。しかし仏教は、すべての存在がはかなく頼りにならない存在であると告げる。もし仏の告げる真理を知ったならば、わが身を愛するということはありえない。いいかえれば、死にたくないと思うことは、いまだわが身に対する執着を断ち切っていないことをあらわしている。

賢治は徴兵検査が近づく中で、戦死という死を受け入れるために、仏の教えにもとづき自己の身体に対する執着を断とうとしていた。そのとき、父から徴兵延期の希望が出される。父はわが子をいとおしく思うがゆえに、わが子から死を遠ざけようとする。それは、仏の教えに従えば執着にとらわれた状態であり、父の抱く思いは「愛欲」であると言える。浄土門であれば、自らが抱く「愛欲」を捨てがたいものとして意識するところから阿弥陀仏との出会いがもたらされるわけだが、賢治がめざしていたのは聖道門であった。聖道門であれば、自らが抱える執着は、自分の力で克服しなければならない。聖道門を志す以上は、わが身がかわいいという執着を克服し得ていることを示す必要がある。その証明方法が、徴兵延期を願う父の思いを拒絶し、自分は戦死を受け入れているということを主張することであった。その結果、賢治の中で、聖道門を志すことと徴兵検査を受け戦地に赴くことが、切り離すことのできないものとして結びついてしまったのである。

捨身の願い

では、この対立はどのような結末を迎えたのか。賢治は盛岡高等農林学校を卒業後、研究生として残りつつ、大正七（一九一八）年四月に徴兵検査を受けるという道を選んだ。その結果は「第二乙種」であり、兵役に就くことは実現できなかった。賢治は研究生として稗貫郡土性調査に携わるが、六月末に肋膜炎との診断を受け、七月には花巻に戻る。

「乙種」は、身体検査の結果が「甲種」に次ぐ者という判定であり、賢治は「甲種」つまり「身体強健」とは認められなかった。これは、政次郎にとっては安堵する結果であったかもしれないが、賢治にとっては自らの肉体について否定的に捉える契機となった。嘉内宛大正七年五月十九日の手紙の中で、賢治は自分が第二乙種になったことを告げているが、その際に徴兵検査で軍医に「君は心臓が弱いね。」と言われたことによって「からだが無暗に軽く又ひつそりとした様に思ひます」と、自分のからだだから、何事かをなすという強い力が抜け出ていったような感覚を抱いたことを伝えている。

さらにその後、肋膜炎を発症することによって、自分はもう他の人と同じように働くことができないという思いが強まっていく。嘉内宛大正七年七月二十五日の手紙には、「これからさきとても私には労働らしいことはできません。一昨日等も歩きながら胸が苦しくて仕方なかったのです」と記されている。大正八年四月頃と推定されている手紙では、「只私のうちは古着屋でまた私は終日の労働に堪えないやうなみじめなからだな為にあなたの様に潔い大気を呼吸しては居りません」と述べ、同年七月と推定されている手紙では次のように述べている。


私ならば労働は少くとも普通の農業労働は私には耐え難いやうです。これはちいさいときからのからだの訓練が足りない為ですからもし本当に稼ぎたいと思ふならばこれからでも遅くはない。稼ぐのを練れるには遅くはない。けれどもその間は私の家は収入を得ない。少くとも収入は遥に減ずる。

あゝ私のからだに最適なる労働を与へよ。この労働を求めて私は満二ヶ年aからb、bからc、つかれはててやっぱりもとのまゝです。もう求めません。商人は生存の資格がないと云ふものも出て来い、きさまは農業の学校を出て金を貸し、古着をうるのかと云ふ人もあるでせう。これより仕方ない。仕方ないのですから仕方がないのです。

烈しい世間の唯中では私の恩を受けた人たちをかばふ為に私はまっ先に死んでみせる。けれどももし、奇蹟のごとくまことに奇蹟の如く、われわれは物を求むるの要なくあゝ物を求める心配がなくなったなら、私は燃え出す。本当に燃え出して見せる。見せるのではなく燃えなければならない。燃えたるも燃えざるも、安らかなるも焦慮したるも唯ひとつの道唯一つの道自分のからだは、終日の労働あるいは普通の農業労働には耐えがたい。ではどうするか。何か新しい事業を始めようとすれば、その間家の収入が減り、家族が困ることになる。結局相変わらず、古着商の手伝いをするほかはない。「商人は生存の資格がない」「きさまは農業の学校を出て金を貸し、古着をうるのか」ということばは、賢治自身が自分に投げかけていることばであろう。賢治は自分にふさわしい労働を求めている。そこには、自分は盛岡高等農林学校を卒業したという自負もある。また実際に政次郎から「きさまは世間のこの苦しい中で農林の学校を出ながら何のざまだ。何か考へろ。みんなのためになれ。」と言われている（嘉内宛大正八年八月二十日前後と推定されている手紙）。当時、賢治が、アメリカに行きたいと考え、また浮世絵の収集に熱を入れていたために、父から発せられたことばである。

そのように追い詰められたとき「烈しい世間の唯中では私の恩を受けた人たちをかばふ為に私はまっ先に死んでみせる」という思いが浮かび上がる。賢治の中で身を捨てたいという願望は、自分は役に立たない存在であるという意識から生み出された。そこには、自らの死によって、これまで積み重ねてきた自分の意に沿わない生き方のすべてを消し去り、恩ある人の役に立つことを実現したいという焦りがある。賢治が「できない」のは、からだを使って持続的に働くことであり、だからこそ自分ができることとして捨身が浮かび上がる。捨身は、身を捨てるというその瞬間において完結する行いだからである。けれども、賢治が真に求めていたのは、自分が労働をしなくてよい状態になり「燃えている」ことであった。手紙には「唯一つの道」ということばが登場しているので、ここで意識されているのは仏の道と言えるだろう。賢治は、世俗社会を離れることを望んでいる。しかし、「燃える」ことを強く断言した賢治は、最後に「燃えたるも燃えざるも、安らかなるも焦慮したるも唯ひとつの道」というように矛盾しているように見えることばを発している。なぜ、仏の道はこのような形で表現されているのだろうか。この問題は、「空」の思想について取り上げる際に改めてふれることにしたい。

殺すということ

ここまでは、賢治が兵役に就くことを意識する中で、自らの身についてどのように考えてきたのかを辿ってきた。たしかに戦地に赴けば自分が死ぬ可能性があるが、一方で、戦地では他者を殺すことにも手を染める必要がある。この問題を、賢治はどのように考えていたのだろうか。

おそらく賢治は、自分が死ぬことと同時に、自分が人を殺すこともまた受け入れようとしていたと考えられる。賢治が『アザリア』第五号（大正七年二月二十日発行）に掲載した「復活の前」の中に、次のような文章がある。

（今人が死ぬところです）自分の中で鐘の烈しい音がする。何か物足らぬ様な怒ってやりたい様な気がする。その気持がぼうと赤く見える。赤いものは音がする。だんだん動いて来る。燃えている、やあ火だ、然しこれは間違で今にさめる。や音がする、熱い、あこれは熱い、火だ火だほんとうの火、あついほんとうの火だ、ああここは火の五万里のほのおのそのまんなかだ。

無上甚深微妙の法は百千万劫にも遭遇したてまつることかたし。われいま見聞し受持することを得たり。ねがわくは如来の第一義を解し奉らん

なんにもない、なぁんにもない、なぁんにもない。

戦が始まる、ここから三里の間は生物のかげを失くして進めとの命令がでた。私は剣で沼の中や便所にかくれて手を合せる老人や女をズブリズブリとさし殺し高く叫び泣きながらかけ足をする。

この作品は、短い文章が断片的に連ねられており、前後がどのように結びついているのかは分からない。引用した部分でも、最初の段落では燃えさかる火のなかで死にゆく人の姿が描き出されており、次の段落では、開経偈(かいきょうげ)が記されている。これは経典の読誦に先立って唱える偈文(げもん)で、会いがたい仏の教えに会うことのできた喜びを語り、究極の真理を知りたいという願いを述べることばである。続いて何にもないと繰り返され、その次には、上官の命令で老人や女を殺していく姿が描き出されている。これは自分が戦場に行ったときの姿を具体的に想像して書いたものと考えられよう。ただその想像を、どのように位置づければよいのか賢治自身にも分からなかったのではないだろうか。自分の中にいく

つもの矛盾する思いを抱えていることを表現したのが「復活の前」であったと言えるだろう。
また、政次郎宛大正七（一九一八）年二月二十三日の手紙で、自分が戦争に出ることをご覚悟下されとお願いしているが、その中には次のような文章がある。

戦争とか病気とか学校も家も山も雪もみな均しき一心の現象に御座候　その戦争に行きて人を殺すと云ふ事も殺す者も殺さるゝ者も皆等しく法性に御座候　起是法性起滅是法性滅といふ様の事たとへ（先日も屠殺場に参りて見申し候）、牛が頭を割られ咽喉を切られて苦しみ候へどもこの牛は元来少しも悩みなく喜びなく又輝き又消え全く不可思議なる様の事感じ申し候　それが別段に何の役にたつかは存じ申さず候へども只然くのみ思はれ候

ここには、極めて凄惨な状景が記されており、このような見方を許容する賢治の信仰に対して批判も多い。では、なぜ賢治はこのような主張をしたのだろうか。

「空」の思想

この手紙は、徴兵検査に行くことを認めてほしいと訴えかけるものであった。そのためには戦争に行くことを政次郎に認めてもらう必要がある。逆に政次郎は、賢治が戦争に行くことに反対していた。賢治を説得するために政次郎が、戦場で人を殺すことは殺生という悪をなすことになると説いたとい

うことは、十分想定できるだろう。聖道門を志すのであれば、殺生は厳に禁じられる。聖道門を志しながら、殺し・殺される関係を正当化できるのか。この問題を仏教の論理に基づいて解決するために持ち出されたのが、「空」の思想であった。

賢治はここで、殺される牛を前にして実体がないと観念しようとしている。そのとき登場するのが「起是法性起滅是法性滅」ということばである。読み下すと「起はこれ法性の起、滅はこれ法性の滅なり」となる。私たちは通常「起」と「滅」あるいは「生」と「死」を相反するものとして二項対立的に捉えている。これが仏教の言うところの「差別（しゃべつ）」の世界である。しかし「生」と「死」は、それぞれ固定的な実体を有して存在しているのではなく、ともに無我・空であり、その意味では「生」と「死」は不二・一体である。つまり生死不二が真実のあり方と言える。

このことをあらわすために用いられているのが「法性」という語である。「起是法性起滅是法性滅」は、「起」と「滅」も本来は「法性」であり、不二であることを述べている。このことばは『摩訶止観（まかしかん）』に登場している。『摩訶止観』は、天台大師智顗（ちぎ）（五三八～五九七。天台教義を確立した僧侶）が、「止観」（一般的には「止」は心を外界や乱想に動かされずに静止して特定の対象にそそぐこと、「観」はそれによって正しい智慧をおこし対象を観ずることを指すとされる）について論じたものである。しかし『摩訶止観』においてこのことばは、生死について論じるという文脈の中にはおかれていないため、賢治の手紙の内容を『摩訶止観』と直接結びつけて考察することは難しい。この手紙で賢治は空観を行うために、すべては一心の現象であると考えようとしている。このような考えは、華厳経や唯識思想（あらゆる存在は、識すなわち心にすぎないという思想）にもとづくものとも見なせるが、ここで賢治がこのような知識を用いて父を説得しようと考えていたことをふまえると、その背景には、『大乗起信論』があるのではないかと思われる。

『大乗起信論』は、題名が示すとおり、大乗において信を起こすということについて説明したもので、唯識思想をふまえつつ、如来蔵思想（すべての衆生が仏と成る可能性（仏性＝如来蔵）をもっているという思想）を語っている。心のあり方などに関する理論とともに、悟りを得るために必要な実践についても論じており、その中には「三界は虚偽（こぎ）にして唯心の所作なるのみ（三界に属するもの（すなわち輪廻生存のすがた）はすべて虚妄であり、みな心のつくり出したものにすぎない）」「一切の法は鏡中の像の体として得べきもの無きが如く、唯心のみにして虚妄なり（一切の現象は、鏡の中に現われる影像と同じく何ら実体のあるものではなく、ただ心が現わし出しているだけで虚妄である）」ということばが登場している（宇井伯寿・高崎直道訳注『大乗起信論』）。

『大乗起信論』については、明治四十四（一九一一）年八月四日から開催された大沢温泉の夏期講習会（開場は八月三日）で島地大等が講じている。政次郎が暁烏敏に送った手紙によれば、この講習会に政次郎自身は参加していないが、八月五日には賢治を参加させている。島地大等の講演はすでに八月一日から三日にかけて光徳寺でも行われており、こちらに政次郎は出席している。なお島地大等は八月十八日から一週間、盛岡願教寺で仏教夏期講習会を開いており、こちらでも『大乗起信論』についで講じている。光徳寺の講話の内容は分からないが『大乗起信論』の可能性があるだろう。また、政次郎が直接大等から『大乗起信論』について話を聞いていなかったとしても、講習会で取り上げられた文献を自ら読もうとすることは、十分想定できる。このとき賢治は十五歳であり、講習会の内容をどのように受けとめたかは分からない。『大乗起信論』は、大乗仏教における修行内容について説明し、最後にこの世界で修行をしようと思ったとしても信心が揺れ動いてしまうのではないかと不安を覚える人のために、極楽浄土に往生すれば仏に会いながら修行ができるので信心が後戻りしないと説く書である。すでに指摘したように、大正元（一九一二）年十一月三日（推定）政次郎宛の手紙で、賢治は『歎異抄』第一頁を以て自らの全信仰とすると述べていたものの、その内容は自分が「できる」ということを主張したものであった。阿弥陀仏信仰を語りつつ、具体的な修行方法を教えてくれる『大乗起信論』は、「できる」という手応えをもっていた賢治が、聖道門に興味を抱くことになった一つのきっかけとなったとも考えられよう。

嘉内へのよびかけ

以上のように、賢治は「空」の思想を使って戦争に行くことを正当化しようとしたが、仏教の教えにもとづいてこの主張に反論することは容易である。「空」の思想は、自らが抱える執着を克服し、慈悲の思いを抱くためのものである。自己が実体として存在し、すべての存在が実体として存在すると考えるからこそ、自他の区別が生まれ、あれこれの物事に執着する。そうした差別の相において物事を見ることをとどめ、すべてのものは縁起によって、いいかえれば互いに関係しあうことによって成立していると捉えることによってすべての存在を平等に思うということが可能になる。したがって、「空」の思想を使って他者を殺すことを正当化することはできない。「空」の思想が慈悲の思いを生み出すことは、二人が読んでいた『十善法語』にも説かれている。

父が自分にこのように反論すると賢治が予想していたのかは分からない。予想していて、あえて父に投げかけたとすれば、「空」の思想は、政次郎を説得するためというよりも、自分が殺すことを受け入れるために必要とされたと考えられよう。殺すということはあまりにつらく苦しい経験であり、そうした経験を受け入れるために、必死で眼前の存在には実体がないと思い込もうとしたのである。また当時の賢治にとって、すべては一心の現象であると観念することは極めて切実な営みであった。それは、この時期に保阪嘉内の退学という問題が起きたからである。

賢治は嘉内とともに「我等と衆生と無上道を成ぜん」という願を誓っていた（大正十年一月三十日付手紙、一八四頁参照）。賢治にとって嘉内は、ともに進むことを誓ったかけがえのない存在であったと言えよう。しかし嘉内は大正七（一九一八）年三月に、突然学校を除名となった。賢治は嘉内にあてて「今聞いたらあなたは学校を除名になったさうです」と書き始めた手紙（推定三月十四日前後）の中で、「退学も戦死もなんだ　みんな自分の中の現象ではないか　保阪嘉内もシベリヤもみんな自分ではないか」と書いている。あるいは三月二十日前後に書かれたと推定されている手紙の中では「誰も退学になりません　退学なんと云ふ事はどこにもありません　あなたなんて全体始めから無いものです」と書いている。賢治は嘉内に対して、退学も戦死も自分の中の現象である、退学もあなたもどこにもないと必死で訴えかけている。いいかえれば賢治にとって「退学」はあまりにも生々しい出来事であり、その出来事によって賢治の心は大きく揺さぶられている。その動揺を抑えるために、「退学」も「戦死」も「保阪嘉内」も実体をもっていないと思おうとしていたのである。

先ほどとりあげた「燃えたるも燃えざるも、安らかなるも焦慮したるも唯ひとつの道唯一つの道」という表現も、「燃える」とのみ断言した場合「燃える」ということが実体として立ち上がってしまうため、それを回避しようとして生み出されたものと考えられる。この文章が書かれたのは、大正八年であるが、自分が何か一つのことに執着してしまうことをとどめるために、すべての存在を「空」と捉えようとする姿勢は一貫して続いていると言えよう。

食べ・食べられる関係

すべては一心の現象であると思うことによって眼前の状況を受け入れ、戦場における殺し・殺される関係を引き受けようとしていた賢治だったが、嘉内宛大正七年五月十九日の手紙では、自分が徴兵検査の結果第二乙種になったことを報告した後で、次のように述べている。

私は春から生物のからだを食ふのをやめました。けれども先日「社会」と「連絡」を「とる」おまじなゑにまぐろのさしみを数切たべました。又茶椀むしをさじでかきまわしました。食はれるさかながもし私のうしろに居て見てゐたら何と思ふでせうか。「この人は私の唯一の命をすてたそのからだをまづさうに食ってゐる。」「怒りながら食ってゐる。」「やけくそで食ってゐる。」「私のことを考へてしづかにそのあぶらを舌に味ひながらさかなよおまへもいつか私のつれになつて一緒に行かうと祈ってゐる。」「何だ、おらのからだを食ってゐる。」　まあさかなによつて色々に考へるでせう。さりながら、（保阪さんの前でだけ人の悪口を云ふのを許して下さい。）酒をのみ、常に絶えず犠牲を求め、魚鳥が心尽しの犠牲のお膳の前に不平に、これを命とも思はずまずいのどうのと云ふ人たちを食はれるものが見てゐたら何と云ふでせうか。もし又私がさかなで私も食はれ私の父も食はれ私の母も食はれ私の妹も食はれてゐるとする。私は人々のうしろから見てゐる。「あゝあの人は私の兄弟を箸でちぎった。となりの人とはなしながら何とも思はず呑みこんでしまった。私の兄弟のからだはつめたくなってさっき、横はってゐた。今は不思議なエンチームの作用で真暗な処で分解して居るだらう。われらの眷属をあげて尊い惜しい命をすてゝさゝげたものは人々の一寸のあわれみをも買へない。」

私は前にさかなだったことがあって食はれたにちがひありません。

又屠殺場の紅く染まつた床の上を豚がひきずられて全身あかく血がつきました。転倒した豚の瞳にこの血がパッとあかくはなやかにうつるのでせう。忽然として死がいたり、豚は暗い、しびれのする様な軽さを感じやがてあらたなるかなしいけだものの生を得ました。これらを食べる人とても何とて幸福でありませうや。

この手紙によれば、賢治は春から生物のからだを食べるのをやめたという。なぜ、大正七年の春からやめたのだろうか。その理由は分からないが、この手紙にあるように食べられる魚の側の思いを生々しく想像してしまうことと無関係ではないだろう。賢治は殺される側に深く内在している。それは、屠殺場で出会った豚について語る場面でも同様である。賢治は、殺される豚の感覚にもとづいて世界を語ろうとする。この視点から後に「フランドン農学校の豚」が生み出されることになる。大正七年二月二十三日の手紙で、賢治は政次郎に対して屠殺場の牛の姿を書き送っていたが、そのときと賢治の視点は大きく異なっている。賢治はいったん殺すことを肯定しようとし、その結果として殺される側に深く共感することになったと考えられよう。殺すことを想像するとは「復活の前」のように、実際に他者のからだを刺す場面を想像することである。そのとき自分は泣いている。刺すことは耐え難いことだと改めて痛感する。それでも殺すことを受け入れるため、傷ついた牛を前にその牛は喜びも悩みもないと思おうとする。しかしそのことが逆に、殺される瞬間に牛が抱いていたであろう苦しみを生々しく想像させてしまう。

賢治にとって、殺すことを受け入れようとすることは、殺される側の感覚を思い描くことをもたらした。その結果、自分がすでに殺す側に立ってしまっていることを強く意識し、魚を食べるときには魚の視点から食べる自分を眺めてしまう。殺される側が感じる苦しみや悲しみや痛みをそのまま自分が感じたとき、殺して食べるという行いはとうてい自分に幸福をもたらすものとは思えない。

このような経験を語った賢治は、嘉内に対して同じ手紙の中で次のように述べている。

> おらは悲しい一切の生あるものが只今でもその循環小数の輪廻をたち切つて輝くそらに飛びたつその道の開かれたこと、そのみちを開いた人の為には泣いたとて尽きない。身を粉にしても何でもない。この人はむかしは私共とおなじ力のないかなしい生物であった。かなしい生物を自ら感じてゐた。あゝこの人はとうとうはてなき空間のたゞけしの種子ほどのすきまをものこさずにその身をもって供養した。大聖大慈大悲心、思へば泪もとゞまらず　大慈大悲大恩徳いつの劫にか報ずべき。ねがはくはこの功徳をあまねく一切に及ぼして十界百界もろともに仝じく仏道成就せん。一人成仏すれば三千大千世界山川草木虫魚禽獣みなともに成仏だ。

「そのみちを開いた人」とは釈迦を指している。「はてなき空間のたゞけしの種子ほどのすきまをものこさずにその身をもって供養した」は、『校友会会報』に掲載された「あめつちに　ただちりほども　菩薩たち　われらがために　死し給わざる無し」と同じことを語っている。釈迦は、すべての存在が苦しみから抜け出す道、いいかえれば仏と成る道を見いだした。ここでは成仏することは「輝くそらに飛びたつ」という形で描き出されている。「こちら側」が苦の世界として捉えられたとき、その苦しみから解放された世界として「むこう側」が思い描かれていることになる。成仏の状景は、もう一つ「ねがはくはこの功徳をあまねく一切に及ぼして十界百界もろともに仝じく仏道成就せん。一人成仏すれば三千大千世界山川草木虫魚禽獣みなともに成仏だ」という形でも描き出されている。こちらについては、次節で取り上げることにしたい。

捨身と供養

この手紙の中で賢治は、前世の釈迦の捨身を表現するために「供養」ということばを使っている。「供養」は、尊敬をもってねんごろにもてなすことという意味であり、仏や法や僧に灯明や飲食などの物を捧げることを言うが、「施餓鬼供養」のように、餓鬼に食物を施すという行事も「供養」とよばれている。「その身をもって供養した」という表現は、「手紙一」で書かれていたような本生譚を賢治が思い描いていたとすれば、腹を空かせた相手の命を助けるためにわが身を差し出したと解釈できるだろう。しかし君野隆久が推測しているように、賢治が「手紙一」を書くにあたり参照した『大智度論』は、大正八年発行の『国訳大蔵経論部第一巻』に収められていたものと考えられるので（『捨身の仏教』）、この時点で賢治が本生譚を詳しく知っていたとは言い切れない。

「供養」ということばに注目すると、賢治は大正七年三月十日の消印をもつ政次郎宛の手紙の中で次のように述べている。

> 私一人は一天四海の帰する所妙法蓮華経の御前に御供養下さるべく然らば供養する人も供養の物も等しく光を放ちてそれ自らの最大幸福と一切群生の福祉とを齎すべく候

ここでは、政次郎に対して自分を妙法蓮華経に供養することを求めている。その背景にあるのは、法華経薬王菩薩本事品に記されている薬王菩薩の行いであろう。詳しくは第Ⅳ章で説明するが、薬王菩薩は自分の身に火をともし灯火とすることによって法華経を供養した（二四九頁参照）。この場合は、薬王菩薩が供養する人であると同時に供養の物になっている。一方、賢治は「御供養下さるべく」と政次郎に求めているので、供養する人は父で、供養の物は自分ということになる。自分が供物となることによって、父も自分も光を放ち、自分自身が最大の幸福を得るとともに、すべての存在に幸福がもたらされる。法華経では、薬王菩薩は自らのからだに火をともし、その結果生み出された光はあまねく世界を照らし出したと語られている。薬王菩薩は、身をもって法華経を供養したが、それは出会った相手の命を助けることとは結びついていない。賢治は、釈迦の前世の捨身を「供養」と呼んだ。そうすると賢治の中で自分のからだを与えるということは、薬王菩薩の焼身供養のように、相手の命を助けるということとは結びついていない可能性がある。

相手のからだに近づく

賢治は前世の釈迦について、自分と同じように「力のないかなしい生物」であったと考えている。「かなしい生物を自ら感じてゐた」は、他の生きものが抱える悲しさを自らの感覚において感じていたという意味だろう。相手のからだのすべてが、あるいは相手が感じていることのすべてが自分のからだの中に流れ込み、自分のからだを満たしているような印象を受ける表現である。相手が抱えるかなしさが、自分の身のうちにあふれるとき、力をもたず同じようにかなしさを抱える自分が相手を救うために何かができるとは、あまり考えられない。自分が「力のない」状態で、苦を抱えた存在に出会ったときに、かろうじてなし得ることが、身を捨てるということであった。賢治にとって捨身は、相手への深い共感が生み出すものであり、それこそが、釈迦の抱く慈悲を表現したものと捉えられている。そこでは、捨身によって相手の命を助ける、あるいは捨身をなすことによって来世で仏になるといった目的は意識されていないように思われる。そのように考える理由は、手紙の続きの部分で、賢治自身が実際に苦を抱える存在に出会ったとき、自分のからだを苦に近づけようとした体験を語っているからである。

成仏の状景について述べた後、賢治は山の様子について語り、続けて自分が山の中で出会った青年について語っている。

雲の暗い日、円森山といふ深い峯から馬を二頭ひき自分も炭を荷ひ一生懸命に私に追ひついた青年がありました。この人は歩きながら馬の食物の高いこと自分の賃銀の廉いことなどをも云ひました。私はこれを慰めることができません。

こう申しました。「私は、もし金はもうけてもうまいものは食はない。立派な家にすまない。妻をめとらない。」こんな事がこの人に何かよろこびになるでせうか。

青年は自らの窮状を賢治に訴える。しかし賢治は青年を慰めることができない。どうすればその窮状を脱することができるのか、その方法を伝えることはできない。すると賢治は、自分はうまいものを食わない、立派な家に住まない、妻をめとらないと相手に告げる。自分がこのようにすることが相手の喜びになるとは思えない。その後賢治は、この青年に青い試験紙を一束渡して別れる。青い試験紙が青年にとって何らかの役に立つとは、あまり思えない。しかし、そうせずにはいられない。

苦を抱える存在を前にし、その苦しみを解決することができないことを意識したとき、賢治は自らを楽から遠ざけることによって、相手に近づこうとし、そのとき自分がもっている物を相手に与えようとする。賢治は同じ手紙の中で「唯一の実在に帰依せよ、まことの又唯一のよろこびはたゞこのことだけだもの」と述べている。自分は、法華経に帰依することがまことの喜びになることを知っている。しかし、それを相手に伝えることはできない。当時の賢治は、自分はまだ相手に真実の道を伝えるだけの力がないと考えていた（この問題については、本章で後ほど詳しく述べる。一六四〜一六五頁、一七三〜一七四頁参照）。おそらくそのことが、賢治の関心を改めて前世の釈迦に向かわせることになったと思われる。現世の釈迦は、仏と成り真実の道を説く力をもっているので、真実の道を説くことによって他の存在を救うことができる。一方当時の賢治は、いまだ真理をつかんでいず、仏の教えを他の人に伝えることができない。そうした自分に可能なことは何か。そう考えたときに浮かび上がるのが、悟りを得ていない状態で努力し続けた前世の釈迦である。賢治にとって捨身は、智慧をもたない者にも可能な行いであり、まさに今の自分がなすべき行いとして受けとめられたのである。

その行いは、相手の窮状を直接救うこととは、必ずしも結びつかない。苦を抱えた相手のからだに近づいていこうという姿勢は、「イギリス海岸」という作品で語られる「私」の考えと重なり合うものがある。「イギリス海岸」は、「私」が学校の生徒を連れて、「イギリス海岸」とあだ名を付けた北上川の西岸に遊びに行く話である。みんなは川の中に飛び込み、泳ぎ遊んでいたが、その場所は救助係の人がいる区域からは離れていた。しかし心配した救助係の人は、別の用のあるふりをして見に来てくれていた。「私」は、救助係の人から溺れた人を救った話を聞き「何気なく笑って、その人と談してはいましたが、私はひとりで烈しく烈しく私の軽率を責めました。実は私はその日までもし溺れる生徒ができたら、こっちはとても助けることもできないし、ただ飛び込んで行って一緒に溺れてやろう、死ぬことの向う側まで一緒について行ってやろうと思っていただけでした」とふり返る。「私」は助けることができないと意識したとき、相手と一緒に行こうとする。溺れるという苦を抱えた相手を前にしたとき、自分もまた同じ苦を背負おうとする。死にゆく者に対して自分が与えることができるのは、自分のからだだけであるという理解が、ここにはあるだろう。賢治は、苦しむ他者のからだに自分のからだを、その身体感覚において近づけようとすることを目指していた。そのように相手に近づこうとすることは、同時に前世の釈迦、すなわち菩薩に近づく行いとしても意識されていたと考えられよう。

先ほど引用した法華経提婆達多品にしたがえば（一二三頁参照）、前世において釈迦が身命を捨てたのは「三千大千世界」とよばれる空間であった。「三千大千世界」は、ごく簡単に言えば、古代インドにおいて全宇宙を指すことばであり、賢治はこのことばを、『校友会会報』に掲載した短歌では「あめつち」に、嘉内宛大正七年五月十九日付手紙では「はてなき空間」と言い換えている。短歌では、旅の途上での死がうたわれており、同じ時期に書かれた「〔旅人のはなし」から」をふまえて考えると、菩薩の死は、地上を旅する中で他の存在と出会い、からだを投げ出すという形でイメージされることになる。一方、嘉内宛の手紙では、成仏の状景が「輝くそらに飛びたつ」という形で描き出されているため、菩薩が身を投げ出した「はてなき空間」は、宇宙へと果てしなく広がりゆく空間という印象が強い。いいかえれば、全宇宙に釈迦のからだが散らばっており、そのあとを追って「悲しい一切の生あるもの」が飛びたっていくというイメージが浮かび上がる。

この成仏の状景は、地上の生を否定する形で思い描かれているが、もう一つ賢治の語った成仏の状景として、地上の生を肯定するものがある。次にその姿を確認したい。

山川草木虫魚禽獣の成仏

成仏の状景

保阪嘉内宛大正七（一九一八）年五月十九日の手紙で、賢治は「一人成仏すれば三千大千世界山川草木虫魚禽獣みなともに成仏だ」と語っていた。同じような表現は、嘉内宛大正七年六月二十七日の手紙にも見られ、そこには「わが成仏の日は山川草木みな成仏する」と書かれている。ここで思い描かれている成仏の状景は、地上にあるすべての存在がそのまま成仏するというものである。このような成仏は「私」が成仏することによって実現する。その理由については、後に改めて確認することにし、まず「山川草木虫魚禽獣」が成仏するとなぜ賢治は考えたのか、ということについて考察したい。

「山川草木悉皆成仏」、つまり山川草木がみな成仏するということばは、現在では環境思想について語られる場合などに耳にすることがある。しかし岡田真美子によれば、「山川草木悉皆成仏」ということばは仏典中には見られない。そこで岡田は、このことばは梅原猛（一九二五〜二〇一九）が作り、その後広まったのではないかと推測し、この仮説は梅原本人によって正しいものと認められたという（「東アジア的環境思想としての悉有仏性論」）。たしかに現在の使われ方には、梅原の影響があると考えられるが、賢治の生きた時代に遡ってみると、このことばは、明治・大正時代には仏の教えを示したものとして広く知られていた可能性がある。たとえば臨済宗の僧釈宗演（一八六〇～一九一九）は、著書『世の外』で「釈尊が三千年の昔、雪山の菩提樹下に於て、暁の明星を徹見して一切衆生国土山川草木悉皆成仏と宣ひしは」と述べている。『世の外』が出版されたのは、大正五（一九一六）年であるが、釈宗演に学んだ釈宗活は、明治三十七（一九〇四）年に大沢温泉で行われた夏期講習会に講師として招かれている。当時賢治は八歳であるが、禅宗にも関心を寄せていた政次郎を通して、このようなことばが賢治に伝わった可能性はあるだろう。

また、井上哲次郎（一八五五～一九四四）が明治二十四（一八九一）年十二月に、本郷会堂において王陽明（一四七二～一五二八）について講演を行った際には、王陽明が草・木・瓦・石・天地も良知をもつと述べていることについて、これは「仏家の山川草木皆仏性ありと云ふ考」と同じで、「山川草木悉皆成仏なる事が出来ると云ふやうな考」と説明した上で、このように考えると草木瓦石も道徳的存在になってしまうので間違った話だと語っている（「王陽明の学を論ず」）。「山川草木悉皆成仏」ということばが講演で使用されていることをふまえると、このことばは仏教者以外も当然知っているものと考えられていたと言えよう。また「山川草木虫魚禽獣」ということばだけに注目すると、このことばは西田幾多郎の『善の研究』にも登場している。西田は「自然」について論じる際に「我々のいわゆる山川草木虫魚禽獣というものは」という表現を使用しており、「山川草木虫魚禽獣」は、人以外のすべての存在を指すことばとして一般的に用いられていたと推測できる。

「山川草木悉皆成仏」と「山川草木虫魚禽獣」ということばが、とくに典拠を示すことなく用いることが可能な表現であったという前提で、改めて「一人成仏すれば三千大千世界山川草木虫魚禽獣みなともに成仏だ」という賢治のことばを見てみると、ここで賢治は、世界全体が成仏することを表現するために、最初に「三千大千世界」ということばを使い、さらにそれを「山川草木虫魚禽獣」と言い換えたことが分かる。この言い換えからは、賢治が、山・川・草・木・虫・魚・鳥・獣という個別の存在に目を向け、それぞれとの関わりを意識していることが読み取れる。賢治は、自分が山川草木虫魚禽獣と一緒に成仏することを思い描いていた。このような発想は、おそらく島地大等との関わりの中から生み出されたのではないかと思われる。島地大等もまた、自己と個々の存在との関係を問う視点をもっていたからである。

島地大等

島地大等は「真宗信仰の要領」（『真宗大綱』所収）と題した講演の中で次のように述べている。

因果とは、天地・万有如何なるものでも必然の上で現るゝ理法をいひます。例へば吾々人間の生るゝは両親が有つてのみ生れたと思ふが、実は天地・法界涯の凡てのもの、関係が相俟（まま）つて生れたのです。直接には両親より受けた身体に相違ないが、間接には宇宙凡てのものが関係して生れたのであります。故に茲（ここ）に一の現象が顕るれば、天地・万有皆悉く関係してゐるのです島地は浄土真宗の信仰について説明するにあたり、その冒頭で各宗ともに共通の三世因果の信仰について論じている。引用したのは因果について説明した部分である。ここで求められているのは、この私が成立するためには世界全体が関わっていると観念することである。そう観念し、このような事態を「私」の側から捉えたとき、世界全体が恩義のあるものとして立ち現れてくることになる。

島地は「人生と感恩」（『真道』創刊号及春季号、大正六年十二月及大正七年四月発行初出。『思想と信仰』所収）において次のように論じている。修養ある人が心に抱いていた恩は、個人と個人のあいだで感じられるような狭いものではなく、「人間はおろか、動物にも植物にも、山にも川にも、乃至天地の凡ゆるものに対しても」抱かれるような、遍く行き渡って感じられる広大なものである。自分が今日ここに生存できているのはなぜか。自分を支えてくれているのは「周囲の親戚・友人・知己・遡れば父母・祖先」ばかりではない。直接・間接の差はあっても「広く世界人類の全体、遠く古くからの人類の祖先、すべての骨折の結果」として、自分はこうして生きていることができる。さらに人間が生存できるのは、動物や植物が生存しているからである。もう一歩進んで考えてみると「人類のみならず、生物のみならず、山や川や石や瓦の如き無生物にも、又同様の恩義が存する」。島地は、朝の日の光を受けながら、清らかで冷たい空気を心ゆくまで吸うときの幸福を想像し、日光や空気が「自分に大なる恩恵」を与えてくれていることをつくづくと感じたと語っている。

島地の論では、動物と植物が「生物」として一まとまりに捉えられている。このような視点は、輪廻転生の思想について説明する場合にも見られるものである。第Ⅱ章でもとりあげた『歎異抄』第五条の「一切の有情は、みなもて、世々生々の父母兄弟なり。いづれも〳〵、この順次生に仏になりて、助さふらふべきなり」ということばについて、島地は「禽獣虫魚乃至草木一切のいきとしいけるものみなを、久遠劫の昔より未来永劫の末かけて親しき縁の通ひ流るゝ同胞であると証する深い感じです」と評している（『歎異鈔講讃』『真宗大綱』所収）。ここで注目されるのは「一切の有情」のなかに草木が入っているということである。たとえば同じ第五条について暁烏敏は「今生の父母兄弟は申すに及ばず、禽獣虫魚にいたるまで、ことごとく念仏の中に救済し尽くさんと志すのは、私ども仏教信者の楽しみであります」（『歎異抄講話』）と述べている。

仏教の分類にしたがえば「有情」は心のはたらきをもつものという意味であり、「草木」は「山川」と同じく「非情」である。したがって親鸞のことばの解釈としては、暁烏敏の方が適切である。しかし島地は「一切のいきとしいけるもの」にあえて「草木」をいれた。その背景には、島地が研究していた天台教学において、まさに草木が成仏するか否かが問われていたことがあるだろう（草木成仏については末木文美士『草木成仏の思想』参照）。また島地は『漢和対照　妙法蓮華経』の「法華歌集」のなかに、法華経薬草品（やくそうほん）に関して詠んだ歌として「おなじこと一味の雨のふりぬれば草木も人もほとけとなる」を収めている（なお「法華歌集」は賢治が読んだ『漢和対照　妙法蓮華経』にはまだ掲載されていなかった）。薬草品には、三草二木のたとえが登場している。草木の上に広がる雲は平等に雨を降らせるが、雨を受けた草木は、それぞれの形で成長する。同じように、仏の教えは平等に与えられるが聞き取る側はそれぞれ異なる受け取り方をする、というおはなしである。ここでは「三草二木」は、法を受けとる側である衆生をたとえた存在として位置づけられているが、「おなじこと一味の雨のふりぬれば草木も人もほとけとぞなる」と詠われたとき、草木は人と同じように仏の教えをきき成仏をめざす存在として受けとめられたことになる。島地は草木を生ける主体と捉え、自らと関わり合う存在と見なしていた。島地は、「山川草木虫魚禽獣」を自らに関わる存在と捉え、その成仏を願うという心持ちを有していたのである。

ここまでにとりあげた島地のことばの中で、賢治が耳にした可能性があるのは、「歎異鈔講讃」に登場するものである。島地は大正四（一九一五）年八月一日から七日まで、願教寺の仏教夏期講習会で『歎異抄』について講演を行っているが、この講習会には賢治も参加していた。同じ大正四年に島地は、東京明治会館でも『歎異抄』について講じている。先ほど引用した「歎異鈔講讃」は、願教寺で行われた講演と、東京明治会館で行われた講演を、それぞれ聴講者が筆記したものを、後に合わせて作成された講演記録である。ただし、筆記された願教寺での講演は、大正四年前後に行われたものと推定されているのみで、大正四年のものとは確定されていない。しかし、講演が行われた時期を考えれば、賢治が聞いたのも、この「歎異鈔講讃」と近しい内容だったと考えられよう。また、大正五（一九一六）年四月四日付高橋秀松あて葉書には「昨日大等さんのところへ行つて来ました」と記されており、賢治が個人的に大等を訪れることもあったと推定できる。もっとも賢治は、「手紙四」においての輪廻を語るときに「おたがいのきょうだい」の中に草木を入れていないので、賢治は仏教の通説に従って輪廻を捉えていると言える。一方で賢治は、植物とのあいだにも殺し・殺される関係が見られることを「かしわばやしの夜」で描き出しており、また「十力の金剛石」では、草木が成仏する姿を描き出そうとしていると考えられるので（この問題については第Ⅳ章で詳しく述べる）、島地と同じように「いきとしいけるもの」に草木も含めて考えていると言える。

島地は、目の前の具体的な存在に目を向け、それらとの関わりを一つ一つ考えていくことによって、世界全体との関わりを思い描いていた。賢治もまた、「〔旅人のはなし〕から」を書いたときには、主人公の旅人が様々な出会いを経験するという形で、一つひとつの関係を積み重ねていく過程を描き出している。しかし一方で、賢治が嘉内宛五月十九日の手紙において「ねがはくはこの功徳をあまねく一切に及ぼして十界百界もろともに仝じく仏道成就せん。一人成仏すれば三千大千世界山川草木虫魚禽獣みなともに成仏だ」と書いたとき、その前に綴っていたのは、魚を食べているときに目の前の魚の心境をつぶさに想像している様子であったことは見逃せないだろう。

賢治が世界全体の成仏を願う前提には、今まさに目の前の魚と、食べ・食べられる関係を結んでいるという認識がある。島地が他の存在との関係を「恩」ということばで表現し肯定的な形で捉え返しているのに対して、賢治は他の存在との関係を、自らが苦を一方的に与える関係として否定的な形で捉えている。魚を食べるということは、魚によって自らの身が養われていることであると考えれば、島地の語るように「恩」を意識する方向へも向かいうる経験である。「恩」を意識した場合も、めざすものはすべての存在の成仏であるが、島地が眼前の関係をひとまず肯定した上で成仏を願っているのに対して、この場面で賢治は、眼前の関係からの脱出を強く願っている。地上の生を肯定する思いと否定する思いの両方が、賢治のなかには存在している。

一念三千

それでは続いて、本節の冒頭で指摘した、賢治はなぜ「一人」が成仏すれば「三千大千世界山川草木虫魚禽獣」が成仏すると考えていたのか、確認することにしたい。賢治は嘉内宛の手紙の中で、すべての現象を自らの内に包み込むことによって、世界全体とともに成仏できるということをくりかえし述べている。その状景を語った文を、以下に番号をつけ紹介したい。

①私共は若い為に悪くすると人を相手にして人の噂でばかり動き出す事があります　暫らく人をはなれませう。静に自らの心をみつめませう。この中には下阿鼻より下〔上〕有頂に至る一切の諸象を含み現在の世界とても又之に外ありません。（中略）

　願はくは此の功徳を　普く一切に及ぼし

　我等と衆生と　皆共に仏道を成ぜん

（嘉内宛　推定大正七年三月十四日前後）

②私共が新文明を建設し得る時は遠くはないでせうがそれ迄は静に深く常に勉め絶えず心を修して大きな基礎を作つて置かうではありませんか。あゝこの無主義な無秩序な世界の欠点を高く叫んだら今度のあなたの様に誤解され悪まれるばかりで、堅く自己の誤った哲学の様なものに嚙ぢり着いて居る人達は本当の道に来ません。私共は只今高く総ての有する弱点、裂罅（れっか）を挙げる事がで

きます。けれども「総ての人よ。諸共に真実に道を求めやう。」と云ふ事は私共が今叫び得ない事です。私共にその力が無いのです。

保阪さん、みんなと一緒でなくても仕方がありません。どうか諸共に私共丈けでも、暫らくの間は静に深く無上の法を得る為に一心に旅をして行かうではありませんか。やがて私共が一切の現象を自己の中に包蔵する事ができる様になつたらその時こそは高く高く叫び起ち上り、誤れる哲学や御都合次第の道徳を何の苦もなく破つて行かうではありませんか。

（嘉内宛　推定大正七年三月二十日前後）

③至心ニ妙法蓮華経ニ帰命シ奉ルモノハヤガテ総テノ現象ヲ吾ガ身ノ内ニ盛リ、十界百界諸共ニ成仏シ得ル事デセウ　（成瀬金太郎宛　大正七年四月十八日）

④ねがはくはこの功徳をあまねく一切に及ぼして十界百界もろともに仝じく仏道成就せん。一人成仏すれば三千大千世界山川草木虫魚禽獣みなともに成仏だ。　（嘉内宛　大正七年五月十九日）

賢治は④の手紙で「ねがはくはこの功徳をあまねく一切に及ぼして十界百界もろともに仝じく仏道成就せん」と述べているが、このことばは①の手紙で書いていた回向文「願はくは此の功徳を　普く一切に及ぼし　我等と衆生と　皆共に仏道を成ぜん」の「我等と衆生と」を「十界百界」に変えたものである。回向文は、自分が積み重ねた功徳を一切衆生に振り向けることを述べることばであり、そこでは一切衆生の成仏が願われているが、自らの行いによって一切衆生が成仏すると断言されることはない。「一人成仏すれば三千大千世界山川草木虫魚禽獣みなともに成仏だ」という論理を支えているのは、③と④の手紙で「十界百界」ということばが使われていることから天台の「一念三千」の思想であると考えられる。

「一念三千」とは、ごく簡単に言えば、三千（宇宙全体）が一念（瞬間の心）に備わっているということである。「三千」という数字が「全体」を象徴的に表す数として選ばれたのは、以下のかけ算の結果である。迷えるものと悟れるものとのすべての境地を分類すると十種類になる。具体的には、地獄・餓鬼・畜生・修羅・人・天・声聞・縁覚・菩薩・仏で、こちらが十界と呼ばれている（なお、第Ⅰ章で「ビジテリアン大祭」から引用した際に、その中に「流転の階段は大きく分けて九つある」とあったが（五二頁参照）、この「九つ」は十界から仏を除いたものを指している。通常輪廻は六種の境涯を生まれ変わることを言うが、日蓮は「身延山御書」で「生死の九界に輪る事」と述べており、賢治の表現もこれに従ったものと推定できる）。

さらに、十界の一つ一つに十界が含まれている（十界互具）と考えられているので、百界となる。百界はそれぞれ十如是をそなえているので千如是となり、これが三種の世間にわたるので三千世間となる。十如是は具体的には、相・性・体・力・作・因・縁・果・報・本末究竟等を指す。これは、法華経方便品が、存在の真実のあり方は以上の十の範疇において知られると述べていることにもとづいている。三種世間は、うつろいゆく現象世界を三種に分類したもので、衆生世間・五蘊世間・国土世間に分けられる。「三千」という数は、その数の大きさによって宇宙全体がもつ大きさや広がりを表すという意味をもっている。同時に、宇宙全体という漠然としたものを三千という計量可能な数値によって示すことによって、宇宙全体を分節化可能なものとして提示するという意味ももっている。

賢治が③の手紙で書いていた「十界百界諸共ニ」は、「三千」の説明の途中で登場した十界と百界を指している。このように、十界、すなわち地獄・餓鬼・畜生・修羅・人・天・声聞・縁覚・菩薩・仏の一つ一つが十界を含んでいると考えることは、すべての存在の成仏を保証するために必要なことであった。十界がそれぞれ独立し、切り離された世界であるとすると、地獄は地獄のまま永遠に救われないことになる。それに対して、地獄の中に仏が含まれ、仏の中に地獄が含まれると観念することによって、両者の連続性が担保されることになる。同じように、人の中に仏が含まれていると考えることによって、人もまた仏と成りうることが保証される。十界互具の思想は、世界全体の成仏を保証するものであり、天台では、このような一念三千の理を瞑想修行によって体得することがめざされた。これは、諸法実相、すなわちすべての存在の真実の姿を捉えることを意味している。一念三千の理を体得することは、仏の知を獲得するために必要な行いであった。

以上のように、すべての世界とあらゆる現象が一人の人間の瞬間の心にそなわっているとすれば、一人が成仏すれば、そのうちに含まれている世界全体が成仏することになる。このような論理をふまえることによって「総テノ現象ヲ吾ガ身ノ内ニ盛リ、十界百界諸共ニ成仏シ得ル事デセウ」という賢治のことばが生み出されたと言えよう。

人から離れる

成仏までの道のりを以上のように考えていた賢治が、この時点で具体的に願っていたのは、静かな場所で勉強し、心をおさめるという修行をすることであった。たとえば、大正七年二月二日に政次郎に宛てて書いた手紙には「毎度申し上げ候如く実は小生は今後二十年位父上の曾つての御勧めにより静に自分の心をも修習し経典をも広く拝読致し幾分なりとも皆人の又自分の幸福となる様、殊に父上母上又亡祖父様乃至は皆々様の御恩をも報じたしと考へ」と自分の考えを述べ、「先づ暫らく名をも知らぬ炭焼きか漁師の中に働きながら静かに勉強致したく」と自分の希望を述べている。

先ほど引用した①の手紙では、退学が決まった嘉内に対して「暫らく人をはなれませう。静に自らの心をみつめませう」とよびかけ、②の手紙でも「どうか諸共に私共丈けでも、暫らくの間は静に深く無上の法を得る為に一心に旅をして行かうではありませんか」と訴えかけている。これらに共通しているのは、静かな場所で静かに自分の心を見つめることである。その際には①の手紙が語っていたように、人から離れる必要がある。その理由を①の手紙は「私共は若い為に悪くすると人を相手にして人の噂でばかり動き出す事があります」と説明しているが、この手紙の後半では、人から離れるべき理由がよりくわしく述べられている。

あたりへ御目にかける様な心持が少しでも自分の心に閃いたときは古の聖者は愕然として林の中に逃げ込み一人で静に天人恭敬すれども以て喜びと為さずと云ふ様な態度に入つたものなさうです。

誠に私共は逃れて静に自己内界の摩訶不可思議な作用、又同じく内界の月や林や星や水やを楽しむ事ができたらこんな好い事はありません。これはけれども唯今は行ふべき道ではありません。今は摂受を行ずるときではなく折伏を行ずるときだそうです。けれども慈悲心のない折伏は単に功利心に過ぎません。功利よきさまはどこまで私をも私の愛する保阪君をもふみにぢりふみにぢり追ひかけて来るのか。私は功利の形を明瞭にやがて見る。功利は魔です。

「あたりへ御目にかける様な心持」とは、自分の行いであれ、自分が何か書いたものであれ、他の人に見せたいと思うことである。そう思ったときにはすでに、他の人に認められたい誉めてほしいという思いが生じており、それは「名利」を求める気持ちである。このような思いが兆したときに古の聖者は林の中に逃げ込んだと賢治は述べている。人から離れることは、「名利」にとらわれないために必要なことであった。政次郎が「名利」を求める気持ちの断ちがたさにおいて阿弥陀仏に出会っていたとすれば、賢治は「名利」を求める気持ちを断つべく努力し続ける。その具体的な方法が「逃れて静に自己内界の摩訶不可思議な作用、又同じく内界の月や林や星や水やを楽しむ事」であった。

月や星を楽しむことと修行との関わりについては、慈雲尊者が説いている。第Ⅱ章で述べたように『十善法語』は十善戒について説明したものだが、その一つに「不綺語戒」がある（なお十善戒は、六波羅蜜の一つである戒波羅蜜において守るべきものとされており、出家者・在家信者に共通する戒である。六波羅蜜については二四五頁参照）。「不綺語戒」は、ことばを飾ることを戒めるものであるが、その理由は、ことばを飾ることによって「質直」を失い、また、憂いや苦しみを生むからである。たしかに私たちは、たくみなことばに乗せられて気持ちが高揚し失敗してしまうことがあるだろう。このような場合には、飾られたことばに対する嫌悪感が生じるかもしれないが、一方で華やかなことばが持っている魅力には捨てがたいものがある。そうしたあり方から離れるために慈雲尊者が勧めたのは、日や星や月や雲を見て楽しむことであった。たとえば慈雲尊者は、日を見る楽しみについて「頭陀の比丘が露地に坐して、この日光偏照を看て空三昧に入る。面白きじゃ。鉢水を湛えてこの日光を胸裏に観ずる。その楽しみ世間の比すべき処ならずじゃ。思うて看よ。綺語などに随順する暇はあるまじきことじゃ」と述べている。あまねく照らす日の光を見ることで空の境地に入り、鉢の中の水にうつった太陽からの光を胸の中に入れて観想する。その楽しみは、世間で楽と思われていることとは比べることができないほどであり、飾られたことばに従っている暇はない。

日の光を見ることによって空の境地に入ることができるとすれば、日の光を見ることは仏道修行をすることと言える。綺語を楽しむことが「世間の楽」であるとすれば、慈雲の語る楽は「出世間の楽」と考えられる。「出世間の楽」は「世間の楽」を否定するという形で提示されるが、一方で慈雲は、日の光を楽しむことは「世間の楽」とは比べることができないと語ることによって、「出世間の楽」が「世間の楽」よりもはるかに魅力的であるということを伝えようとしている。この場合は、楽を求め「世間の楽」に心ひかれる人々に対して、より楽しいものがあるということを示そうとしているのであり、人々が楽を求める気持ちそのものは否定されないことになる。仏の教えが見せてくれる楽をどのように描き他の人々に伝えるのかということは、のちに賢治にとっても重要な問題となる。

ただし、このときの賢治は人から離れることを願い、自分の内界にある月や林や星や水を楽しもうとしていた。自分の外に広がる世界を楽しむことは仏道修行へと通じ、すべての現象は自らの心にあらわれるものと捉えるとき、世界全体は私の心の中に存在する。日の光を胸の中に入れて楽しむ慈雲尊者の姿は、賢治の姿と重なり合う。

賢治は、月や星や林から楽を得るという体験をした後、改めてその体験を思い起こすということをしていた。たとえば賢治は、大正六（一九一七）年十月下旬に弟清六たちを連れて柳沢から岩手山に登ろうとした。この体験は、大正七年十二月十日前後に嘉内に宛てて書かれたと推定されている手紙の中で綴られている。「今わたくしは求めることにしばらく労れ、しづかに明るい世界を追想してみました。それはあなたに今さっぱり交渉のないことかもしれません」と述べた後、岩手山に登った思い出を語り、「勝手にわたくしのきもちのよいことばかり書きました」とまとめている。この体験がのちに「柳沢」という作品を生み出すわけだが、「柳沢」が書かれた原稿には「1920　9.」というメモが残されており、大正九（一九二〇）年九月に執筆されたものと推定されている。

大正七年の時点では、賢治は自分にとって心地よい世界を、特定の存在へと書き綴っていた。賢治は「それはあなたに今さっぱり交渉のないことかもしれません」と述べているが、そこには、自分にとって心地よい世界を相手と共有したいという思いも込められていよう。このような思いが、のちに数多くの作品を書いていく源に存在していたのである。

摂受と折伏

　賢治は静かな場所で自分の心をおさめることを願っていた。しかし先ほど引用した手紙を読み進めると、賢治はこれは今は行うべき道ではない、今は摂受ではなく折伏を行ずるときであると述べていることに気づく。内界の月や林や星や水やを楽しむことは、「摂受」を行うこととして受けとめられ、その上で、今はなすべきことではないと否定されている。これはどのような思想を語っていることになるのだろうか。

　一般的に「摂受」は「相手を摂取し、受け入れた教化方法」、「折伏」は「相手を破折し、伏する教化方法」とされており、田中智学はこのときすでに、今は摂受ではなく折伏を行うべきであると主張していた。そのため、この手紙に登場している「今は摂受を行ずるときではなく折伏を行ずるときだそうです」ということばは、大正七年の段階で賢治が智学の主張に強く共感していた証しとして参照されることがある。

　しかし、この時点では、賢治は「折伏」を、自分がなすべき行いとして受けとめていなかったように思われる。この文章の続きを読むと、賢治はすぐに「折伏」というテーマから「功利」というテーマへと話題を移している。一方その前には、「あたりへ御目にかける様な心持」が生じた場合の対処方法について語っていた。賢治によれば「あたりへ御目にかける様な心持」が生じた場合には、人から離れることが必要であるという。この手紙は、自分たちが抱える「名利」を求める気持ちや「功利心」とどのように向き合うべきかを主に問題としている。賢治の関心は、自分の「外」にいる存在ではなく、自分の「内」にいる敵に向けられている。また、別の嘉内宛手紙からは、自分たちが今「折伏」を行うことに対して、賢治が批判的だったことがうかがえるが、こちらについては次節で取りあげることにしたい。

「名利」を求める気持ちに、どのように立ち向かうのか。そのために必要なのが「摂受」であった。賢治はおそらく、法華経安楽行品にもとづいて「摂受」のあり方について考えている。賢治が読んだ法華経として、『漢和対照　妙法蓮華経』のほかに、山川智応（一八七九～一九五六）の『和訳法華経』が挙げられる。『和訳法華経』は明治四十五（一九一二）年に発行されており、賢治は、伊藤忠一に対して、この書をすすめている（昭和五年三月十日付手紙。伊藤忠一は賢治の教え子）。『和訳法華経』のなかで山川智応は、安楽行品の内容について、仏が「摂受の修行を示し」たという形で説明している。

安楽行品では、文殊菩薩が、悪世においてどのように法華経を広めればよいかをたずねている。「悪世」とは、法華経を伝えようと考え他者と関わろうとするときに、様々な問題が生じてしまう時代と言えるだろう。文殊菩薩の質問に対して釈迦仏は、何を心がけるべきかを丁寧に説いている。ここで説かれた様々な修行方法について、島地大等は『漢和対照　妙法蓮華経』において、「止と観と慈悲」を行うものであると説明し、整理している。安楽行品では、具体的に「閑かなる処に在りてその心を摂むることを修（なら）」うことがすすめられており、これらの記述と先ほど見た『十善法語』などから、賢治は「静に自己内界の摩訶不可思議な作用、又同じく内界の月や林や星や水やを楽しむ」という修行方法を思い描いたと言えるだろう。また、安楽行品では、国王・王子・大臣を含め、どんな人に近づくべきではないかが詳細に指示されている。このような記述も、人から離れるという選択を後押ししたと思われる。

当時の賢治が願っていたのは、人から離れ静かな場所で心をおさめることであった。もともと賢治は出家を、自らがなすべきこととして考えていた。大正七年二月二日付政次郎宛手紙で「報恩には直ちに出家して自らの出離の道をも明らめ恩を受けたる人々をも導き奉る事最大一なりとは孰れの宗とて教へられざるなき事に御座候」と述べている。しかし、政次郎が賢治に「只今は僧の身にては却て所説も聞かれざるの有様にて先づ一度は衣食の独立を要す」と教えたため、自分は思いとどまったとのことである。出家して僧になればいずれかの宗派に属するようになり、賢治が望むように広く仏教について勉強することは難しくなる。政次郎の忠告は賢治の希望に添うものであった。そのため賢治は、出家はしないものの、出家者が行うような生活をし、学び続けることを願ったのである。

「こころ」と「からだ」

この時点で賢治が思い描いていた「こころ」に関わる修行は、以下の二つであると言える。一つ目が、前節で確認したように、すべてを「一心の現象」と捉えることである。この試みは、すべてを「空」と捉えることによって、自らが抱える執着を克服しようとすることであり、同時に「一切の現象を自己の中に包蔵する事」であった。「こころ」をおさめるという修行は、すべての現象を、いいかえれば、はるか彼方にあるものをも自己の内におさめようとする方向性をもっている。

二つ目が、「内界の月や林や星や水やを楽しむ事」である。そもそも自分の「こころ」の中には、名利を求める思いのほかにも憎しみや怒りなど様々な思いが浮かび上がってくる。内界の月や星を楽しむことは、そのような思いが浮かび上がらないようにするためにも有効であろう。もっとも私たちからすると、月や星を見ることと、怒りや憎しみが湧きあがることとは、全く別のことのようにもみえる。けれども、月や星を見ることは、自己のこころの中に月や星が現れることであり、怒りや憎しみが湧きあがることは、自己のこころの中に怒りや憎しみが現れることであると捉えると、月と星と怒りと憎しみは同じ地平に並ぶことになる。その上で自分のこころに現れるものを明るく気持ちのよいものにしていくということが、賢治が行おうとしていたことと言えるだろう。実際に岩手山に登り空を見上げ星の光を感じること、家に戻り再びそのときの状景を思い出し、友への手紙にその状景を綴ることは、心にあらわれた山や空や星を楽しむことであり、心を落ち着かせてくれる役割を果たすことになる。

一方「からだ」に関わる修行としては、以下の二つが挙げられる。一つ目が、自らのからだを法華経に供養するということである。この場合は、自らのからだが光をはなち、すべての存在に幸福をもたらすことができる。二つ目が、題目を唱えることであり、そうすると不可思議の光に自分と世界全体が包まれる。このように賢治は、題目の力を自分の「からだ」において感じていたが、賢治は日蓮のことばにもとづき、法華経の文字もまた特別な力をもつと考えていた。たとえば賢治は、母を失った嘉内に対して、法華経の如来寿量品を書いて亡き母の前に供えることを勧めているが、それは、書かれた文字が「不可思議の神力」をもって亡き母の苦を救いもし「暗い処を行かれゝば光となり若し火の中に居られゝば（あゝこの仮定は偽に違ひありませんが）水となり、或は金色三十二相を備して説法なさる」からであった（大正七年六月二十六日付手紙）。

この手紙の背景にある日蓮の文書として、鈴木健司は「上野尼御前御返事（弘安四年十一月）」を（『宮沢賢治　幻想空間の構造』）、さらに加えて工藤哲夫は「法蓮鈔」を指摘している（『賢治考証』）。賢治は、唱えられた題目や書かれた経典の文字は、具体的に光や水となって辺りの「もの」にはたらきかけ変容させる力をもっており、三十二相をもつ仏の姿となることもできると考えていた。賢治は、自分が唱える題目や自分が書いた文字は、はるか彼方にまで、目には見えない世界にまで届く力をもつと感じていたのである。

「こころ」に関わる修行も「からだ」に関わる修行も、この私が即座に世界全体と結びつくことを目指すものであり、実際に賢治は、自分と世界全体とが直接結びついているという実感をもっている。賢治にとって、自分の書いた文字はそのまま仏と成ることができ、かつ他者を救う力をもっていた。このように考えているとき、仏という絶対的な存在と自分とのへだたりや他者とのへだたりが意識されることはない。そうした中で、賢治が他者とのへだたりを感じたのは、他者に自らの考えを伝えようとするときであった。詳しくは次節で確認したいと思うが、賢治は今の自分には力が足りないため、誤った考えをもつ人を「本当の道」に来させることはできないと意識していた（②の手紙、一五二頁参照）。他者に「本当の道」を伝えることは他者とのへだてを生み、他者とのへだてを感じることによって、自らの力が足りないこと、いいかえれば完全なる智慧と完全なる慈悲をもった仏とはへだった存在であることを自覚する。他者とのへだてを克服するためには、まず絶対的な存在である仏に近づかなければならない。そのためには人から離れることが必要であった。

死への近さ

しかし賢治は、徴兵問題をきっかけとして殺し・殺される関係について考え続けた結果、新たな事態に直面する。実は自分自身が、他の存在に対して苦を与える側に立っていることに気付いたのである。現世において結ばれている関係が苦をもたらすものであると意識したとき、賢治は、すべての存在がそこから脱出することを夢想する。そのためにも、一人ひとりに本当によりどころとなるものを伝える必要があるが、今の自分にその力はない。賢治は、誤った考えをもつ人を前にしたときには、そこから離れ修行することを志したが、今現に苦を抱える人を前にしたとき、このような選択をそのまま肯定することはできない。そのとき願うのは、苦を抱える相手のからだに自分のからだを近づけようとすることであった。賢治は、他者とのへだたりを、今ここで解消したいという思いを強く抱いている。

苦を抱える相手に自分のからだを近づけようとすることは、自分のからだを損なう方向へと踏み出すことを意味している。一方、もともと賢治が考えていた、「からだ」を使ってすべての存在に幸福をもたらす方法は、自分のからだを法華経に供養することであった。さらに遡れば、賢治は、わが身をかなしまないというあり方を理想としており、その方向性を貫いていけば、賢治が今現在ある問題を解決しようとするときには、死を積極的に選び取るという選択が必然的に導き出されてくる。このような中で、かろうじて自分が生き続けることを肯定できるのは、人から離れて勉強をし続けること、いいかえれば真理を求める旅をし続けている限りにおいてであった。

　しかし、人から離れて勉強をしたいという願いは実現できなかった。賢治に求められたのは、長男として家業に携わり、家族の生活を支えることである。このような生活を続ける中で、賢治は自分には労働が「できない」という意識を育んでいく。その結果賢治は、恩を受けた人をかばうために自分のからだを投げ出すということを思い描くようになる。「死」を積極的に選び取ろうとする姿勢が、より強固なものになっていくのである。

　また、賢治のこころは、不本意な生活を続ける中で、おそろしい幻覚と、やるせなさや怒りや悲しみに覆われていくことになる。大正八年八月二十日前後に書かれたと推定されている嘉内宛手紙で、賢治は「わがこの虚空のごときかなしみを見よ。私は何もしない。何もしてゐない。幽霊が時々私をあやつって裏の畑の青虫を五疋拾はせる。どこかの人と空虚なはなしをさせる」と告げている。さらに自らが陥っている状態をつづり続けた賢治は、途中で「私の手紙は無茶苦茶である。このかなしみからどうしてそう整った本当の声が出やう。無茶苦茶な訳だ。しかしこの乱れたこゝろはふと青いたひらな野原を思ひふっとやすらかになる」といったんは書くが、再び「見よ。このあやしき蜘蛛の姿。

あやしき蜘蛛のすがた。いま我にあやしき姿あるが故に人々われを凝視す」という状景を書き綴る。

十界互具の思想にもとづけば、自分のこころのなかに地獄も修羅もあるので、恐ろしい状景を見てしまうことは当然のこととも言える。しかし、そちらの世界にこころが覆われていくことは危険をはらんでいる。「青いたひらな野原」を思うことは、そうした状態からこころを変化させる効果をもつが、それも続かない。大正八年八月上旬と推定されている嘉内宛の手紙で、賢治は「私は今はみんなの為なんといふことはちっとも考へる様な形式を見ません。心のなかにその形式をとってあらはれて来ないといふことです」と告げている。賢治は、「みんなの為」ということをどのように考えればよいか見失っている。このような中で書かれたのが「手紙一」であったとすれば、賢治は前世の釈迦の物語を通して、改めて仏の教えについて捉え返そうとしていたと推測できよう。同時に賢治は、日蓮主義へと近づくことになる。日蓮主義は、賢治が抱えていた迷いや苦しみを振り払う力をもつものとして見いだされたのである。

国柱会へ

九識心王

賢治は、大正九（一九二〇）年秋に国柱会に入会することになるが、すでに同年七月二十二日に嘉内に宛てて書いた手紙の中で次のように述べている。

ソノ間私ハ自分ノ建テタ願デ苦シンデヰマシタ。今日私ハ改メテコノ願ヲ九識（くしき）心王大菩薩即チ世界唯一ノ大導師日蓮大上人ノ御前ニ捧ゲ奉リ新ニ大上人ノ御命ニ従ッテ起居決シテ御違背申シアゲナイコトヲ祈リマス。サテコノ悦ビコノ心ノ安ラカサハ申シヤウモアリマセン。コノ上ハ直チニ命ヲ捧ゲル覚悟丈デナク大キナ困難ヲ永ク忍ブ力ヲ感得シ奉ル為ニ私モ軍隊ニ入ッタツモリデ毎日ヲ送ッテ居リマス。

「ソノ間」は、盛岡高等農林学校で嘉内とともに過ごしてから現在に至るまでを指している。また「自分ノ建テタ願」は、「我等と衆生と無上道を成ぜん」（一八四頁参照）を指すと推測できる。この願を実現するために、賢治は改めて「九識心王大菩薩」である日蓮の命に従うことを決意した。「九識」

は、眼識・耳識・鼻識・舌識・身識・意識・末那識・阿頼耶識・菴摩羅識を指す。阿頼耶識までは唯識派が説くものであるが、天台宗などではそこに菴摩羅識が加えられた。菴摩羅識は、垢れなき識という意味で「真如」とも呼ばれている。

第九識、つまり菴摩羅識を新たにたてることとは、衆生の身の内に仏（仏の識）が存在することを示すという意味をもっている。日蓮は「日女御前御返事（建治三年八月二十三日）」で、衆生が南無妙法蓮華経と唱えたとき、そのからだの中には「九識心王真如の都」が存在すると語った。日蓮において「九識心王真如の都」は、南無妙法蓮華経と唱える衆生の中にひとしく現れるものであったが、智学は「九識心王即大聖人」と考えた。智学にとって、日蓮は「九識心王の妙体、法性霊智の活現」であり、我々もまた「聖祖の御理想御人格を目的とし精神として、これを骨とし血とし又主義として出来上ッた人格」を取らなければならない。聖祖は、その根本である法華経に似ているが、末法の衆生である我々自身が、日蓮と同じように法華経に似ることはできない。あくまでも日蓮を通して法と接合し、悟りをひらくことができる（『日蓮主義教学大観』）。

日蓮は、絶対的な存在である仏と衆生とを媒介するものとして題目を見いだしたが、智学は日蓮の思想をふまえた上で、日蓮そのものを媒介する存在として新たに見いだした。ここで智学は、日蓮の人格を自らの人格とすることを求めているが、別の箇所では日蓮と「同心」となることが必要であると述べている。賢治は智学の主張を通して、自分のこころを修める方法として、日蓮の「こころ」と一体化するという方法があることを知った。日蓮と同化することは「法性霊智」とよばれるような絶対的なはたらきが自らの内にあらわれることをもたらしてくれる。同時に、すべての人が日蓮と「同心」となることによって、他者とのへだてもまた克服できることになる。このような目標が示されることによって、賢治のこころは「安ラカ」になる。

また、このように日蓮と一体化することによって、自らの「からだ」のあり方も定まる。賢治は軍隊に入ったつもりで毎日を送っていると述べているが、これは当時嘉内が一年志願兵として軍隊に入っていたため、自分は嘉内と共有するものがあることを示そうとして発せられたことばであろう。この手紙から賢治は、命を捧げる覚悟だけではなく忍ぶ力が必要であると考えるようになったことが分かる。これは、智学が「不惜身命」のあり方を「一時」と「平時」にわけて説明していたことにもとづいているだろう。「一時」のあり方とは、法を守るために身命を捨てることであり、「平時」のあり方とは、不惜身命の心を年中もちながら、法華経を広めるためにことばを発し、法を守るために行いをなすということである。法華経を広めるときに「忍ブ力」が必要になるのは、必ず謗法者による迫害に出会うからである。そのため「忍辱の衣」を着ることが求められる（『日蓮主義教学大観』。なお『日蓮主義教学大観』を読むことを賢治は嘉内に勧めており、賢治はこの書物に目を通していると言える。一七九頁参照）。

以前の賢治は、自分の「からだ」の行く末として、法華経を供養するために捨身をする、苦を抱えた他者とともに死ぬ、恩ある人を助けるために身を投げ出すなど、基本的に自らの「からだ」を直ちに破棄することを強く求めていた。しかしここで、「からだ」を維持し続けること、いいかえれば生き続けることを肯定する姿勢があらわれることになる。大正七年の時点では、人から離れて法華経を勉強し続けることを願っており、自分が生き続けることとは、真理を求める旅をしている限りにおいて肯定されるものであった。すなわち、家業に携わり勉強ができない状態では、自分の生を肯定できない。それに対してここでは、日蓮主義を広める、つまり真理を伝える旅をしていると考えることによって、自分の生を肯定することが可能になったのである。

では、なぜ真理を求める旅をすること、いいかえれば修行をするという過程を経ることなく真理を伝えることができるのだろうか。その理由は、日蓮の思想にある。先ほど述べたように、日蓮は、仏と衆生とを媒介するものとして題目を見いだした。日蓮によれば、題目を受持することによって釈迦の「因果の功徳」がゆずられるという。「因果の功徳」とは、釈迦が仏と成るために修行していたときになした善い行いがもたらす功徳と、釈迦が仏と成った後に達成したすべての福徳を指す。したがって、南無妙法蓮華経に帰依した者は、はかりしれないほどの功徳を得ることになる。このような力をもつ題目を、他ならぬ釈迦が末世の衆生に与えたと日蓮は考えたのである。このような考えは、日蓮が数え年五十二歳のときに著した「観心本尊抄」に記されているが、そこに至るまでに日蓮は、出家し僧として修行を重ね、多くの経典を読み勉学を続けている。この結論は、そのような修行の結果として生み出されたものと言えるが、この結論を受けとる者からすると、自分が成仏するためには題目を唱えること以外の修行は不要となる。田中智学は、数え年十歳のときに剃髪得度し日蓮宗に入門したが、十九歳で還俗した後、在家信者を主体とする運動を展開していくことになる。当時は、様々な仏教者が神仏分離令に始まる危機の中、宗門の改革をめざして在家主義の仏教を提唱しており、智学も在家主義をとる理由を独自の形で論じているが（この問題については大谷栄一『近代日本の日蓮主義運動』を参照）、智学が在家主義を主張できた前提には、日蓮の思想が存在していたと言えるだろう。私たちはすでに真理を手にしているのであり、次になすべきことは、それを他の存在へと伝えていくこととなるのである。

「摂折御文　僧俗御判」

では、智学が指し示した真理を伝える旅とはどのようなものであったのか。それは「折伏」を行うことであった。先ほど引用した嘉内への手紙が書かれたのは大正九年七月だが、同じ年に賢治は「摂折御文　僧俗御判」という表題をつけた文書を作成している。これは、前半は主に智学が『本化摂折論』の中で引用している経典や日蓮の文章を書きとめたものであり、後半は『日蓮聖人御遺文』から抜き書きしたものである。『本化摂折論』において智学は、日蓮がめざしたのは摂受ではなく折伏であり、現在はまさに折伏を行うべきときであると主張しており、「摂折御文　僧俗御判」の存在は、賢治が「摂受」と「折伏」との関係に関心を持っていたことを示している。前節で述べたように、賢治はもともと「摂受」に心ひかれており、大正七年の時点では父の信仰を変えようとはしていない。父に語っていたのは、自分はまず勉強をし、その上で広く法華経を伝えたいということであった。一方で賢治は、自分一人が成仏することによって世界全体が成仏することを思い描いていた。だからこそ、人から離れて静かに修行することが目指されていたのである。

また、大正七年七月十七日の消印をもつ嘉内宛の葉書において、賢治は「さて憚らず申し上げます。あなたは何でも、何かの型に入らなければ御満足ができないのですか。又は何でも高く叫んで居なければ不足なのですか。我々は折伏を行ずるにはとてもとても小さいのです。只諸共に至心に自らの道を求めやうではありませんか」と述べている。これは「何でも高く叫んで」いる嘉内を批判する文章であり、「我々は折伏を行ずるにはとてもとても小さいのです」ということばからは、「何でも高く叫んで」いる嘉内を折伏を行じていると捉え、しかし、自分たちには折伏を行ずることはできないという形で、そのふるまいを否定していることがうかがえる。「小さい」とは、大正七年三月十四日前後と推定されている手紙において「慈悲心のない折伏は単に功利心に過ぎません」と記していたことをふまえれば、自分たちは折伏を行ずることができるほど大きな慈悲心をもっていないという意味であろう。

同じ手紙で賢治は、学校を除名になった嘉内に対して「実は私はたとへあたりが誤つてゐるとは云へ足らぬ力でともすれば不純になり易い動機で周囲と常に争ふことは最早やめやうと思ひこれから二十年ばかり一生懸命にだまって勉強しやうと覚悟してゐました」と告げている。たとえまわりが誤っていても、それを相手に告げ争うようなことはしない。まだ自分には力が足りないし、相手の誤りを指摘しようとするとき、そこには往々にして単に相手を言い負かして自分の優秀さを示したいというような不純な動機も含まれてしまう。三月二十日前後と推定されている手紙には、もし力のない状態で現在の世界が抱える問題点を高く叫んだとしたら、今回の嘉内のように誤解され憎まれるだけで、誤った哲学をもつ人を「本当の道」に来させることはできない、と書かれている。だからこそ、まず自分たちがなすべきことは一生懸命に勉強することであるという結論が導き出される。この時点では、賢治は折伏という行に対して距離を取っていた。

　したがって賢治にとって、このとき嘉内に法華経をよむことをすすめていたのは、折伏ではなかったと言えよう。二人はすでに「我等と衆生と無上道を成ぜん」という誓いを共有しており、法華経をすすめることは、その誓いに即した行いと考えられる。同時に賢治は嘉内に対して「一緒に」「諸共に」修行を続けることを強く願っていた。遠く離れた友と一緒に進んでいることを保証してくれるのが、二人で同じ経典を奉じているということだったのである。

日　蓮

　以上のように考えていた賢治に対して、日蓮のことばは、その考えを改めることを強く迫るものであった。「摂折御文　僧俗御判」には次のことばが書きとめられている。

> 悲ヒ哉我等誹謗正法の国に生レて大苦に値はん事よ　設トヒ謗身は脱ると云フとも謗家謗国の失如何せん　謗家の失を脱レんと思はば父母兄弟等に此事を語リ申せ　或は被ル悪マ歟或は信ぜさせまいらする歟　謗国之失を脱れんと思はば国主を諫暁し奉リて死罪歟流罪歟に可キ被レ行ハ也

これは「筒御器鈔（つつごきしょう）」からの引用である。自分が法華経に帰依した場合、自分一人は法華経をそしるという失をまぬがれられる。しかし、自分が属している「家」と自分が属している「国」は、なお法華経をそしるという失を積み重ねていく。それをまぬがれさせるためには、父母兄弟に、そして国主に伝えなければならない。たしかにそのふるまいによって父母兄弟から憎まれ、国主から死罪や流罪を命ぜられるかもしれない。それでもなお、法華経を広めなければならない。

この日蓮のことばは、父の信仰に対して異議を唱えなければならないと強く要請するものであった。見て見ぬふりをすることは自分を成仏から遠ざけると同時に、父もまた成仏から遠ざけてしまう。もともと賢治は、父母の恩に報いることをめざし、出家を考えていた（大正七年二月二日付政次郎宛手紙）ことをふまえれば、当初の願いを実現するためにこそ、父に対して反駁することが必要になる。また賢治は、「摂折御文　僧俗御判」において、日蓮の「開目抄」におさめられている以下のことばを記している。

設ヒ山林ニマジハッテ一念三千ノ観ヲコラストモ空閑ニシテ三密ノ油ヲコボサズトモ時機ヲ知ラズ摂伏〔折〕ノ二門ヲワキマヘズバイカデカ生死ヲ離ルベキ

「三密」は密教の修行方法を指しており、この文は、折伏を行うべきときに摂受、具体的には天台宗と真言宗がすすめる修行を行っても利益がないことを告げるものである。静かな場所で心をおさめることをめざしていた賢治からすれば、そうした修行方法では生死を離れることはできないと断言されたことは、衝撃的であっただろう。

「摂折御文　僧俗御判」では、「開目抄」に続いて「聖愚問答鈔」のことばを書きとめており、そこでは、摂受の行について、この国に法華経が広まり邪法邪師が一人も居なくなったときにすべきことであり、そうしたときであれば山林で観法を修すべきだが、邪正が肩を並べ大小が先を争っているようなときは万事をさしおいて謗法を責めるべきであり、これが折伏の修行である、と説かれている。日蓮のことばに従えば、たしかに摂受を捨てて折伏を選ぶ必要がある。

自受法楽

ただし日蓮の思想をふまえて展開された智学の論は、単純に摂受を否定するものではなかったことは注意しておく必要があるだろう。『日蓮聖人乃教義』において、智学は「摂受」と「折伏」を次のように定義している。摂受と折伏は表裏的に存在しており、「大化発動」の面が大折伏、「自受法楽」の面が大摂受とされている。「大化」は「大化導」という意味で、「化導」は人々を教化し導くという意味である。「自受法楽」は、仏が広大な悟りの境界にあらわれる楽しみを自ら享受することを指す。智学は自受法楽を次のように説明している。

他から受くる楽は他が何か間違ができれば其楽もなくなる也証を挙ぐれば名誉も利達も果報も位も

> みな何時どんな事が起きて無くなるやも知れぬなり、これ他よりの楽なればなり、自ら受ける楽は凡そ自の存在する限りは永続す、自己精神の楽を自ら受け、其心によりて法界をこと〴〵く浄楽化する、自ら真理を受け持てる楽は、何物も毀す能はざる楽也、仏はこの楽を根本的に得給へり。

私たちは通常何かを手に入れることによって「楽」を感じる。名誉や利益や地位など何によって楽を感じるかは人それぞれだが、そのように他から受けとる「楽」は、それが失われれば「楽」もまた失われてしまう、はかないものである。それに対して「自ら真理を受け持てる楽」は、何ものも壊すことのできない、確かな「楽」であると言える。仏が願ったのは、一切衆生がこのような楽を得られることであった。

摂受と折伏が表裏的に存在しているとは、折伏の面が表に出ている場合が「折面摂裏」とよばれており、「その発動の全面は折伏にして、摂受はその折伏をする裏面の大悲心にあり」と説明され、一方、摂受の面が表に出ている場合は「摂面折裏」とよばれており、「経の涌出品に、本化の菩薩を讃して『常に静なる處を楽ふて人衆の中にあるを楽はず、所説多きことを楽はず』等とあるこれなり」と説明されている。折伏の背後に慈悲が必要なことは、大正七年の手紙でも意識されていたことであった。一方、「経の涌出品」は、法華経の従地涌出品（じゅうじゆじゅっぽん）を指しており、智学は従地涌出品に登場する新たに地から湧き出た菩薩たちを「本化の菩薩」とよんでいる。智学が引用したのは、地から湧き出た菩薩たちがこの娑婆世界の下の虚空において修行しているときの様子を描いた場面で、人と関わることを願わず常に静かなところで修行に励んでいたことが記されている。娑婆世界にあらわれた地涌の菩薩は、釈迦亡き後この世界に法華経を広めるという役割を担っている。つまり、地涌の菩薩は末世における布教を担う存在であるため、日蓮や智学にとっては重要なのだが、賢治が静かに修行することを願っていたとすれば、智学のこの定義は、自分がめざすあり方が「折伏」において否定されていないことを意味している。

智学の語る「自受法楽」のあり方は、賢治が作品を書くときに意識していた姿勢と通じるものがある。賢治が昭和六（一九三一）年十月上旬から年末か翌年初めまでに使用したと推定されている通称「雨ニモマケズ手帳」の中で、賢治は自らが筆をとるときの心持ちを記している。そこには「筆ヲトルヤマヅ道場観　奉請ヲ行ヒ所縁　仏意ニ契フヲ念ジ　然ル後ニ全力之ニ従フベシ　断ジテ　教化ノ考タルベカラズ！　タヾ純真ニ　法楽スベシ。タノム所オノレガ小才ニ　非レ。タヾ諸仏菩薩ノ冥助ニヨレ」と書かれている。今ここに仏をよび、自分自身が感じた「法楽」を表現することを賢治はめざしていた。第Ⅲ章冒頭で引用したように、大正七年の時点で賢治が願っていたのも「人をも法楽に入らしめる」ことであった。その意味で賢治の願いは一貫している。ただし大正七年には、そのために人から離れることが必要と考えていたが、最終的に賢治は、他者から離れて実践する「摂受」ではなく、他者と積極的に関わり、自分が受けとった楽をそのまま伝えることのできる道を探し求めたと言えよう。このような他者と関わろうとする姿勢を生み出したのが、智学の思想との出会いであった。

法華経による世界統一

ただし、大正九年に立ち戻れば、このとき賢治が選択したのは積極的に「折伏」を行うことであった。具体的には家族に対して改宗を迫るとともに、嘉内に対しても強く入信をすすめるようになる。大正九年十二月二日の嘉内宛手紙では、国柱会信行部に入会したことを告げ、「恭しくあなたの御帰正を祈り奉ります」と述べている。さらに、同年十二月上旬頃に書かれたと推定されている手紙の中では「どうか殊に御熟考の上、どうです、一緒に国柱会に入りませんか。一緒に正しい日蓮門下にならうではありませんか。諸共に梵天帝釈も来り踏むべき四海同帰の大戒壇を築かうではありませんか」と告げている。賢治が嘉内とともに行いたいと考えていたのは「四海同帰の大戒壇」を築くことであった。その内容については、後ほど詳しく説明するが、これは、智学が語る世界統一までの道のりにおいて重要な位置を占める事柄である。

続けて賢治は智学の「世界統一の天業」を読むことを勧めており、賢治は、智学が掲げた「世界統一」という目標に共感を覚えていたと言える。この手紙では、他にも智学の著作として「日蓮聖人の教義」「妙宗式目講義録」の名が挙げられている。そこで以下では、これらの著作を手がかりとして智学の思想を概観することにしたい。なお、「日蓮聖人の教義」は扉の表記に従えば『日蓮聖人乃教義』であり、こちらは初心者向けに日蓮の教義をまとめたものである。「妙宗式目講義録」は『本化妙宗式目講義録』を指しており、これは全五巻にわたる大著で、のちに『日蓮主義教学大観』と改題され出版されている。

『日蓮聖人乃教義』で、智学は次のように述べている。日本が「道義を以て世界を統一する目的で建られた」ということは「神武天皇の建都の勅宣」に明らかである。日本は「世界を統一すべき国」であり、一方で「世界を統一すべき教」として法華経が存在している。したがって日本は法華経に帰向しなければならない。その結果「世界を道義の中に統一して、真理正道の実現境」たらしめることが「日本建国の天業」である。以上のように、智学の論の中には、日本が世界を統一すべき国であるという主張と、法華経によって世界を統一すべきであるという主張が含まれている。主に前者について論じているのが「世界統一の天業」であり、後者について論じているのが『日蓮聖人乃教義』である。順番にその内容について確認しよう。

「世界統一の天業」の序言には、「人類究竟の平和は世界統一に在り」「人生究極の幸福は、此土をして諸の禍患より離脱せしめて、事理倶に安穏常楽の境を為すに在り」と記されている。智学が世界統一をめざしたのは、「人類究竟の平和」を実現し、「人生究極の幸福」を獲得するためであった。しかし世界の現状を振り返ってみると、この世界には数多くの国があり、それぞれの利害が衝突するため争いが絶えることがない。このような状態に置かれていては、人は安心して暮らしていくことができない。わが身の幸福を根底から成立させるためにも、世界に永久の平和を実現させる必要がある。そのためには、すべての人が、天が生じた道義的世界統一の実行者と指導者のもとに赴き、同化することによって世界が一つの国とならなければならない。その実行者が神武天皇であり、指導者が日蓮である。もともと人類社会では、太古から世界統一の王家があると想像されており、この思想は古くはインドにおいて発達し、転輪聖王が世界を統一する王種であると見なされていた。一方、日本の天皇家の祖先は、その源をたどるとインドであると推定できる。その他、神武天皇の建国の勅宣などを根拠として、智学は日本国の王統が転輪聖王の神統にあたると見なし、世界統一の天命を負うていると主張している。

「世界統一」は、日蓮の本懐をあらわす語とされていた「一天四海皆帰妙法」をふまえ智学が唱えたものである。そのため、当時から「日蓮聖人の遺書にその名目がない、畢竟後より造ッた勝手の義門である」（『日蓮聖人乃教義』）という批判がなされていたようである。たしかにこの言い換えには、智学の視点が色濃くあらわれている。「一天四海」が「世界」となり、「皆帰妙法」が「統一」となった。「一天四海」の「一天」は、須弥山上の天界を、「四海」は、須弥山をとりまく四方の海を指している。須弥山は、仏教の宇宙観で、宇宙の中心をなす巨大な山のことで、その東西南北には四つの島（大陸）がある。そのうち南にあるのが閻浮提とよばれる島で、私たちが住んでいる島と考えられている。「一天四海」ということばで、このような世界全体を指しているわけだが、この世界には「天」という他界が含まれている。一方、智学が「世界統一」というときに具体的にイメージしていた「世界」は「閻浮提」、いいかえれば「吾人が今住んで居る、所謂全地球」であった。

このように限定した理由として、智学は法華経の中に、法華経が「閻浮提の人の最適の良薬」であり、「特に閻浮提の人に適すべく残された経」であると書かれており、さらに日蓮も「南閻浮提ハ妙法蓮華経ヲ弘ムベキ本縁ノ国也」と述べているということを挙げている。以上のことから「この全地球を以て、法華経流布の化境と定められてある」という結論が導き出されている（「化境」とは、「教化すべき「めあて」の国土」という意味）。このように法華経を広めるべき場所が「全地球」という形で空間的に限定されたからこそ、一つになるということが目標として新たに見いだされたと言える。その結果「皆帰妙法」が「統一」と言い換えられることになったわけだが、この言い換えによって、「妙法」に帰依するという具体性が弱まり、世界が「一つ」になることが強調されることになった。

「一天四海皆帰妙法」は、すでに賢治にとって、自らのよりどころとなることばであった。大正七（一九一八）年三月十日の消印をもつ政次郎宛手紙で賢治は、「私一人は一天四海の帰する所妙法蓮華経の御前に御供養下さるべく」と自分の希望を述べており、大正七年二月二日の政次郎宛手紙では、法華経の心を悟り、人々にも教え、財を得た場合は「支那印度」にもこの経を広めたいと語っている。賢治は、法華経こそがすべての存在がよりどころとすべき教えであると考え、それゆえ法華経を広めること、あるいは法華経のために死ぬことによって、すべての存在に幸福をもたらしたいと願っていた。このような願いが、智学の思想と出会うことによって新たな実践の形を獲得することになったのである。

「同心」をめざす

先ほど引用した手紙の中で、賢治は嘉内に対して「諸共に梵天帝釈も来り踏むべき四海同帰の大戒壇を築かうではありませんか」と誘っていた。「戒壇」とは、仏教の修行規範である戒の授受を行うために設けられる壇のことである。日本では奈良時代に、唐から来日した鑑真（六八八～七六三）が東大寺に築いたのをはじめとして、各地に戒壇が造られていった。在家主義の智学が「一切諸戒の根本中心」と考えていた戒は、「一心に法華経を持つの外何ものをも顧みない」という戒である。これは「謗法」を厳禁するということを意味している。「謗法」とは、法華経をそしることだけではなく、法華経を捨て他の宗旨を奉じたり、法華経と合わせて他の教を信じたりすることも含まれている。智学は、このような戒を授ける戒壇を国家が建立することをめざしていた。それは、日本国の宗旨として日蓮主義が選ばれたこと、すべての日本人が日蓮主義者となったことを意味している。この戒壇が「本門の戒壇」とよばれている。

以上の段階に至るまでには、まず自身が「謗法」を離脱し、次に「わが一家（父母妻子兄弟乃至一族等）」の謗法を離れさせる必要がある。その上で、一国の謗法を離れさせることをめざし「言論文筆の伝道」につとめていく。「本門の戒壇」が建立されたあかつきには、この戒壇において「万国の帝王大統領」も即位就任に際して天皇より戒を授けられることになり、その結果、法華経による世界統一が完成することになる。智学は、世界を統一するためには宗教の統一、すなわち人々の信仰を一つにすることが必要であると考えていた（『日蓮聖人乃教義』）。すべての人の心を一つにするために、本門の戒壇の建立がめざされていたと言えよう。

智学は、すべての人の心が一つになった状態は、それぞれの人が日蓮と「同心」となることによって実現すると考えていた。すでに述べたように、日蓮と「同心」となることは自分が絶対的な存在と接合するために必要とされていたが、同時に世界平和を実現するためにも必要なものであった。日蓮も「同心」を重視していたが、それは「異体同心なれば万事を成し、同体異心なれば諸事叶ｯ事なし」（「異体同心事」）という説明にみられるように、「同心」を、法華経を広めるために必要な心構えと考えていたからであった。しかし智学は、この「異体同心」を重く受けとり、同心の標準は常住不変のものでなければならないとして、同心とは日蓮に同心することであると主張したのである（『日蓮主義教学大観』）。ここにも智学の「一つ」になろうとする姿勢があらわれている。そうして、この時点において賢治がめざしたのも「同心」になることであった。そのために行ったのが、一つには嘉内に帰正を求めることであり、もう一つには家族に帰正を求めることであった。

嘉内に対しては、大正十年一月三十日の手紙で「曾って盛岡で我々の誓った願　我等と衆生と無上道を成ぜん、これをどこ迄も進みませう　今や末法救主　日蓮大聖人に我等諸共に帰し奉り慈訓の如く敢て違背致しますまい。辛い事があっても大聖人御思召に叶ひ我等一同異体同心ならば辛い事ほど楽しいことです」と述べ、日蓮の門下になることを求めている。一方、家族に対しては、政次郎とのあいだで改宗をめぐる論争を行い、大正十年一月二十三日には花巻を出立し、上野の国柱会へ行く。その後東京での生活を続けるが、二月二十四日に政次郎に宛てて書いた手紙には「一応帰宅の仰度々の事実に心肝に銘ずる次第ではございますが御帰正の日こそは総ての私の小さな希望や仕事は投棄して何なりとも御命の儘にお仕へ致します。それ迄は帰郷致さないこと最初からの誓ひでございますからどうかこの段御諒察被下早く早く法華経日蓮聖人に御帰依遊ばされ一家同心にして如何にも仰せの様に世諦に於てなりとも為法に働く様相成るべく至心に祈り上げます」と書いている。あるいは、三月十日に宮本友一（一八九五～一九二二）にあてて書いた手紙には「今回は私も小さくは父母の帰正を成ずる為に家を捨てゝ出京しました」と記している。家を出た理由は「小さくは」父母の帰正を実現するためであった。その先には、より大きな理想を実現しようとする意図があったと言えよう。

そのためにも賢治は、まず「一家同心」をめざした。これは、智学が示していた世界統一までのプログラムに即していると言える。先ほど述べたように、智学はまず自身が「謗法」から離れ、次にわが一家（父母妻子兄弟乃至一族等）を「謗法」から離れさせ、さらに一国を「謗法」から離れさせることを説いていた。これは『日蓮聖人乃教義』において説かれていることであるが、その前提にあったのは、賢治も「摂折御文　僧俗御判」において書きとめていた「筒御器鈔」のことばである。日蓮と智学のことばを受け、賢治は父の信仰に異議を唱えた。

けれども「折伏」の試みは失敗に終わる。父母を改宗させることはできず、さらに嘉内と「同心」となることはできなかった。嘉内との関係については、保阪庸夫・小澤俊郎編『宮澤賢治　友への手紙』が、大正十年七月に二人は信仰上の対立から決定的な形で訣別したという説を提示した。しかし、その後栗原敦が、訣別の根拠とされた賢治から嘉内に宛てて書かれた手紙は、大正十年七月に書かれたものではなく、大正七年から八年のあいだに書かれたものであることを明らかにした。この推定は、賢治の手紙の中で表記などがどのように変化しているかを確認した結果なされたものであり、極めて説得力がある。したがって、大正十年七月に、信仰上の対立から二人の関係は断絶したと考えることは、当を得ないことになる。けれども残された手紙を見ると、大正十年二月十八日付の葉書を最後に、賢治が嘉内にあてて書いた手紙には、信仰に関することが全く書かれていない。このことをふまえると、二人は訣別することはなかったものの、嘉内が賢治と信仰を同じくすることはなかったように思われる。

賢治は、父母とも友とも「同心」となることができなかった。「一つ」になろうとする試みは、その最初の段階で挫折したのである。この経験は賢治に、伝えることの困難さ、相手の考えていることの捉えがたさを痛感させることになったであろう。けれども、その後賢治は、再び人から離れるという道を選ぶことはなかった。賢治が選んだのは、一つには「心象スケッチ」を手渡すこと、もう一つが、農業に関わることであった。

農業がもたらしたもの

心象スケッチ

賢治は、大正十三（一九二四）年に『心象スケッチ　春と修羅』と『イーハトヴ童話　注文の多い料理店』を出版する。一般的には、前者は詩集、後者は童話集とよばれているが、賢治自身は両者をひとしく「心象スケッチ」であると考えていた。『イーハトヴ童話　注文の多い料理店』の刊行にあたって作成された広告ちらしには、「イーハトヴ」についての説明が載せられており、それによれば「イーハトヴ」とは「著者の心象中に、この様な状景をもって実在したドリームランドとしての日本岩手県」であり、この童話集は「作者の心象スケッチ」の一部であるという。「心象スケッチ」は賢治の表現方法をあらわす独自のことばであり、「心象スケッチ」とは何かということは、賢治の思想を考える上で重要なテーマであると言えるが、ここでは、「心象スケッチ」と仏教思想との関わりについて簡単に確認するにとどめ、論を進めることにしたい。

『心象スケッチ　春と修羅』巻頭に収められた「序」という作品には「ただたしかに記録されたこれらのけしきは／記録されたそのとおりのこのけしきで／それが虚無ならば虚無自身がこのとおりで／ある程度まではみんなに共通いたします」ということばが登場している。一方『イーハトヴ童話注文の多い料理店』の広告ちらしでは「これらは決して偽でも仮空でも窃盗でもない。多少の再度の内省と分析とはあっても、たしかにこの通りその時心象の中に現われたものである。故にそれは、どんなに馬鹿げていても、難解でも必ず心の深部に於て万人の共通である」という説明がなされている。「心象スケッチ」とは、そのとき心象に現れたものを賢治が書きとめることによって生み出される。書きとめられた状景は、ある程度まではみんなに共通する、あるいは心の深部において万人共通であると捉えられていた。いいかえれば、心の中に現れたものが他の存在と共有しうるものとして位置づけられている。それぞれの存在の心の中には、それぞれの状景が現れているが、ある程度は、あるいは心の深部においては共通するものがある。ここでは、智学のプログラムに沿って活動していたときのように、自分のこころと相手のこころを今ここで完全に一つにすることは目指されていない。それぞれの存在のこころが、それぞれのものを映し出していることを前提として、映し出されたものを媒介として他の存在とのつながりを実現しようとしている。

このような方向へと賢治が進んだ背景には、「同心」になることによって他者と一つになるという試みが挫折したことがあると言える。他者に法華経と日蓮への帰依を迫ることは、他者とのつながりを生み出すどころか逆に大きなへだてをつくり出す。同心をもつとは具体的には一緒に南無妙法蓮華経と唱えること、つまり互いの声を重なり合わせ世界へと響かせようとすることと考えれば、ともに題目を唱えられないことは、相手のからだと自分のからだもへだてられたままとなる。そのとき、他者との関わりを実現しうるものとして見いだされたのが、互いのこころに現れる「状景」であった。

このような発想の前提には、本章で説明した一念三千の思想が存在していると考えられる。すべての世界とあらゆる現象が一人の人間の瞬間の心にそなわっているとすれば、それぞれの人のこころに現れるものは共通している。それぞれの人は通常すべての「もの」の真実の姿を捉えることはできず、それぞれが抱える煩悩によって「もの」を見ているため、実際に自分が捉えている状景は、他者が捉えている状景とは異なっている。そうした差異を見つめた上で、賢治はそこに他者と共有しているものが存在する可能性を見いだした。

「心象スケッチ」を理論の面で支えていたのは一念三千の思想であったと言えるが、こうしたことが可能になったのは、実際に賢治が、自分が心地よいと思った状景を嘉内に書き送るということをしていたからだろう。自分がみつめた状景を嘉内に伝えることによって「明るい世界」を嘉内と共有したいという思いがそこにはある。では賢治はどのような状景を共有しようとしたのだろうか。この問題については次章で『イーハトヴ童話　注文の多い料理店』をとりあげながら考察することにし、ここでは、賢治が選んだもう一つの人との関わり方、つまり農業に携わることが賢治の世界観にどのような影響をもたらしたのかをたどることにしたい。

「グスコーブドリの伝記」

賢治は、大正十（一九二一）年十二月に稗貫郡立稗貫農学校の教諭になり、代数・農産製造・作物・化学・英語・土壌・肥料・気象などの科目を担当した。稗貫農学校は、大正十二年四月一日付で岩手県に移管し、県立花巻農学校となる。『心象スケッチ　春と修羅』と『イーハトヴ童話　注文の多い料理店』が刊行されたのは、その翌年のことである。大正十五年三月に同校を退職した後は羅須地人協会の活動をはじめ、農民たちからの肥料設計の相談にのっている。このような活動を背景としてうまれたのが「グスコーブドリの伝記」である。

「グスコーブドリの伝記」は、昭和七（一九三二）年三月に『児童文学』に掲載された。この作品からは、賢治が農業という営みをどのように捉えていたのかをよみとることができる。そこで次に「グスコーブドリの伝記」のあらすじを確認した上で、その内容について考えていくことにしたい。

グスコーブドリは、イーハトーブの大きな森のなかに生まれた。父、母、妹のネリと暮らしていたが飢饉がおこり、父、そして母が家を出ていき森に入ったまま帰ってこなかった。その後人さらいが現れ、ネリを連れていってしまう。ブドリは森にできたてぐす工場で働くが、火山の噴火によって、てぐす工場を続けることができなくなる。その後ブドリは、森を出て赤鬚の男と出会い、沼ばたけでオリザを育てる手伝いをする。しかしひでりの年が続き、赤鬚の男は多くの沼ばたけを手放すことになる。六年間働いた沼ばたけを後にしたブドリは、イーハトーブの市に行き、クーボー大博士の授業に参加する。クーボー大博士の紹介で、ブドリはイーハトーブ火山局につとめることになり、火山局の技師ペンネンナームとともに火山噴火の予知を行う、あるいは空中から窒素肥料を降らすといった業務に携わる。妹とも再会し、楽しい日々を過ごしていたブドリだったが、再び恐ろしい寒い気候がやってくる。このままでは飢饉がもたらされてしまうと考えたブドリは、カルボナード火山島を爆発させ、空気中の炭酸ガスを増やし、気温を上昇させるという案を考える。だが、この仕事にいった者のうち、最後の一人はどうしても逃げられない。ブドリは最後の一人になることを志願し、火山の爆発を成功させる。以上のように「グスコーブドリの伝記」では、主人公のブドリが「みんな」を助けるために死を迎えている。

本書では第Ⅰ章において、賢治の作品を「みんな」を思うことが成立する過程を描いた物語として読んできた。そこでここでも、同じ視点から「グスコーブドリの伝記」を読んでいくことにしたい。

ブドリが「みんな」を思う場面を探してみると、まずクーボー大博士のもとに行くときに、ブドリは「みんながあんなにつらい思いをしないで沼ばたけを作れるよう、また火山の灰だのひでりだの寒さだのを除く工夫をしたい」と思っている。ここでは「みんな」は、沼ばたけを作る人と火山灰でぐすく工場をだめにした人との出会いをもとに思い描かれている。その後、イーハトーブ火山の頂上の小屋で下に広がる雲の海を見ながら、雨とともに肥料を降らせる作業を行い、次のように思う。

ブドリはもううれしくってはね上りたいくらいでした。この雲の下で昔の赤鬚の主人もとなりの石油がこやしになるかと云った人も、みんなよろこんで雨の音を聞いている。そしてあすの朝は、見違えるように緑いろになったオリザの株を手で撫でたりするだろう、まるで夢のようだと思いながら雲のまっくらになったり、また美しく輝いたりするのを眺めて居りました。

この場面では、雲の海の下にいる人々が「みんな」と捉え返されている。そしてブドリが二十七歳のときに、恐ろしい寒い気候がくると予想され、「このままで過ぎるなら、森にも野原にも、ちょうどあの年のブドリの家族のようになる人がたくさんできる」という事態に直面し、ブドリはカルボナード火山島を爆発させ気温を上昇させることを考える。爆発の準備を整えた後、ただ一人ブドリがカルボナード火山島に残り、物語は次のように終わる。

そしてその次の日、イーハトーブの人たちは、青ぞらが緑いろに濁り、日や月が銅(あかがね)いろになったのを見ました。けれどもそれから三四日たちますと、気候はぐんぐん暖くなってきて、その秋はほぼ普通の作柄になりました。そしてちょうど、このお話のはじまりのようになる筈の、たくさんのブドリのお父さんやお母さんは、たくさんのブドリやネリといっしょに、その冬を暖いたべものと、明るい薪で楽しく暮すことができたのでした。

ブドリが助けようとしたのは、「このお話のはじまりのようになる筈の、たくさんのブドリのお父さんやお母さん」「たくさんのブドリやネリ」という形で提示される。ブドリは、家族がばらばらになることを止めようとした。ブドリの願いを、「手紙四」で登場した「あるひと」のことばと比べてみると、ブドリが助けようとした対象に、鳥や魚や獣や虫が入っていないことに気づく。また「グスコーブドリの伝記」で描かれた「イーハトーブ」の特徴として、そこでは草木を殺すことが、人々が生きていくために必要なこととして肯定されていることが挙げられる。ブドリの父であるグスコーナドリは「名高い木樵りで、どんな巨きな木でも、まるで赤ん坊を寝かしつけるように訳なく伐ってしまう人」であった。次章で取りあげる『イーハトヴ童話　注文の多い料理店』は「イーハトヴ」について語ったものだが、こちらに収められている「かしわばやしの夜」では、柏の木を切る清作が柏の木大王によって犯罪者として非難されているのとは、大きく異なっている。「グスコーブドリの伝記」で描かれた「イーハトーブ」において、主人公が救うべき存在のなかに、草木や虫魚禽獣は入っていない。この世界では、「銀河鉄道の夜」のように、殺し・殺される関係を思うことによって「みんな」を思うのとは異なるあり方が示されている。では、この世界において「みんな」はどのような関係を結んでいるのだろうか。

題目と肥料設計

それは「オリザ」によって結ばれた関係と言える。「オリザ」は、森で生活していたブドリたちにとっても「みんなでふだんたべるいちばん大切な」穀物であった。そのため、冷害がやってきて「オリザ」が一粒もできなかったとき、「野原ではもうひどいさわぎ」になっていたという。「イーハトーブ」に住むものにとって「オリザ」は、自らのからだを養ってくれる必要不可欠なものであった。さらに、すべての人が「オリザ」を大切に思っているという意味で、すべての人のこころは一つになっていると言える。農業に携わるということは、賢治に、すべての人のこころがすでに一つになっているという発見をもたらした。日蓮主義を広めなくとも「同心」は成立していたのである。このような世界においてなすべきことは、「オリザ」が毎年豊かに実るよう努力し続けることとなる。そのために必要な力として、ブドリは近代科学がもたらした知を手に入れた。「イーハトーブ」では、飛行船をとばし、空から雨とともに窒素肥料を降らせることができる。ブドリが人々に与えるのは肥料である。実際に賢治が行っていたのも、農民たちからの肥料設計の相談にのるということであった。

　そうすると賢治は、自らが他者に手渡そうとするものを、題目から肥料設計へと大きく変化させたように感じられる。だが賢治にとって両者は、連続するものとして捉えられていた。昭和五（一九三〇）年一月二十六日の消印をもつ手紙で、賢治は次のように述べている。


南無妙法蓮華経と唱へることはいかにも古くさく迷信らしく見えますがいくら考へても調べてもさうではありません。

どうにも行き道がなくなったら一心に念じ或はお唱へなさい。こっちは私の肥料設計よりは何億倍たしかです。

軍陣の中によく怖畏を去り怨敵悉く退散するのこれが呪文にもなりあらゆる生物のまことの幸福をねがふ祈りのことばともなります。

いまごろ見掛けでいふなら私ぐらゐの年でこんなことは云ひません。ただ道はあくまでも道でありほんたうはどこまでも本統ですから思ひ切ってあなたへも申しあげたのです。

この手紙は、弘前歩兵第三十一連隊第九中隊第二班に入営した菊池信一（一九〇九〜一九三七）にあてて書かれたものである。賢治にとっては「南無妙法蓮華経」と唱えることの方が、「私の肥料設計」よりは何億倍もたしかであった。いいかえれば、両者は、その効果の確実性には差があるが、本人が陥っている苦境を乗り越えるために役立つという共通の特徴をもっている。肥料設計は、充分な収穫が望めない田を改善させる力をもち、題目は、自分の内なる怖れや外にある敵を退散させる力をもつ。もっとも一般的には、肥料設計と題目とでは比較対象にはならないと考えられているだろう。肥料設計は、それが適切なものであれば役に立つだろうが、題目が敵を撃退する「呪文」として役に立つということは信じがたい。おそらく賢治もまた、そう思われることを認識していた。だからこそ「思ひ切ってあなたへも申しあげたのです」とあえて記している。

賢治にとって、ほんとうに力をもっているのは題目であった。けれども、それをそのまま伝えることは困難である。一方肥料設計は、題目より確実性は劣るかもしれないが、他者の生活を楽にする力をもっており、相手も受け入れてくれる可能性が高い。肥料設計を渡すというふるまいの背景には、相手が受け入れてくれる形で役に立つものを手渡したいという願いがある。以上のように、賢治にとって、題目と肥料設計は役に立つという意味で共通していた。もう一つ、両方とも山師的側面をもつという意味でも共通している。

賢治が肥料計算をするにあたり、依頼者に書いてもらった資料に「稲作施肥計算資料」がある。田のある場所や土の色、日あたりや風の通りについての質問が並べられているものだが、その中に「安全に八分目の収穫を望む」、あるいは「三十年一度といふやうな悪い天候や非常に大きな手落ちさへなければ大丈夫といふところまでやって見たい」というように、依頼者の希望を書くところがある。安全を求めるか、ある程度の危険を承知しつつ通常以上の収穫を求めるか。おそらく賢治には、後者にひかれる思いがある。

たとえば「グスコーブドリの伝記」には、ブドリにオリザの育て方を教えた人物として赤鬚の男が登場している。赤鬚の男は「何でもかんでも、おれは山師張るときめた。」「おれの見込みでは、今年は今までの三年分暑いに相違ない。一年で三年分とって見せる。」と宣言し、その年は失敗するも、翌年は赤鬚の男のもとで働いていたブドリの手柄で四年分の収穫を得ることになる。肥料をつかい稲の病気に特別な方法で対応すること、いいかえれば新しい知識をもとに農業を行うことは、一挙に圧倒的な効果をもたらす。それは、そうした方法を用いない者からすれば「山師」としか見えない。

このような対比は、仏になるために必要な方法にもみられる。法然は南無阿弥陀仏と称えることによって極楽浄土に往生できると語り、日蓮は南無妙法蓮華経と唱えることによって釈迦が得た功徳を獲得できると語ったが、二人に共通しているのは、ある特定の行いによって一挙に圧倒的な効果を得られると宣言している点である。一方で、前世の釈迦について語ろうとする言説が示すのは、くり返し生まれ変わる中で様々な修行を積み重ねることによってはじめて、遠い未来に仏になることができるということである。この立場からすれば、法然や日蓮は「山師」としか見えないだろう。苦しくつらく追い詰められている現状を一気に解決する力をもつものとして、科学技術と題目はひとしく捉えられている。

幻想と現実

以上のように人と関わり続けるという道を選んだ賢治であったが、そのことは賢治にある葛藤をもたらしたと思われる。たとえば賢治は、昭和二（一九二七）年に次の詩を書いている。

もうはたらくな　　一九二七、八、二〇、

もうはたらくな
レーキを投げろ
この半月の曇天と
今朝のはげしい雷雨のために
おれが肥料を設計し
責任のあるみんなの稲が
次から次と倒れたのだ
稲が次々倒れたのだ
働くことの卑怯なときが

工場ばかりにあるのでない
ことにむちゃくちゃはたらいて
不安をまぎらかそうとする、
卑しいことだ
　……けれどもああまたあたらしく
　　西には黒い死の群像が湧きあがる
　　春にはそれは、
　　恋愛自身とさえも云い
　　考えられていたではないか……
さあ一ぺん帰って
測候所へ電話をかけ
すっかりぬれる支度をし
頭を堅く縄(しば)って出て
青ざめてこわばったたくさんの顔に
一人ずつぶっつかって
火のついたようにはげまして行け
どんな手段を用いても

弁償すると答えてあるけ
「もうはたらくな」は、半月ほど曇り空が続いたため稲の生育に必要な日の光が届かず、さらに今朝はげしい雨が降ったため、稲が次々と倒れたときのことを描いている。それらの稲は、賢治が肥料設計を行った田のものであった。そのとき、また新しく西には「黒い死の群像」がわきあがる。それを賢治は、春には「恋愛自身」と考えていた。賢治がこのように考えていたことは、「一九二七、四、五、」の日付をもつ詩「春の雲に関するあいまいなる議論」からよみとれる。賢治は「あの黒雲」について「あのどんよりと暗いもの／温んだ水の懸垂体／あれこそ恋愛そのものなのだ／炭酸瓦斯の交流や／いかさまな春の感応／あれこそ恋愛そのものなのだ」と語っている。

春には「恋愛そのもの」と見えた黒雲が、八月には「黒い死の群像」と捉え返される。それは、賢治が農業に携わる者の視点から黒雲を捉えるようになったからである。稲の生育に心をとどめる者にとって、はげしい雷雨をもたらす黒雲は災いをもたらすものに他ならない。そう気づいたとき、黒雲を「恋愛自身」と捉えていたかつての自分は、どこか現実から遊離し、空想をもてあそんでいたように感じられるだろう。しかし、黒雲を「恋愛自身」と感じることを否定することは、これまで「心象スケッチ」としてつづってきたことの全体を否定するような重さをもっている。

賢治は『心象スケッチ　春と修羅』の「序」において、「心象スケッチ」について「それらも畢竟こころのひとつの風物です／ただたしかに記録されたこれらのけしきは／記録されたそのとおりのこのけしきで／それが虚無ならば虚無自身がこのとおりで／ある程度まではみんなに共通いたします」と述べていた。自分が感じたことを記録すること、そのことがある程度みんなに共通していると考え、その記録をみんなに差し出すことが、賢治がめざしたことであった。

　賢治が感じていたことは、一般的には空想や幻想に見える。けれども賢治は『イーハトヴ童話　注文の多い料理店』の広告ちらしの中で、本節冒頭で引用したように「この童話集の一列は実に作者の心象スケッチの一部である」と語った上で、その特徴として「これは正しいものの種子を有し、その美しい発芽を待つものである」「これらは決して偽でも仮空でも窃盗でもない。多少の再度の内省と分析とはあっても、たしかにこの通りその時心象の中に現われたものである。故にそれは、どんなに馬鹿げていても、難解でも必ず心の深部に於て万人の共通である」と説明している。賢治にとっては、心象スケッチとして記録されたものは「正しいものの種子」をもっていた。このことは、『イーハトヴ童話　注文の多い料理店』に付された序においては「けれども、わたくしは、これらのちいさなものがたりの幾きれかが、おしまい、あなたのすきとおったほんとうのたべものになることを、どんなにねがうかわかりません」という形で表現されている。「ほんとうさ」を担うものとして「心象スケッチ」は捉え返されている。

　農業に関わり、農業に携わる者の視点から世界を捉え返すようになることは、幻想と真実が重なり合うことによって開かれていた世界、いいかえれば「むこう側」の世界をどのように位置づけるのかという問題をもたらす。この問題について考えるためには、まず『イーハトヴ童話　注文の多い料理店』において「むこう側」と「こちら側」の関係がどのように描かれていたのかをたどる必要がある。そこでこの問題は次章で取りあげることにしたい。

世俗との距離

二重の世界を手放すことは、賢治の実際の生活においては、世俗を相対化する視点をいかにして確保するかという問題をもたらしたと考えられる。人との関わりの中で生きることは、他者が自分をどう見ているかという意識をもたらしてしまう。通称「雨ニモマケズ手帳」には「凡ソ　栄誉ノ　アルトコロ　必ズ　苦禍ノ　因アリト　知レ」と記されている。あるいは「警　貢高心」ということばも見られる。「貢高心」は、小倉豊文が指摘しているように、仏典に登場していることばであり、おごり高ぶる心と考えられる（『「雨ニモマケズ手帳」新考』）。賢治は他者との交わりの中で、他者と自己を比較し、自己の方がすぐれていると考え、おごり高ぶる心をもつことを警戒していた。肥料設計の相談にのるというように、何らかの形で相手の役に立つことをすれば、相手は賢治に感謝し、賢治のもつ豊かな知識をほめたたえるだろう。あるいは、賢治の指示に従ったものの思うような結果を得られなければ、賢治を恨み反感をもつこともあるだろう。そうすれば賢治としても、それぞれの反応に対して、喜んだり憤ったり、何らかの感情の動きが生じる。しかし、そこにこそ問題は潜んでいる。

かつて賢治は、嘉内に対して「あたりへ御目にかける様な心持が少しでも自分の心に閃いたときは古の聖者は愕然として林の中に逃げ込み一人で静に天人恭敬すれども以て喜びと為さずと云ふ様な態度に入ったものなさうです」と綴っていた（一五六頁参照）。賞賛を求める心がおこったとき、それを克服するための最も有効な方法は、他者との関わりを断つということである。このようなふるまいは、説話集の中に登場する修行者の中にも見られる。賢治のふるまいと比較をするために、ここでは『発心集』に登場する修行者について紹介したい。

『発心集』は鎌倉時代初期の仏教説話集である。そこには次のような出来事が記されている。玄敏僧都は博識の学僧であったが、世をいとう心が深く、少しも他の僧侶との交わりを好まなかった。しかし桓武天皇は、このことを聞き無理矢理玄敏を召し出した。玄敏はいたしかたなく参上したが、平城天皇の時代に大僧都に任命されることになったとき、これを辞しそのまま行方知れずになる。その後、玄敏の弟子が、都から北陸の方へ行く途中で渡し船に乗ると、なんと渡し守が行方不明になっていた師であった。その場では名乗らず、都へ帰るときにご挨拶しようと考えたが、帰りにはすでに師はいなかった。弟子に知られたことに気づいた玄敏は、再び行方をくらましたのである。

あるいは、僧賀上人（正しい表記は「増賀」だが、『発心集』は「僧賀」と表記している）は、深く世をいとい名利にほだされず、極楽に生まれることのみを願っていた。噂をきき時の后の宮に召し出されたときは、后に見苦しいことを言いかけ役割を果たさずに退出した。また自分の師が、天皇から与えられた栄誉にお礼を述べるという晴れの日には、師に対して無礼にみえるふるまいをなす。このように「物狂ひ」にも見えるようなふるまいはすべて、この世を離れようとする心ゆえになされたものであった。

『発心集』は「人にまじはる習ひ、高きに随ひて下れるを哀れむに付けても、身は他人の物となり、心は恩愛の為につかはる。是、此の世の苦しみのみに非ず。出離の大きなるさはりなり」と述べている。玄敏僧都は、栄誉を賜りそうになったときに逃げた。一方僧賀上人は、栄誉を賜りそうになったとき、あえて奇矯なふるまいをなすことによって、自分に対する相手の評価を反転させようとした。このようなふるまいを高く評価する『発心集』は、名利を求める心こそが自分に苦しみをもたらし、この世を離れることの障害となるのだと語っている。

ほめられるという事態を回避するために有効なのは、逃げるということである。もし逃げずに人と関わり続けようとするのであれば、あえて自らをおとしめられるような立場に置き、名誉を求める心がもたらす落とし穴にはまらないようにする必要がある。このようなふるまいによって同時に常識を批判的に照らし出すことも可能になる。僧賀上人が行ったのは、世俗の栄誉の只中にある師に疑問を呈することであった。

賢治もまた、このような修行者と同じように「名利」にとらわれることを警戒していたと言えるだろう。では、賢治はどのように対応したのだろうか。賢治は、人との関わりを断つことはせず、人と関わり続けようとした、基本的に賢治は、人の迷惑になるようなふるまいをするのではなく、人の役に立つことをしたいと願っている。この願いを実現しつつ、かつ「名利」にとらわれないあり方を実現するために最終的に思い描かれたのが、詩「雨ニモマケズ」に登場する存在であった。

「雨ニモマケズ」には、「ミンナニデクノボートヨバレ　ホメラレモセズ　クニモサレズ　ソウイウ

モノニ　ワタシハナリタイ」という賢治の願いが記されている。しかし同時に賢治が願っていたのは、「東ニ病気ノコドモアレバ　行ッテ看病シテヤリ　西ニツカレタ母アレバ　行ッテソノ稲ノ束ヲ負イ」というように、他者のために東へ西へ南へ北へと奔走することである。賢治がめざしていたのは、相手のために働き続けながら、相手から何らかの評価を得ることのないあり方であった。そのためには「デクノボー」という形で、他者からおとしめられている必要がある。

ここで改めて賢治の作品を振り返ってみると、その中には、他者からおとしめられている存在が、様々な形で登場している。代表的な例では、「虔十公園林」の虔十や、「祭の晩」に登場する山男や、「気のいい火山弾」のベゴ石などが挙げられる。彼らは、たしかに周りの存在から馬鹿にされているが、そのことによって、周りの存在が当たり前と考えているあり方から距離をとることが可能になっている。世俗社会を相対化する視点は、二重の世界を思い描くことに獲得されるが、このような視点は、虔十や山男のように、世俗社会を逸脱した存在を描くことによっても表現できると言える。

そこで次章では、このような存在にも注目しながら『イーハトヴ童話　注文の多い料理店』について見ていくことにしたい。

第Ⅳ章

イーハトヴ童話

（資料提供：日本近代文学館）
『イーハトヴ童話　注文の多い料理店』（復刻版）の表紙（大正 13（1924）年 12 月刊行）

賢治は「イーハトヴ童話」として全十二巻のシリーズを構想しており、『イーハトヴ童話　注文の多い料理店』は、その第一冊目にあたるものだったが、第二冊目以降は出版されることがなかった（206 頁参照）。

『イーハトヴ童話　注文の多い料理店』

大正十三（一九二四）年十二月に『イーハトヴ童話　注文の多い料理店』が出版された。目次では、九篇の童話の題名の下に日付が記されている。日付は、最も古いものが「一九二一・八・二五」、最も新しいものが「一九二二・四・七」となっている。この日付はそれぞれの作品の第一稿の成立年月日と推測されており、おそらくトシが亡くなる前に書き始められたものと考えられる。広告ちらしによれば、「イーハトヴ」は「著者の心象中に、この様な状景をもって実在したドリームランドとしての日本岩手県」であり、そこは「赤い花杯の下を行く蟻と語ることもできる」ような「まことにあやしくも楽しい国土」である。賢治は「イーハトヴ童話」として全十二巻のシリーズを構想しており、『イーハトヴ童話　注文の多い料理店』は、その第一冊目にあたるものだったが、第二冊目以降は出版されることがなかった。賢治は「イーハトヴ童話」という形で自分の作品を整理し、「イーハトヴ」と呼ばれる新たな世界を読み手に提示しようと考えていたと言えよう。

「イーハトヴ」では、人以外の存在のことばを聞くことができる。この点は『イーハトヴ童話　注文の多い料理店』の序でも記されている。序で賢治は「これらのわたくしのおはなしは、みんな林や野はらや鉄道線路やらで、虹や月あかりからもらってきたのです」と述べている。実際に『イーハトヴ童話　注文の多い料理店』に収められている童話を見ると、たとえば「狼森と笊森、盗森」は、「黒坂森のまんなかの巨きな巌」が「わたくし」に聞かせたものであり、「鹿踊りのはじまり」は、「すきとおった秋の風」が「わたくし」に対して語ったものとされている。それぞれのおはなしは、人以外が語ったものとして位置づけられている。したがって広い意味では、「わたくし」が立っている世界が「イーハトヴ」であると言える。このような空間を成立させている場所として心象、いいかえれば「こころ」が想定されている。

その上で一つひとつの童話の内容をみると、童話の中でも、主人公が人以外の存在のことばを聞くという体験が語られていることに気づく。けれども童話の中の世界では、人が人以外の存在のことばを聞くことは、決して当たり前のこととはされていない。「鹿踊りのはじまり」の主人公である嘉十は、「にわかに耳がきいんと鳴」った後、鹿の気持ちが伝わってきて「鹿のことばがきこえて」くる。嘉十にとってそれは、自分の耳を疑うような出来事であった。嘉十がふだん生きている世界では、鹿の気持ちは分からないし、鹿のことばも聞こえない。「イーハトヴ童話」として語られているのは、主人公が、ふだんは聞くことができない、人以外の存在のことばに触れ、再び元の世界に戻ってくるというおはなしである。したがって狭い意味では、主人公たちがまぎれこんだ世界が「イーハトヴ」であると言える。「イーハトヴ童話」は、主人公が「イーハトヴ」にまぎれこむという経験を通して、「イーハトヴ」という「むこう側」の世界、「今ここ」とは異なる世界」を描き出そうとしたものと考えられよう。

今ここと異なる世界へ

このような視点から『イーハトヴ童話　注文の多い料理店』に収められている九篇の童話、すなわち「どんぐりと山猫」「狼森と笊森、盗森」「注文の多い料理店」「烏の北斗七星」「水仙月の四日」「山男の四月」「かしわばやしの夜」「月夜のでんしんばしら」「鹿踊りのはじまり」を整理してみるとどうなるだろうか。先ほど紹介した「鹿踊りのはじまり」では、主人公の嘉十は鹿のことばを聞くことができたものの「もうまったくじぶんと鹿とのちがいを忘れて」鹿の前に飛び出すと、いっせいに鹿は逃げだし、鹿と直接ことばを交わすことができない。同じように「注文の多い料理店」でも、主人公の二人の若い紳士は、扉の向こうにいる山猫たちの会話を聞くことができたが、直接会ってことばを交わしていない。それに対して「どんぐりと山猫」「かしわばやしの夜」「月夜のでんしんばしら」では、主人公たちが人以外の存在と直接ことばを交わしている。「どんぐりと山猫」では、おかしなはがきを受けとった一郎が山のなかで山猫と馬車別当とどんぐりに出会い、「かしわばやしの夜」では、主人公の清作が柏林で、画かきと、歌う柏林に出会い、「月夜のでんしんばしら」では、主人公の恭一が、鉄道線路の横を歩いていたときに、歌いながら行進する電信柱と電気総長に出会う。

以上のような違いはあるが、これらの五つの童話では、主人公が最終的に戻ってくるのは、人以外の存在のことばを聞くことができない世界である。一方、「狼森と笊森、盗森」では、百姓たちは常に森や狼や山男や岩手山とことばを交わすことができている。けれども、これらの出来事は「黒坂森のまん中のまっくろな巨きな巌」によれば「ずうっと昔」におこったことであり、この出来事をきっかけとして森に贈られるようになった粟もちは「時節がら、ずいぶん小さくなった」という。小さくなった理由は明かされていないが、この変化は、人にとって森との関わりが大きな意味をもたなくなったことを暗示していよう。「狼森と笊森、盗森」でも「わたくし」がふだん生きているのは、人以外の存在との深い関わりが当たり前のものとして存在していない世界である。

　以上の六つの童話が、人を主人公とする話であるとすると、残りの三つの童話、「烏の北斗七星」「水仙月の四日」「山男の四月」は、人以外の存在を主人公とする話であると言える。人を主人公とする話は、主人公がふだん暮らしている世界とは異なる世界にまぎれこみ、不思議な存在に出会うという筋立てをおおよそもっている。一方、人以外の存在を主人公とする話は、人を主人公とする話に登場する不思議な存在の視点から世界を語ったものである。「烏の北斗七星」は、烏と山烏との戦いを烏の視点から語っている。「水仙月の四日」は、主人公の雪童子（ゆきわらす）が雪婆（ゆきば）んごのいいつけで水仙月の四日に激しく雪を降らせるものの、自分が見つけた子どもを助けようとする話である。「山男の四月」では、主人公の山男が町で支那人に出会う。「水仙月の四日」は、不思議な存在の側から人との交流を描き出しているのに対して、「烏の北斗七星」は、人の姿が前面には出てこない展開になっている。ただし、おはなしの途中で「からすの大監督」の声の受けとめ方が、烏たちと人間の子どもとでは違うことが語られることによって、人が捉えるのとは異なった世界が同じ空間の中に広がっていることが暗示されている。「山男の四月」には、陳という名の支那人やおかっぱの子どもも登場しているが、陳は、人を六神丸(ろくしんがん)に変えることによって生計をたてている人物であり、彼自身が不思議な存在である。

山男は、「狼森と笊森、盗森」では森の中に住む不思議な存在だが、「山男の四月」では彼自身が不思議な存在と出会う。したがって「今ここ」と「今ここ」とは異なる世界」と「今ここ」とは、単純に二項対立的に整理されるのではなく、「今ここ」とは異なる世界」は、さらに不思議な世界へと広がりをもつと言える。「山男の四月」は最終的に、すべての出来事は「山男の夢」だったという形でまとめられるが、そこには、たとえば人が夢の中で不思議な存在に出会うとすると、その不思議な存在もまた夢をみるというように、どこか「夢」という枠組みが世界の外へ外へといざなっていくような面白さがある。「今ここ」とは異なる世界」と「今ここ」を対立的に捉える場合、「今ここ」とは異なる世界」が語る「真実」や「理想」が固定化されてしまう怖れがあるが、その枠組みを壊していくような仕掛けが「山男の四月」にはある。

このように、九つの童話はそれぞれの形で「今ここ」とは異なる世界」を語っているが、九つの童話がこの順番で並べられることによって、全体としては「今ここ」とは異なる世界」が開かれ、人以外の存在がことばを発する場面に出会い、再び元の世界に戻ってくるということを描き出していると言える。最初におかれた「どんぐりと山猫」では、主人公の一郎は、山猫からの葉書をきっかけとして、栗の木や滝や山猫やどんぐりとことばを交わす世界に入り、戻ってくる。次の「狼森と笊森、盗森」では、「昔」という形で、人が人以外の存在とことばを交わす世界が語られる。「注文の多い料理店」

の主人公は東京からきた二人の若い紳士であり、「今」ということが意識されている。「どんぐりと山猫」は山へ、「狼森と笊森、盗森」は森へ、「注文の多い料理店」は山奥へ入ることによって「今ここととは異なる世界」が開かれるという構成になっている。

以上の三つの童話によって「今ここととは異なる世界」のイメージが浮かび上がったところで、次の「烏の北斗七星」と「水仙月の四日」は、むこう側から世界を描き出し、「山男の四月」は、むこう側の世界から新たな世界が広がることを示している。その後「かしわばやしの夜」「月夜のでんしんばしら」「鹿踊りのはじまり」は、主人公が「今ここととは異なる世界」にまぎれこむ話だが、これらは、人以外の存在の歌をきくという共通点をもっている。また先ほど指摘したように「かしわばやしの夜」と「月夜のでんしんばしら」では、主人公は人以外の存在と直接ことばを交わすことができるが、「鹿踊りのはじまり」では、主人公は鹿と直接ことばを交わすことができず、一人取り残される。関係の成立を語る話の後に関係の断絶を語る話をおき、『イーハトヴ童話　注文の多い料理店』は幕を閉じる。

本章では、『イーハトヴ童話　注文の多い料理店』で描かれた世界について捉えるために、まず、主人公が不思議な世界にまぎれこみ再び元の世界に戻るという筋立てをもつ六篇の童話について考察し、その上でそのほかの童話についてとりあげることにしたい。

「十力の金剛石」と「かしわばやしの夜」

「ひかりの素足」と「十力の金剛石」

『イーハトヴ童話　注文の多い料理店』に収められた童話のなかで、「どんぐりと山猫」「狼森と笊森、盗森」「注文の多い料理店」「かしわばやしの夜」「月夜のでんしんばしら」「鹿踊りのはじまり」は、主人公が不思議な世界に出かけていくおはなしだが、これらの作品には仏教用語は登場していない。そこで、仏教思想との関わりにおいて『イーハトヴ童話　注文の多い料理店』を読み解いていくために、同じ筋立てをもち、かつ仏教色の強い作品として「ひかりの素足」と「十力の金剛石」を取り上げ、比較していくことにしたい。

「ひかりの素足」は「はじめに」で紹介したとおり、主人公の一郎が「うすあかりの国」に行き戻ってくるというおはなしであり、「十力の金剛石」は、王子と大臣の子が森に行き戻ってくるというおはなしである。両者はともに作品中で法華経如来寿量品が引用されているという点でも共通している。また「十力の金剛石」は森の中で王子と大臣の子が木や草や花のことばをきくという内容であり、「かしわばやしの夜」と重なり合う部分をもっている。そこで本節では法華経如来寿量品の内容を確認した上で、「ひかりの素足」と「十力の金剛石」で描き出された世界をたどり、「かしわばやしの夜」の考察へと進んで行くことにしたい。

如来寿量品

法華経は、霊鷲山（りょうじゅせん）（耆闍崛山（ぎしゃくつせん））で釈迦仏が説いた教えという設定で語られている。霊鷲山は、マガダ国（現在のインド、ビハール州に存在した国）の首都王舎城にある小高い山である。釈迦仏は参集した者たちに教えを説いていく。教えを聞いていた者たちは、釈迦は王子として生まれ、修行し悟りを得たのであり、仏と成ってから四十年あまりが過ぎたと考えていた。ところが如来寿量品にいたり、釈迦仏は、自分ははるか昔に仏と成り、つねに法を説いてきたことを明かす。しかし、仏がつねにいると思うと衆生はなまけ心を生じてしまう。そこであえて死んでみせることによって、衆生は「心に恋慕を懐き、仏を渇仰」することになり、善根をうえさせることができる。衆生が「一心に仏を見たてまつらんと欲して　自ら身命を惜しまざれば（一心欲見仏　不自惜身命）」、釈迦仏は霊鷲山に姿を現し法を説く。釈迦仏は、自分は常に霊鷲山にいると告げた後次のように語っている。

衆生見劫尽　大火所焼時　　衆生の、劫尽きて　大火に焼かるると見る時も
我此土安穏　天人常充満　　わがこの土は安穏にして　天・人、常に充満せり。
園林諸堂閣　種種宝荘厳　　園林・諸の堂閣は　種種の宝をもって荘厳し
宝樹多華菓　衆生所遊楽　　宝樹には華・菓多くして　衆生の遊楽（ゆらく）する所なり。

諸天撃天鼓　常作衆伎楽
雨曼陀羅華　散仏及大衆

諸天は天の鼓を撃ちて　常に衆の伎楽を作し
曼陀羅華を雨して　仏及び大衆に散ず。

如来寿量品に従えば、この世界は二重の形で成立していると言える。一つは、仏の姿が見えない人が捉えた世界であり、もう一つは、仏の姿が見えた人が捉えた世界である。前者は苦に満ちており、後者は楽に満ちている。法華経は釈迦亡き後につくられた経典であるので、法華経を読む者は基本的に、今ここに仏がいないことを嘆くという思いをもっている。今ここに仏がいないことに対して、浄土教が示したのが、阿弥陀仏という仏のいる極楽浄土に行くという解決策であった。それに対して、法華経は、実は今ここに釈迦仏が存在し、教えを説いているということを告げる。それは読み手に対して、世界が反転するような衝撃をもたらすと言える。この偈のうち「宝樹多華菓　衆生所遊楽」を省略したものを、賢治は、学校を退学になった保阪嘉内に宛てて書いた手紙の中で引用している（推定大正七年三月十四日前後）。賢治は、如来寿量品の偈を嘉内におくることによって、世界が苦に満ちていると思われるときも、実は釈迦仏は存在し続けていると告げた。釈迦仏のいる世界の美しさを伝えることによって、友の目の前からすべての希望が失われたのではないと伝えようとしたと考えられよう。賢治にとって如来寿量品は、失意の友を励ます力をもつものであった。

このような世界観を、物語によって表現しようとした結果生み出されたのが、「ひかりの素足」と「十力の金剛石」である。如来寿量品が語るように、仏が今ここにいることをどのように表現するか、また今ここにいる仏が発揮している力をどのように表現するか。「ひかりの素足」と「十力の金剛石」を書くにあたり賢治が意識していたのは、このような問題であったと考えられよう。

「ひかりの素足」

一郎と楢夫の兄弟は、山から家に帰る途中の峠で雪にふりこめられ「うすあかりの国」へ行く。そこには恐ろしい鬼がいて、二人は他の子どもとともに鬼に鞭でおわれ、足を傷つけながら歩き続ける。一郎は、楢夫が鬼に鞭で打たれると「私を代りに打って下さい。楢夫はなんにも悪いことがないのです。」と訴え、その後も弟をかばい続ける。するとどこからか「にょらいじゅりょうぼん第十六。」というようなことばが、風のようにまた匂いのように一郎に感じられ、一郎が「にょらいじゅりょうぼん。」とくり返しつぶやくと、白くひかる大きなすあしをもつ人が現れる。その人が現れると世界は一変し、鬼はその人の前にひざまずく。その人は一郎に「お前はも一度あのもとの世界に帰るのだ。お前はすなおないい子供だ。よくあの棘の野原で弟を棄てなかった。あの時やぶれたお前の足はいまはもうはだしで悪い剣の林を行くことができるぞ。今の心持を決して離れるな。お前の国にはここから沢山の人たちが行っている。よく探してほんとうの道を習え。」と言い、一郎は元の世界に戻る。

この物語では、「にょらいじゅりょうぼん第十六。」ということばをきっかけとして世界が一変する。赤い瑪瑙（めのう）の棘でできていた地面は、平らな真っ青な宝石の板にかわり、宝石細工としか思えない立派な木々や、見上げるばかりに高く、青や白びかりの屋根をもった建物が見える。空の方からはいろいろな楽器の音が、様々な色の光の粉と一緒にかすかにふってくる。このような描写は、おそらく法華経分別功徳品の表現にもとづいている。この場面で釈迦仏は、自らの寿命が長遠であること、いいかえれば如来寿量品で自分が説いたことを聞いて深心に信解すれば、仏が常に耆闍崛山にいて説法するのを見るとともに、娑婆世界が次のようになるのを見ると告げている。

又、この娑婆世界はその地、瑠璃にして坦然として平正けく、閻浮檀金以って八道を界し、宝樹は行列し、諸の台・楼・観は皆悉く宝をもって成り、その菩薩衆は咸くその中に処めるを見ん。

この場面において如来寿量品を深く信じ理解することによって変化するのは、娑婆世界つまり現実世界であるが、「ひかりの素足」で変化するのは、一郎と楢夫がおとずれた異界である「うすあかりの国」である。第Ⅲ章で述べたように、賢治は嘉内の母が亡くなったという知らせを聞いたとき、如来寿量品を書いて供えることをすすめていた（一六四頁参照）。如来寿量品は、死後の世界にはたらきかけ、世界を反転させる力をもっている。「ひかりの素足」は、如来寿量品のもつこのような力を描き出したものと言えるが、同時に、元の世界において生きていく力を死後の世界に行くことを通して得るということも描き出そうとした。「ひかりの素足」では、一郎は「白くひかる大きなすあし」をもつ人と出会うことによって、自分が身を挺して弟をかばったことが望ましいふるまいであることを知り、元の世界へと戻ってくる。また「白くひかる大きなすあし」をもつ人のことばは、「ほんとうの道を習え」という形で、一郎がこれから進むべき方向をさし示すものであった。もっともその内容は、具体的には明かされていない。あくまでも「さがす」ことが求められていると言える。

不自惜身命

また如来寿量品との関連でもう一つ注目されるのは、「ひかりの素足」では「不自惜身命」が描かれている点である。楢夫が鬼に鞭で打たれそうになったとき、一郎は「楢夫は許して下さい。」と泣き叫び、楢夫を自らの両腕でかばう。するとどこからか「にょらいじゅりょうぼん第十六。」ということばが感じられる。この展開からは、一郎がこのことばを感じとることができたのは、わが身を惜しまず弟を助けようとしたからと解釈できる。「白くひかる大きなすあし」をもつ人が、一郎に向けて「よくあの棘の野原で弟を棄てなかった。」というほめことばを発していることも、この解釈を裏付ける。そうすると、この場面は如来寿量品で語られていた、「不自惜身命」であれば仏が姿をあらわすという場面を、物語の形で描き出したものと見なせよう。「ひかりの素足」において賢治は、「不自惜身命」を、わが身がどのような苦痛に襲われようとも、それに耐え、誰かを助けることとして描き出そうとしている。

肉体的な苦痛を甘受し、その結果として超越的な存在が現れるという筋立てをもつ物語として、ほかに「双子の星」を挙げることができる。「双子の星」では、チュンセ童子とポウセ童子が、怪我をした蠍に家まで送って欲しいと頼まれる。二人は自分たちの十倍も大きい蠍を背負うことになり、肩や胸、そして背中へと広がる痛みに耐えながら歩き続ける。そしてバッタリ倒れたときに、王様からのお迎えの命を受けた稲妻があらわれる。稲妻によれば「王様はどう云う訳かさっきからひどくお悦び」であるという。王様が喜んだ理由は明確には示されていないが、物語の後半で二人が海の底に落ち、海蛇の王様から「あなた方が前にあの空の蠍の悪い心を命がけでお直しになった話はここへも伝わって居ります。」とほめられていたことをふまえれば、二人が命がけで蠍を助けようとしたことを喜んだと推測できよう。童子たちがつかえる王様は、海蛇の王様にとって「この私の唯一人の王」「遠いむかしから私めの先生」であった。海蛇の王様と童子がつかえる王様とは、何を望ましい行いと考えるかということについて、共通の考えをもっている。「遠いむかしから私めの先生」という表現は、はるか昔から法を説き続けている釈迦仏を思わせる。「双子の星」では、王様は最初からその世界に存在することになっているので、「不自惜身命」によって仏が直接姿をあらわすという展開ではないが、「不自惜身命」になることによって、王様からおほめのことばと衣服と靴が授けられるというように、具体的に何かをもらうことができるということになっている。

以上のように、「ひかりの素足」と「双子の星」では、主人公が他の存在のために苦痛を甘受することによって、超越的な存在が現れるという展開になっている。これらの作品に従えば、超越的な存在と会うためには、あるいは超越的な存在と関わるためには、苦痛に耐え続けることが必要になる。一方「十力の金剛石」では、これらの作品とは異なる出会い方が描かれている。

「十力の金剛石」

「ひかりの素足」では、主人公は異界において世界の反転を経験し元の世界に戻ってくるが、「十力の金剛石」も同じ構造をもっている。「十力の金剛石」は、虹の脚もとにあるルビーの絵の具皿と金剛石を求めて森へと向かった王子と大臣の子が、森のなかで宝石でできた草や花が、空からふってきた十力の金剛石によって、めざめるばかりに立派な「ほんとうの」姿となるのを見、元の世界へと戻ってくるというおはなしである。その結果王子には、森に入るときには、さるとりいばらが王子の着物に自分のかぎをひっかけると、それをばらんと伐ってしまうが、帰るときには静かにはずすという変化が生まれる。王子は、異界での経験を通してどんなふるまいが望ましいのかを学んでいる。そのために必要とされたのが、草木の変化を見るということであった。

如来寿量品は、草や花や木が一緒に「十力の金剛石は今日も来ない。／その十力の金剛石はまだ降らない。／おお、あめつちを充てる十力のめぐみ／われらに下れ。」と叫び、十力の金剛石が落ちてきたときに登場している。

木も草も花も青ぞらも一度に高く歌いました。
「ほろびのほのお湧きいでて
つちとひととを　つつめども
こはやすらけきくににして

ひかりのひとらみちみてり
ひかりにみてるあめつちは
…………。」

急に声がどこか別の世界に行ったらしく聞えなくなってしまいました。そしていつか十力の金剛石は丘いっぱいに下って居りました。そのすべての花も葉も茎も今はみなめざめるばかり立派に変っていました。青いそらからかすかなかすかな楽のひびき、光の波、かんばしく清いかおり、すきとおった風のほめことば丘いちめんにふりそそぎました。

なぜならすずらんの葉は今はほんとうの柔かなうすびかりする緑色の草だったのです。

うめばちそうはすなおなほんとうのはなびらをもっていたのです。そして十力の金剛石は野ばらの赤い実の中のいみじい細胞の一つ一つにみちわたりました。

その十力の金剛石こそは露でした。

ああ、そしてそして十力の金剛石は露ばかりではありませんでした。碧いそら、かがやく太陽丘をかけて行く風、花のそのかんばしいはなびらやしべ、草のしなやかなからだ、すべてこれをのせになう丘や野原、王子たちのびろうどの上着や涙にかがやく瞳　すべてすべて十力の金剛石でした。あの十力の大宝珠でした。あの十力の尊い舎利（しゃり）でした。あの十力とは誰でしょうか。私はやっとその名を聞いただけです。二人もまたその名をやっと聞いただけでした。けれどもこの蒼鷹（あおたか）のように若い二人がつつましく草の上にひざまずき指を膝に組んでいたことはなぜでしょうか。

空から光がふりそそぐ中、世界がみずみずしく生まれ変わり、満ち足りた静けさが辺りを包み込む。十力の金剛石がおちてきたときにみんなが歌った「ほろびのほのお」から始まる歌が、先ほど引用した如来寿量品の偈を、賢治が独自に訳したものである。木や草や花は十力の金剛石がやってくることを強く願い、十力の金剛石へとよびかけた。その結果、十力の金剛石がやってくる。この場面は、如来寿量品で語られていた「一心欲見仏」であれば仏が姿をあらわすということを物語の形で描き出したものと見なせよう。

「ひかりの素足」で描かれていた「不自惜身命」の問題は『イーハトヴ童話　注文の多い料理店』では「山男の四月」や「烏の北斗七星」にひきつがれていき、「十力の金剛石」で描かれている「一心欲見仏」の問題は『イーハトヴ童話　注文の多い料理店』では「かしわばやしの夜」にひきつがれていく。「不自惜身命」の問題は次節以降で取りあげることとし、本節では「十力の金剛石」から「かしわばやしの夜」への変化をたどることにしたい。

三つの世界

先ほど述べたように、如来寿量品において、この世界は二重の形で成立している。一つは、仏の姿が見えない人が捉えた世界であり、もう一つは、仏の姿が見えた人が捉えた世界である。それに対して「十力の金剛石」では、この世界は次の三つの世界に分けられている。①「王子が大臣の子たちとともに暮らしている世界」、②「森　仏を求める世界」、③「森　仏があらわれた世界」である。

如来寿量品で語られているのは②→③への変化であるが、「十力の金剛石」ではその外側に①が設定されることになった。①は、仏を求めることを知らない人が捉えた世界である。仏の教えを知らない者にとっては、①こそが、自分たちにとって馴染みのある世界であると言える。賢治は、仏という存在を見たことも聞いたこともない者が仏に出会うまでの過程を描き出そうとした。そのため、如来寿量品に登場している「仏の姿が見えない存在」を「仏を知らない存在」と「仏を知っており、仏が今ここにいないことを嘆く存在」に分け、物語を作ろうとしたと推測できよう。後者の役割を僧侶が担うのであれば、仏の教えを知らない者が寺に行って僧侶から仏の教えを聞く話になるが、「十力の金剛石」の特徴は、その役割を草木が担っている点にある（なお、草木が人間に仏の教えを説くという筋立てをもつおはなしとして、謡曲「芭蕉」がある。賢治の蔵書には『謡曲通解』が含まれているのでこの作品に賢治が目を通した可能性はあるだろう）。

「仏を知らない存在」である王子と大臣の子が暮らす①の世界では、草木のことばを聞くことができない。王子と大臣の子が森の奥の方へ入っていくと、「王子たちの青い大きな帽子に飾ってあった二羽の青びかりの蜂雀」が「ここからは私共の歌ったり飛んだりできる所になっているのでございます。」と二人に伝える。ここから②の世界となるが、この世界では空から降る雨はダイアモンドやトパアズやサファイヤであり、その雨をうける草木たちも、花や葉がアマゾンストンやクリソコラやキャッツアイでできている。この世界においては、王子と大臣の子は、草木たちの歌をきき、草木たちと直接ことばを交わすことができる。主人公が人以外の存在のことばを聞くことができる世界へと入り込むという展開は、『イーハトヴ童話　注文の多い料理店』と共通している。①は、②→③の変化を描き出すために、その変化に出会う存在が住む世界として設定されたものであるが、『イーハトヴ童話　注文の多い料理店』では、②→③への変化を描き出すことが退けられ、②と③を合わせた世界として「イーハトヴ」が構想されたと考えられよう。したがって「十力の金剛石」と『イーハトヴ童話　注文の多い料理店』の連続性をふまえて考えると、「イーハトヴ」は「仏があらわれる世界」であり、「イーハトヴ」にまぎれこむ主人公は「仏を知らない存在」と規定できる。

「十力の金剛石」に再び戻れば、主人公の王子が森へ行こうと思ったのは、自分がもっている「ルビーの壺やなんか」より「もっといい宝石（いし）」が欲しい、さらに自分がもっている「黄色な金剛石のいいの」より「もっといいの」が欲しいと思ったからであった。この願いに対して大臣の子が「虹の脚もとにルビーの絵の具皿があるそうです。」「金剛石は山の頂上にあるでしょう。」と答えたので、二人は森へと出かけていく。すばらしい宝石が欲しいと思っていた王子にとって、辺り一面に色とりどりの宝石がきらめく森の世界は、自分の想像をこえたすばらしい世界であったと言えよう。王子からすれば満ち足りた世界に見える森のなかで、しかし草木たちは嘆き悲しんでいる。それは十力の金剛石という特別な宝石が今ここに存在しないからであった。草木たちの強い願いによって、王子と大臣の子は十力の金剛石に出会うことができた。ここでは、今ここにはないすばらしい宝石が欲しいという思い、煩悩とも言いうるような思いが、仏との出会いをもたらす出発点として描き出されている。

ほんとうの姿

「ひかりの素足」では、仏は人の姿かたちをとって現れていたが、「十力の金剛石」では、仏のはたらきは十力の金剛石のはたらきとして描き出されている。十力は仏がもつ十種の智力のことを指している。仏の智力とは真理を知る力と言えるので、「十力の金剛石」は真理のもつ力をあらわしたものとも考えられる。十力の金剛石は「十力の大宝珠」ともよばれているが、仏教書には、しばしば「如意宝珠」というあらゆる願いを叶える不思議な珠が登場しており、これは、仏や仏の教えをあらわすものとして用いられている。また十力の金剛石については、「あの十力の尊い舎利でした。あの十力とは誰でしょうか。私はやっとその名を聞いただけです」と記されており、「十力」は釈迦自身をさしているともよめる。十力の金剛石を釈迦の舎利、すなわち釈迦の遺骨と捉えれば、十力の金剛石は釈迦自身と解釈でき、十力の金剛石を釈迦が捉えた真理（釈迦が残した教え）と捉えれば、十力の金剛石は真理と解釈できる。十力の金剛石は、仏の力と真理の力を一体のものとして捉え表現したものと考えられる。

　十力の金剛石がやってくることによって、すべての存在が「ほんとうの」姿になる。このような描写と重なり合う表現として、田中智学の「真理の光明、仏智の電力で、元の本体本質に還（か）へしたのを成仏といふのである」（『日蓮聖人乃教義』）が挙げられる。智学によれば、成仏とは「真理の光明、仏智の電力」によって本来の姿になることであった。智学の表現をふまえて考えると、先ほど引用した場面は、賢治が思い描いた成仏の状景であったと推測できよう。ただし「ほんとうの」姿になるとは、いつもの姿と異なる姿になることではない。王子が最後に出会ったのは、やわらかな緑色の草としてあらわれたすずらんであり、その姿自体は、ふだん王子が目にしていた姿と同じだと思われる。

では、なぜ仏になることは本当の姿になることと言えるのだろうか。また、なぜ成仏した後の姿は、以前と変わらない姿なのだろうか。その理由をもちろん智学も説明しているが、この思想の仏教思想史上の位置を見定めるためには、島地大等が注目した「本覚」ということばが参考になるため、いったん「十力の金剛石」をはなれ、成仏と本当の姿との関係について確認したい。

「始覚門」と「本覚門」

「本覚」ということばは『大乗起信論』に登場している。「不覚」が現実における迷いの状態を、「始覚」が煩悩におおわれた状態を脱し覚（悟り）を実現した状態を指している。しかし、このように悟りを実現することができるのは、本来「覚」をもっていたからであり、これが「本覚」とよばれる。「始覚」は「本覚」があったからこそ実現するのであり、その意味で「始覚」つまり悟りを実現することは、本来のあり方にかえることと言いうる。

島地が「本覚」ということばに注目したのは、インドに始まる仏教の歴史を整理するためであった。島地は、仏教思想を「始覚門」と「本覚門」に分類している。「始覚門の信仰」が、理想を現実から離れたところに設置し、その理想の実現に向けて努力するというあり方であるのに対して、「本覚門の信仰」では、理想の実現という問題はすでに久遠の古において解決しており、現実はこの理想から無限にあらわれきたるものと捉えられる。仏教の歴史は「始覚門」から「本覚門」へと変化し、日本においては平安初期の天台宗や真言宗は「始覚門」に近かったが、平安晩期に至ると「本覚門」に属するようになった。鎌倉時代には、親鸞の浄土真宗と日蓮の日蓮宗が「真に本覚門の信仰を鼓吹」し、「曹洞禅・臨済禅」もこちらに属している（「本覚門の信仰」『思想と信仰』所収）。

「始覚門の信仰」では、この私が修行をし仏になることがめざされる。仏という「理想」は、この私、つまり「現実」とは離れたところに設置されている。この間を埋めるのが修行である。しかし釈迦亡き後、仏が真理と一体となった絶対的な存在として捉え返されていくことによって、「理想」と「現実」の距離はどんどん広がっていく。このような距離を埋める役割を果たしたのが、大乗仏教が唱えた仏性論である。一切衆生が仏性をもつとは、もともと衆生には仏が内在していると主張するものであり、そのことによって仏と衆生との連続性が確保される。その前提には空の思想、つまり仏と衆生とを固定的な実体を有するものとして二元的に捉えることを否定し、本来不二であると捉える考えがある。以上のような仏性論をもとに、「現実」を絶対の顕現とみなす考えが生み出されてくる。この考えにもとづけば、ありのままの私たちが、そのまま絶対的な存在として尊ばれることになる。「本覚門の信仰」に従えば、理想はすでに実現している、つまりすでに成仏が実現していると言えるのである。

なお島地は「本覚門の信仰」が「凡ゆる信仰の極致」であらねばならぬと考えているが、同時に「本覚門の信仰」は「一種の劇剤」であり、これを用いる者は注意が必要だと述べている。衆生がそのまま仏であるとすれば、成仏するために煩悩を否定する必要がなくなる。煩悩がそのまま絶対に通じるという考えは、たとえば立川流のように、男女の性愛によって成仏できるというような主張を生み出す。このようなあり方を島地は「本覚門の信仰の陥り易き弊害」と考え、そのため「成立的宗教としての宗義上には、其の根本信仰が本覚門の信仰に立てるに拘らず、各適当に始覚門信仰を加味して、予め之を防遏（ぼうあつ）してある」（「本覚門の信仰」）と論じている。

「よだかの星」と「ひのきとひなげし」

煩悩をどの程度否定するのか。煩悩をどの程度肯定するのか。煩悩を全否定しようとすれば、煩悩を生み出す身体そのものを否定しようとすることに結びつく。一方、煩悩を全肯定しようとすれば、他の生あるものと殺し・殺される関係を結んでいることなどもすべて肯定されることになる。島地は、現実を絶対のあらわれと捉えるとともに、自己が抱える煩悩を厳しく見つめる視点を有していた。これは賢治のあり方に重なる部分が多い。また島地の「始覚門」と「本覚門」についての説明の中には、賢治の童話と重なる部分もある。

たとえば島地は「始覚門の信仰は現実の地上から訓練の羽翼を張り扶揺（ふよう）を搏（う）ちて、理想の星界に遊ばうと云ふ態度、本覚門の信仰は理想の星界に先づ在つて、不思議の彩雲に駕して四天下に遊行すると云つた態度」というたとえを用いて説明している。ここで島地は「星」を例に挙げて二つの信仰について説明しているが、賢治の童話でも「星」は理想について語るために重要な役割を果たしている。

たとえば「よだかの星」の主人公であるよだかは、地上を脱することを願い、夜空にきらめく星に向かって「どうか私をあなたの所へ連れてって下さい。」とよびかける。あるいは「ひのきとひなげし」では、ひのきがひなげしたちに「スターになりたいなりたいと云っているおまえたちがそのままそっくりスターでな」と語りかけている。島地の説明にもとづいて分類すれば、よだかの行いは始覚門的であり、ひのきのことばは本覚門的となろう。

ここで参照した「本覚門の信仰」は、島地が明治三十九（一九〇六）年九月に行った講演であるので（田村芳朗「天台本覚思想概説」『天台本覚論』所収）、賢治が島地に出会ったとき、すでに島地の内にこのような歴史観があったと言える。ただ、賢治が島地からその構想を聞き童話を作成したというように、両者の間に直接的な影響関係があったと言い切ることは難しい。島地の話をきいていた頃の賢治は、自ら修行をすることによって仏になることを願っており「始覚門」の傾向が強い。自分が殺し・殺される関係のただ中にいるという痛切な意識も、現実からの脱出を望む方向へと賢治を促している。「ひのきとひなげし」も初期形では、ひのきがひなげしに対しておこなう説教が「始覚門」的である。ひのきは、小さなげんのしょうこや二つのつめくさの花がよい行いの結果として今は輝く天上の花となっただろう、というおはなしを語っている。「ひのきとひなげし」の変化をふまえれば、賢治は徐々に「本覚門」の傾向を強めていったと考えられるが、それをたとえば日蓮や智学の影響によるものと断定することは難しい。

なお日蓮は、何もしなくても私たちは成仏していると語ったわけではない。「法華初心成仏鈔」によれば、すべての存在が仏性を有しているが、それは題目を唱えることによってはじめてあらわになるのであり、自分が題目を唱えることは、自分の仏性をあらわにし、また他の存在の仏性もあらわにする行いであるという。また智学の説明でも先ほど引用したように、成仏には「真理の光明、仏智の電力」が必要とされている。衆生の内にある真理は、煩悩によって覆われ見えなくなっている。そこで、教えの形で説かれた真理のはたらきかけによって、内なる真理をあらわす。智学は修行を「真理の体現活動」とよんでいる(『日蓮聖人乃教義』)。

ではこのとき、煩悩はどうなるのか。賢治がトシ亡き後に向き合うことになったのが、このような問題だったのではないかと思われる。題目を唱えることによって内なる真理があらわになるとして、そのとき、亡くなった妹に会いたいという思いは、どのように引き受けられるのか。いささか先走ってしまったが、この問題については次章でもう一度ふり返ることにし、ここでは再び「十力の金剛石」に戻ることにしたい。

このような成仏の状景をふまえた上で「十力の金剛石」の内容をふりかえると、仏のはたらきを「露」と表現していることが大きな特徴と言える。「金剛石」は、たしかに永遠の輝きをもつ美しい存在であるが、その硬さゆえに生きものの身の内へと満ちてゆくというイメージはもちえない。「十力の金剛石」を「露」と表現することによって、やわらかく潤いをもった珠が、世界の隅々までいきわたる姿を思い描くことができる。身の内へと満ちていった「露」は、今度は内側からわが身を輝かせる。しかし考えてみれば、身の内にはもともと豊かな水がたたえられている。外から取り入れられた露は内なる水と結びつき、全身をうるおわせ満たし輝かせる。十力の金剛石が「露」であると表現することによって、仏のはたらきが、身の外に広がりゆくとともに、身の内にも確かに息づいていること、そして、水が身の内と外とを出入りするのと同じように、仏のはたらきも身の内と外とを出入りすることを描き出している。そしてすべての存在の中に、輝く仏のはたらきを見いだしたとき、それぞれの存在を尊ぶ思いが生まれる。すべての存在の本当の姿を見るとは、仏のようにものを見ることができたことを意味している。仏の知にふれ得たとき慈悲の思いもまた生み出されるのである。

「かしわばやしの夜」

「十力の金剛石」では空から十力の金剛石がやってくるが、それに対して『イーハトヴ童話　注文の多い料理店』では、空から降り注ぐのは光である。「山男の四月」と「鹿踊りのはじまり」には「お日さま」や「お日さん」が、「かしわばやしの夜」と「月夜のでんしんばしら」には月が、「烏の北斗七星」には「マジエルの星」が、「水仙月の四日」には「カシオピイア」や「アンドロメダ」などが登場している。これらの作品では、日や月や星が超越性を担っていると言える。ただし作品のなかで、日や月や星が具体的に何かをするわけではない。イーハトヴのものたちは、日や月や星がもたらす光を仰ぎみて、喜びの歌をうたい祈る。「かしわばやしの夜」と「月夜のでんしんばしら」では、月の光をうけご機嫌になって歌う柏林や電信柱の姿を主人公が見た後、元の世界に戻ってくるが、主人公は「十力の金剛石」のように何をすべきかを異界での経験を通して学ぶということはない。では、

『イーハトヴ童話　注文の多い料理店』は、何を描き出そうとしているのだろうか。

　『イーハトヴ童話　注文の多い料理店』では、何をすべきかについて定まった答えを伝えようとはしていない。むしろ逆に、行為を道徳的に解釈することをはぐらかすような場面が登場している。「かしわばやしの夜」では、画かきが鉛筆を削るときに、右足の靴をぬいで、その中にけずり屑が落ちるようにする。それを見た柏の木たちは感心し、柏の木大王が「いや、客人、ありがとう。林をきたなくせまいとの、そのおこころざしはじつに辱けない。」と言う。それに対して画かきは「いいえ、あとでこのけずり屑で酢をつくりますからな。」と返事をし、大王は少し具合が悪そうに横を向き、柏の木もみな興を覚ましてしまう。鉛筆のけずり屑が靴の中に入っていたら、その靴を履いたときにとても痛いし不快である。にもかかわらず画かきは柏の木たちのためにあえてそういうふるまいをした。柏の木たちは画かきの行為をこのように解釈したので感心し、大王は丁重に礼を述べた。しかし画かきは、自分のためにけずり屑を靴の中に入れたのだとあっさり告げる。物語において「何をすべきか」を明確に語ろうとするのであれば、たとえば、画かきの行為に柏の木大王が礼を言い、それを見た清作が自分の行為を省みるといった展開も可能だが、そうした展開になりそうなところを軽妙に回避するという形で、物語は構成されている。

柏の木の思い

　主人公の清作は、異界での経験を通して「何をすべきか」という答えを得ることはないが、たしかに新しく学んだことはある。それは、自分がふだん切っていた柏の木たちが、何を感じどんなことを考えているのかということである。画かきに案内され柏林の中に入ると、清作は柏の木大王から「前科九十八犯」と言われる。清作がこれまで柏の木を九十八本切っていたからである。それに対して、清作は「おれはちゃんと、山主の藤助に酒を二升買ってあるんだ。」と主張し、「そんならおれにはなぜ酒を買わんか。」と反論する大王と喧嘩を始める。清作は、柏林の持ち主である藤助に酒二升を渡すことと引き換えに九十八本の柏の木を切る許可をもらっている。しかしそれは、柏の木大王らからすれば与り知らぬことであり、なぜ自分の所にもってこないのかと詰め寄る。この喧嘩を画かきはしょんぼり聞いていたが、にわかに林の木の間から東の方を指さして叫ぶ。

「おいおい、喧嘩はよせ。まん円い大将に笑われるぞ。」
見ると東のとっぷりとした青い山脈の上に、大きなやさしい桃いろの月がのぼったのでした。お月さまのちかくはうすい緑いろになって、柏の若い木はみな、まるで飛びあがるように両手をそっちへ出して叫びました。
「おつきさん、おつきさん、おっつきさん、
ついお見外(みそ)れして　すみません
あんまりおなりが　ちがうので
ついお見外れして　すみません。」

柏の木大王も白いひげをひねって、しばらくうむうむと云いながら、じっとお月さまを眺めてから、しずかに歌いだしました。

「こよいあなたは　ときいろの
むかしのきもの　つけなさる
かしわばやしの　このよいは
なつのおどりの　だいさんや

やがてあなたは　みずいろの
きょうのきものを　つけなさる
かしわばやしの　よろこびは
あなたのそらに　かかるまま。」

画かきがよろこんで手を叩きました。

続いて画かきが「みんな順々にここに出て歌うんだ」と声をかけ、「夏のおどりの第三夜」が始まることになる。柏の木たちが次々と出てきて歌い続け、そこにふくろうたちも現れ、柏の木とふくろう連合の「大乱舞会」となる。その後、月の光が少しおぼろになったとき、柏の木大王が喜んですぐ、

「雨はざあざあ　ざっざざざざざあ
　風はどうどう　どっどどどどどう
　あられぱらぱらぱらぱらったたあ
　雨はざあざあ　ざっざざざざざあ」

と歌うと霧が落ちてくる。月は青白い霧に隠され、大乱舞会は終わる。
　おそらく清作は、切り倒した柏の木を売ることによって生計を立てていた。それは当たり前の営みであったが、柏の木たちからすれば清作は、自分たちの仲間を殺すという「前科」をもつ存在に他ならない。このような殺し・殺される関係を描いた賢治の作品としては「なめとこ山の熊」がよく知られているだろう。「なめとこ山の熊」では、熊を殺し、熊の皮と胆を売ることによって生計を立てている小十郎と、小十郎によって殺される熊たちが、心を通わせる様子が語られている。一方「かしわばやしの夜」では、清作と柏の木とのあいだに心あたたまる交流は生まれない。清作は大王と喧嘩をし、「夏のおどりの第三夜」が始まるときには、画かきが一等賞から九等賞までは自分が書いたメタルを贈ると言ったのに対して「へたな方の一等から九等までは、あしたおれがスポンと切って、こわいとこへ連れてってやるぞ。」とすっかり浮かれて言う。柏の木の方も、清作の失敗を歌の中で次々に明らかにし、清作を冷やかす。互いが互いの主張をぶつけ合い、からかい合う。その軽妙なやりとりが、この作品の魅力であろう。

このようなやりとりを通じて清作は、柏の木たちが何を感じ、どのようなことを考えているのかを知る。その結果清作がどうするかということは、物語は語らない。清作は、柏の木を切ることを止めるかもしれないし、あるいは柏の木大王のもとにお酒を持っていくかもしれないし、あるいは前と同じように山主の藤助のところに酒を持っていって柏の木を切り続けるかもしれない。けれども、もし再び夏の夜に柏林のそばを通りかかることがあったならば、ふと空にかかる月を仰ぎ見て、柏の木たちの歌と踊りを思い出すことがあるかもしれない。柏の木のことばを再びきくことはできないかもしれないが、変わらずに照らし続ける月の光が、あの夜のことをたしかなものとして思い起こさせる。清作は、柏の木の歌と踊りを通して、月の光を捉え返す。それは、こちら側に喜びを与えてくれるものとして、月の光を受けとめるということを意味している。異界に行くことによって、相手の知らなかった一面を知り、そして相手のまなざしと思いを通して、世界をあまねく照らし出す、超越的な存在を感じとる。

「楽」を求める

では、このような世界には、どうすればたどり着けるのだろうか。「十力の金剛石」と『イーハトヴ童話　注文の多い料理店』に共通しているのは、主人公は自分が欲しいもののことを熱心に考えているということである。「十力の金剛石」では、王子はすばらしい宝石が欲しいと思い森へと向かう。一方『イーハトヴ童話　注文の多い料理店』では、こちら側の存在は食べ物のことを考えている場合が多い。「注文の多い料理店」では、二人の若い紳士はお腹をすかせており、「水仙月の四日」では、赤い毛布にくるまってせかせか歩いている子どもは一生けん命カリメラのことを考えている。「かしわばやしの夜」では、清作はお腹がすいていて雲が団子のように見えている。このほかにも「狼森と笊森、盗森」では、最初に狼森にいった子どもたちは焼いた栗や初茸(たけ)を食べており、子どもたちがこれらに心をひかれたことがうかがえる。逆に「鹿踊りのはじまり」では、嘉十がお腹がいっぱいのような気がして栃の団子を残したところ、鹿がやってくる。鹿は栃の団子を食べたいと思って集まってきたのである。

これらのおはなしの中で食べたいと願われるのは、多くの場合甘いものである。カリメラ、団子、焼いた栗、栃の団子。『イーハトヴ童話　注文の多い料理店』が書かれた時代において、甘いものは特別なものであった。そうしたものを食べたいと願い、今ここことは異なる世界にまぎれこむ。逆にむこう側の存在も、こちら側にある甘いものに魅了され現れてくる。「甘いもの」が両者の接点を形づくる。そして両者が直接出会ったとき、こちら側の存在はむこう側の存在とことばを交わし、その歌をきく。むこう側の存在が何を望み何を楽しいと思うかを知るのである。全体の構造としては、主人公は楽を求めることによって、これまで自分が知らなかった楽に出会うという形をとっている。

苦の果てに楽に出会うのではなく、楽をめざし、新たな楽に出会う。「ひかりの素足」のように、苦を甘受することによって楽に出会う場合、そこで描かれる「楽」は、私たちが普通に考える「苦」を反転したものとしての「楽」となる。一方、楽をめざし新たな楽に出会う場合、「新たな楽」は、私たちが普通に考える「楽」の延長線上にありつつ、そこから逸脱しているものとしても描き出すことができる。同時に、私たちが楽を求めることそのものは否定されない。第Ⅱ章で確認したように、賢治にとって仏の教えにふれることは、不思議で楽しく喜ばしい経験であった（一一二頁参照）。この立場からすれば、自分が仏教を通して知った「楽」を表現するためには「苦」を描くことはむしろ邪魔になると言えるだろう。

「楽」を求めた結果「新しい楽」に出会うという筋立てをもつ物語として、法華経譬喩品に登場する三車火宅のたとえが挙げられる。その内容は、子どもたちが火に焼かれる家の中でそれに気づかず遊んでいる。そこで父親は、子どもたちに羊車・鹿車・牛車という素敵なおもちゃをあげようと言い、子どもたちは喜んで家から出てくる。無事火宅から脱出した子どもたちに、父親はひとしく大白牛車を与えたというものである。

これは仏の方便の巧みさを表現している。仏は相手の好みに合わせて教えを説き、苦に満ちた状態から相手を救い出す。その上で改めて最もすばらしい教えを与えるのである。この物語を、子どもたちの側から読めば、羊車・鹿車・牛車という素敵なおもちゃが欲しいと思って走り出すと、想像を超えた素敵なおもちゃがもらえるということになる。法華経では、このような出会いは父親、つまり仏が準備したものとされているが、「十力の金剛石」や『イーハトヴ童話　注文の多い料理店』では、そうした出会いを準備した存在のことは語られない。「「旅人のはなし」から」と同じように、賢治は、仏の方便の巧みさを語る物語を、仏とこちら側の存在との出会いを語る物語として受けとめ、その出会いを、こちら側の存在の視点から語り出そうとしている。そのとき、出会いを準備する存在としての仏は、後ろにしりぞく。

超越を感じる

「「旅人のはなし」から」では、仏を思わせる存在は、主人公の親として現れており人の姿をとっていたが、「十力の金剛石」では、露として表現されることになった。人の姿をとる場合、仏を思わせる存在は「今ここととは異なる場所」にのみいるイメージが強いが、仏のはたらきを露として表現した場合は、仏のはたらきは、むこう側にもこちら側にもひとしくふりそそぐものとして思い描かれることになる。「イーハトヴ」では、仏という存在は明示されないが、空からふりそそぐ光を様々な形で感じとることが語られている。このように表現することによって、超越のはたらきを固定した形で描き出すことが回避できている。

イーハトヴが、仏があらわれでる世界であるとすれば、その意味は、超越を感じながら生きているものたちが住んでいる世界ということになる。逆に、人がいつも生きている世界が、仏の姿が見えないと思っている世界であるとすれば、その意味は、人は通常、超越を感じとることができないままに生きているということである。そうすると、実は人以外の存在は、みな超越を感じながら生きているが、通常人は他の存在の感覚を知ることができないので、人も含めたすべての存在が超越を感じないまま生きていると捉えていることになろう。このように捉えている人間が超越を感じることができるようになる方法が、他の存在とことばを交わせる世界の中で、他の存在の感覚を追体験することであった。そのことは同時に、他の存在との関わりを振り返らせてくれる。いいかえれば人は、通常他の存在のこともよくわからないままに生きている。自分がそれまで感じとることができなかったものを、少しだけ感じとり、元の世界へと戻ってくる。その経験を『イーハトヴ童話　注文の多い料理店』は語ろうとしている。

主人公が、超越を感じ、他の存在の思いを感じとることができたのは、自分のからだをイーハトヴという今ここことは異なる世界におくことができたからである。主人公は、他の存在とともに光をからだで受けとめ、光を仰ぎみながら他の存在の歌をきく。「からだ」は、主人公と超越とのあいだを、そして、主人公と他の存在とのあいだをつなぐものである。しかし同時にからだは、他の存在とのへだてをも生み出す。『イーハトヴ童話　注文の多い料理店』の最後におかれているのは「鹿踊りのはじまり」であるが、このおはなしでは、主人公の嘉十が「もうまったくじぶんと鹿とのちがいを忘れて」すすきのかげから鹿たちの前に飛びだすと、鹿たちはいっせいに逃げていく。鹿のことばがきこえるようになった嘉十は、自分と鹿との違いを忘れるが、鹿からすれば、嘉十は自分たちとは異なる姿形をもった存在である。「からだ」が異なるということは、両者のあいだにへだてをもたらす。人と鹿とは、簡単に一つになることはできない。主人公たちが戻ってくる世界は、他の存在とのへだてを背負いながら生きていく世界である。けれども、一度でも他の存在のことばを「からだ」で感じとることができたならば、世界の捉え方は以前とは異なるものになるだろう。

このような出来事を語ったおはなしを、賢治は読み手である「あなた」に渡そうとした。賢治は『イーハトヴ童話　注文の多い料理店』の序の最後で、「これらのちいさなものがたりの幾きれかが、おしまい、あなたのすきとおったほんとうのたべものになることを、どんなにねがうかわかりません」と述べている。ここで「たべもの」という表現が選ばれているのは、これらのものがたりをからだを通して受けとめてほしいという願いがあるからだろう。また「すきとおったほんとうのたべもの」という表現の背景には、十力の金剛石が存在していると考えられる。十力の金剛石は、一つひとつの存在のうちにみちわたり、その存在を輝かせうるおしていく。

もっとも、このように解釈しなくとも、「すきとおったほんとうのたべもの」ということばは、それだけで私たちに、からだのすみずみにまでことばがいきわたっていく様子をイメージさせる。「ほんとうのたべもの」を食べることによって、私たちもまた「ほんとう」へと変化していくのではないかと思わせるものがある。それは、自分が何か見知らぬものへと変化していくような不思議な感覚をもたらす。同時に「ほんとうのたべもの」ということばは、「ほんとうのたべもの」とは何か、私たちがふだん食べている「たべもの」は「ほんとうのたべもの」と異なるのかといった疑問をうみだす。『イーハトヴ童話　注文の多い料理店』を読むことを通して私たちは、超越のはたらきを受けとめる楽しさを、他の存在の感覚を通じて感じとるとともに、いくつもの謎を受けとることになるのである。

「山男の四月」

「山男の四月」と「烏の北斗七星」

前節で注目したのは『イーハトヴ童話　注文の多い料理店』に収められている童話のなかで、「こちら側」の存在を主人公とするものであった。一方「むこう側」の存在を主人公とする童話として「烏の北斗七星」「水仙月の四日」「山男の四月」が挙げられる。このうち「山男の四月」について、賢治は『イーハトヴ童話　注文の多い料理店』の広告ちらしにおいて「烏の北斗七星といっしょに、一つの小さなこころの種子を有ちます」と説明しており、この二つの童話を同じテーマをもつおはなしとして構想していたと考えられる。そこで、「山男の四月」と「烏の北斗七星」の共通点を探してみると、それぞれの主人公が自分の「からだ」について次のように考えている場面が見つかる。

> 山男はもう支那人が、あんまり気の毒になってしまって、おれのからだなどは、支那人が六十銭もうけて宿屋に行って、鰯の頭や菜っ葉汁をたべるかわりにくれてやろうと思いながら答えました。
>
> （「山男の四月」）

> ああ、マジエル様、どうか憎むことのできない敵を殺さないでいいように早くこの世界がなります

ように、そのためならば、わたくしのからだなどは、何べん引き裂かれてもかまいません。
（「烏の北斗七星」）

山男と烏の大尉は、自分の「からだ」を他の何かのためにさしだそうとしている。前節で指摘したように、この二つの童話は「不自惜身命」の問題を意識し作成されたと考えられる。わが身を惜しまないという姿勢は「ひかりの素足」の主人公にも見られるものであったが、「ひかりの素足」では、からだを投げだそうとしているのが「こちら側」の存在であるのに対して、「山男の四月」では、「むこう側」の存在がからだを投げだそうとしている。一方「烏の北斗七星」では、「むこう側」の存在どおしの関係が描き出されている。また「ひかりの素足」では、実際に主人公が肉体的な苦痛を甘受する場面が描き出されているが、「山男の四月」と「烏の北斗七星」では、主人公はからだをそこなってもかまわないと考える場面が描き出されている。さらに「山男の四月」と「烏の北斗七星」のあいだには、山男は自分が出会った支那人に対して自分のからだをくれてやろうと思っているが、烏の大尉は世界全体が変容するために自分のからだを投げだそうとしているという違いも存在する。烏の大尉の祈りは、「銀河鉄道の夜」のジョバンニの「僕はもうあのさそりのようにほんとうにみんなの幸のためならば僕のからだなんか百ぺん灼いてもかまわない。」という決意と重なる部分をもっている。

自分のからだを投げ出すということをどのように描き出すかということは、賢治にとって一貫して大きなテーマとなっていた。その背景にあるのは、仏教書に登場する捨身の物語であろう。賢治が仏教書に収められている物語を広く伝えようとしたとき、最初に選んだのは、竜が自らのからだを多くの虫に与えるというおはなしであった。また「手紙一」以外にも、賢治が目を通したと思われる捨身の物語は存在する。そこで「手紙一」を出発点として賢治が読んだ捨身の物語について確認し、その上で再び『イーハトヴ童話　注文の多い料理店』に戻ることにしたい。その際には、まず「山男の四月」を取りあげ、章を改めて「鳥の北斗七星」について考察することにしたい。「鳥の北斗七星」から新しい章を始めるのは、この物語を一つの起点として、もう一度「銀河鉄道の夜」についてたどり直すというもくろみがあるためである。

「手紙一」

むかし、あるところに一疋の竜がすんでいました。

力が非常に強く、かたちも大層恐ろしく、それにはげしい毒をもっていましたので、あらゆるいきものがこの竜に遭えば、弱いものは目に見ただけで気を失って倒れ、強いものでもその毒気にあたってまもなく死んでしまうほどでした。この竜はあるとき、よいこころを起して、これからはもう悪いことをしない、すべてのものをなやまさないと誓いました。

そして静なところを、求めて林の中に入ってじっと道理を考えていましたがとうとうつかれてねむりました。

全体、竜というものはねむるあいだは形が蛇の様になるのです。

この竜も睡って蛇の形になり、からだにはきれいなるり色や金色の紋があらわれていました。

そこへ猟師共が来まして、この蛇を見てびっくりするほどよろこんで云いました。

「こんなきれいな珍しい皮を、王様に差しあげてかざりにして貰ったらどんなに立派だろう」。

そこで杖でその頭をぐっとおさえ刀でその皮をはぎはじめました。竜は目をさまして考えました。

「おれの力はこの国さえもこわしてしまえる。この猟師なんぞはなんでもない。いまおれがいきをひとつすれば毒にあたってすぐ死んでしまう。けれども私はさっき、もうわるいことをしないと誓ったしこの猟師をころしたところで本当にかあいそうだ。もはやこのからだはなげすてて、こらえてこらえてやろう」。

すっかり覚悟がきまりましたので目をつぶって痛いのをじっとこらえ、またその人を毒にあてないようにいきをこらして一心に皮をはがれながらくやしいというこころさえ起しませんでした。

猟師はまもなく皮をはいで行ってしまいました。

竜はいまは皮のない赤い肉ばかりで地によこたわりました。

この時は日がかんかんと照って土は非常にあつく、竜はくるしさにばたばたしながら水のあるところへ行こうとしました。

このとき沢山の小さな虫が、そのからだを食おうとして出てきましたので蛇はまた、

「いまこのからだをたくさんの虫にやるのはまことの道のためだ。いま肉をこの虫らにくれて置けばやがてはまことの道をもこの虫らに教えることができる。」と考えて、だまってうごかずに虫に

からだを食わせとうとう乾いて死んでしまいました。

死んでこの竜は天上にうまれ、後には世界でいちばんえらい人、お釈迦様になってみんなに一番のしあわせを与えました。

このときの虫もみなさきに竜の考えたように後にお釈迦さまから教を受けてまことの道に入りました。

このようにしてお釈迦さまがまことの為に身をすてた場所はいまは世界中のあらゆるところをみたしました。

このはなしはおとぎばなしではありません。


それまで多くの生きものを死に至らしめていた竜が誓いをおこし、以後は皮を剥がれても身を食われても耐え忍ぶ。その結果天へと生まれ変わり後にはお釈迦様となる。誓いをたてた竜の静かな美しさと、生々しいからだの痛みとが印象的な作品である。

賢治が「手紙一」を書くにあたり参照したと思われるのは、すでに述べたように『大智度論』である。『大智度論』は大品般若経の注釈を行っており、その中で菩薩がなすべき六つの行いについて説明している。六つの行いとは布施・持戒・忍辱・精進・禅定・智慧であり、六波羅蜜とよばれている。『大智度論』では、布施は「檀波羅蜜」とよばれており、「檀波羅蜜」ということばは賢治の作品の中では「学者アラムハラドの見た着物」に登場している。

智慧と慈悲

「手紙一」に登場する話は、持戒（『大智度論』では「尸羅波羅蜜」とよばれている）について説明する文章の中に見られる。自分がたてた誓い、すなわち戒を守るという物語である。『大智度論』では、自らの身命よりも戒を守ることを優先させるべきであると説かれている。竜は「これからはもう悪いことをしない、すべてのものをなやまさない」という誓いを守るために、自らの皮をはぐ猟師を殺すことはしなかったのである。同時にこの物語は「布施」を語るものにもなっている。布施というと現代では、僧侶に渡すものというイメージが強いが、大乗仏教では悟りをひらくことを目指すものがなすべき行いとして位置づけられていた。自分の身を与えたり、自分がもっている物を与えたりすることによって、与えられた側は今この瞬間に抱えている飢えなどの苦しみから逃れることができる。同時に与えることは、与えた側に来世において楽果をもたらすことになる。また与えることができるということは、自分の身や自分がもっている物に対する執着を克服しているということを意味している。与えることは自分の抱える執着を手放す練習とも言いうる。

『大智度論』では、前世における釈迦が様々な形で布施を行う姿が描き出されている。たとえば、釈迦が白象であったとき猟師に毒矢で射られてしまう。多くの象がやってきて猟師を踏み潰そうとするが、白象は身をもって猟師を守り、猟師が自らの牙を求めていることを知ると抜き与える。あるいは能施という名の王子であったときには、自らがもつ物をすべて与え、なおも世の人々が苦しむのを見て、如意宝珠を求める旅に出る。如意宝珠はすべての人に幸いを与える宝であり、その宝を得るために王子は多くの苦難を経験することになる。

「手紙一」が語るように、持戒をすすめる物語では、自らの身命よりも戒を守ることを優先させることが望ましい行いとして説かれている。同じように布施をすすめる物語では、自らの命を惜しまず他者に与えることが、忍辱をすすめる物語では、どのような迫害を受けようとも耐え忍び怒りの心を起こさないことが、精進をすすめる物語では、どのような困難にあおうとも休み怠ることなく修行を続けるべきことが説かれている。いずれの場合でも、自らの身命を守ることよりも仏と成るために必要な行を優先すべきであることが強調されているが、これらの行いの目的は、仏と成りすべての存在を救うことにある。そうした菩薩の慈悲の思いは、これらの行いが目の前の存在を助けるためになされるという形で描かれることによっても表現されている。「手紙一」の竜は、猟師や虫を助けるためにわが身をさしだしているし、布施を語る物語の中には、飢えた虎や鷹に自らの体を与える話が見られる。

賢治が「手紙一」で伝えようとしたのも、釈迦がもつ慈悲の思いであった。このことは、「手紙一」のまとめ方からもうかがえる。賢治は竜のおはなしの最後に「このようにしてお釈迦さまがまことの為に身をすてた場所はいまは世界中のあらゆるところをみたしました」と書いている。第Ⅲ章で引用したように、賢治は大正六年に発行された『校友会会報』に「あめつちに　ただちりほども　菩薩たち　われらがために　死し給わざる無し」という歌を載せていた（一二二頁、一二三頁参照）。その後賢治は、『大智度論』を通してかつて自分が歌によんだ「菩薩の死」を具体的に思い描くようになる。

「手紙一」は、前世において釈迦が経験した無数の死の中から一つを選び出し、釈迦が死を迎えるにいたるまでの過程を具体的に描き出すことによって、世界中のあらゆるところに釈迦のからだがあることを伝えようとしたものである。賢治は、釈迦がすべての場所でまことのために身を捨てたと観念することによって、釈迦のもつ慈悲の大きさを実感することができると考えていた。

一方『大智度論』の場合は、竜のおはなしは「菩薩は戒を護つて身命を惜まず、決定して悔いず、其の事是の如し。是を尸羅波羅蜜と名く」とまとめられており、「尸羅波羅蜜」という行について説明したという体裁になっている。先ほども述べたように、六波羅蜜をなす菩薩は身命を惜しまないが、それは菩薩はわが身を「危く、脆く、不浄」（『大智度論』）なものであると捉えているからである。この捉え方は私たちの通常の身の捉え方とは異なっている。たしかに私たちも、病にかかり熱と汗にうなされたときには、自分の体がうとましく頼りないものと感じられるだろうが、だからこそ私たちは、健康に気をつけ自分の体を美しく保とうとする。それに対して菩薩は、本質的に人の身とは、はかなく頼りにならず苦を抱え込んだものであると観念する。その上で、善をなすことによって絶対的な楽を得ることをめざし自らの身を捨てる。その結果、仏の身という他の存在を救う力をもった「からだ」を得ることができる。

菩薩の捨身の前提には、知のはたらきが存在している。菩薩は、わが身がはかなく当てにならないことを知っており、それゆえ自らのからだに執着していない。そしてすべての存在を助けたいと願い、目の前の苦しむ存在に対して身を投げ出す。そのとき菩薩の心は「決定して悔いず」つまり、心が定まっていて後悔することはないという状態である。本生譚では、主人公が感じる苦痛が詳細に語られるが、それは、菩薩が身を投げ出す際の肉体的苦痛を描き出すことによって、その思いが強く確かなものであることを示すためである。また、このように心を定めることができた前提には、たとえば竜の場合であれば「出家して静を求め、林樹の間に入って思惟」するという行いが存在している。静かに瞑想すること、いいかえれば智慧を獲得しようとする行いが必要とされていると言える。

薬王菩薩本事品

『大智度論』以外で賢治が目を通していた捨身の物語としては、法華経薬王菩薩本事品のおはなしが挙げられる。薬王菩薩は、かつて一切衆生喜見菩薩であったときに、日月浄明徳仏より法華経をきくことによって「現一切色身三昧（一切衆生の形体を自由に現すことのできる三昧。三昧は、心を静めて一つの対象に集中し心を散らさず乱さぬ状態のことを指す）」を得ることができた。そこで一切衆生喜見菩薩は、日月浄明徳仏と法華経を供養したいと思い、まず神通力をもって様々な華をふらせるなどの供養を行ったが、自らの身をもって供養することには及ばないと考え、香油を一二〇〇年飲みつづけた後自らの体に火をともした。火は一二〇〇年のあいだ燃え続け、命を終えた一切衆生喜見菩薩は、再び日月浄明徳仏の国の中に生まれる。しかし今回は、日月浄明徳仏の涅槃に立ち会うことになり、悲しんだ一切衆生喜見菩薩は日月浄明徳仏の舎利を供養する。そのとき自分の両臂を燃やし、多くの人々がこのような一切衆生喜見菩薩の行いによって菩提心をおこし、「現一切色身三昧」を得ることができた。これを見ていた他の菩薩や天人たちが、一切衆生喜見菩薩の臂がないことを悲しむと、一切衆生喜見菩薩は「自分は二つの臂を捨てることによって必ず仏の金色の身を得ることができる。このことばが真実であるならば、二つの臂の先まで戻れ」と誓う。すると、臂は自然に戻ったという。

この物語の前半において、捨身は仏と法を供養するために、いいかえれば仏と法をほめたたえ、仏と法に対する感謝と敬いの気持ちをあらわすためになされている。この場合は他の存在を助けるという要素はない。ただし、一切衆生喜見菩薩が発した光は、あまねく世界を照らし出したと語られており、一切衆生喜見菩薩はその光が他の存在を救済する力をもつと想定していたと解釈する余地はある。一方後半において、捨身は舎利を供養するためになされているが、この行いは同時に人々を教化するという意味も担っている。最後の場面で一切衆生喜見菩薩の臂がよみがえることは、今ここで行われた捨身が仏の身を得るという結果をたしかにもたらすことを、目に見える形で伝えるという役割を果たしている。

以上のように、仏教書では様々な形で捨身が語られているが、捨身は、無常という真理を知っているということを示すふるまいとして位置づけられている。いいかえれば不惜身命は、知のはたらきにもとづいてなされる。このようなあり方を教説の形で説けば、布施は、施す者も施される者も施物も本来的に空であると捉え、執着の心を離れてなされるべきであるとなる。一方物語の形で説く場合は、主人公が身施をなす前に「わが身ははかなくあてにならないものである」と考える場面が描き出される。基本的には、わが身をたしかなものと捉え愛することそのものが否定されている。

しかし、身を守ることよりも○○を優先すべきである、あるいは、神通力でつくり出した花を供養することよりもわが身をさしだす方が尊いといった表現からは、大切な自分の身を守ることよりも、○○の方がより大切である、あるいは、花を供養するよりも、かけがえのない貴重なわが身をさしだす方がより尊いという解釈を導き出すこともできる。

たとえば横超慧日（おうちょうえにち）は、薬王品に登場する一切衆生喜見菩薩の焼身供養について、これは空観にもとづいてなされたものと解釈した天台大師智顗の論を紹介しつつも「もっと判り易い俗説で理解を求めるとすれば」、次のように言えないかと前置きした上で、身よりも重いものは法であり、それゆえ身を捨てて供養したということは、それによって法の尊さを示したことになる、ここでは捨身は法の尊さを象徴的に表すものとして取り上げられていると述べている（『法華思想』）。あるいは、水尾現誠（みずおげんじょう）は捨身について「捨身はより尊いものを求めるために最愛の身命をなげすてることであるから、布施行の極致であり、正しく求道者の根本態度の現れである」と述べ、薬王品について「人間にとってかけがえのない最も大切な肉体を捨てるということによって、それが直に法に対する最高の敬意であることを表明」しているという形で捉えている（「戒律の上から見た捨身」）。このように解釈すると、捨身は、わが身を愛することを肯定した上で、わが身よりも法を愛するからなされるものとして位置づけられることになる。この場合捨身は、知のはたらきではなく情のはたらきによってなされるものというイメージをまとうことになる。

このようなイメージが生み出される理由は、薬王品の記述にある。薬王品において一切衆生喜見菩薩は「現一切色身三昧」を得、「心大いに歓喜して」仏と法を供養することを思いつき焼身供養に至る。さらに生まれ変わった後は、日月浄明徳仏の涅槃に際し、「悲感しみ懊悩み、仏を恋慕したてまつり」舎利供養を始め両臂に火をともす。結果的に後者のふるまいは、他の人々を教化するという効果を発揮するので計画的になされたものと推定されるが、本文に即していえば、一切衆生喜見菩薩は、喜びや悲しみ、懊悩や恋慕といった様々な思いを抱いたことによって捨身へとその一歩を踏み出している。一切衆生喜見菩薩のふるまいは、その心情の高まりにおいてなされたものと解釈しうる余地がある。

知のはたらきか、情のはたらきか

捨身は、知のはたらきにもとづいてなされるのか、あるいは情のはたらきにおいてなされるのか。この問題は、他の存在を助けるためにわが身を投げ出すという行いについて考えるときに、より大きな問題となる。私たちが特定の存在を助けたいと思うときは、基本的にはその相手を大切な存在と捉えていると言えるだろう。家族のために、あるいは友人のために何かをするのは、家族や友人が自分にとってかけがえのない大切な存在だからである。相手が身近な存在ではなかったとしても、特別に何かをしようとする際には、相手をかわいそうだと思うなどの心の動きが伴っている。しかし、このような形で相手を助けようとすることを仏教は単純に肯定することはない。先ほど指摘したように、布施は、施す者も施される者も施物も本来的に空であると捉え、執着の心を離れてなされるべきものである。この場合、特定の相手を大切である、かわいそうだと思うことは、相手を実体として捉えていることになり、克服すべき執着と見なされることになる。

　大正七年以降、賢治はすべての現象を空と捉えることを実践しようとしていた。しかしそのことによって逆に、相手の苦をまざまざと思い浮かべるようになった。相手をかわいそうだと思うことは、賢治にとって痛切な形で抱かれるやみがたい心情であった。その思いが簡単に否定しきれないものであったことは、「手紙二」が示している。「手紙二」では、竜が猟師のことを「本当にかあいそうだ」と思う場面が登場する。このことばについて君野隆久は「もちろん原拠の『大智度論』にも「このひとをあわれみました（憐愍此人）」という語句があるにせよ、「本当にかあいさうだ」は賢治の肉声がふと忍びこんだような気がするのである」と述べている（『捨身の仏教』）。筆者も「本当にかあいそうだ」を賢治独自の表現と捉えているが、ここで注目したいのは、相手をあわれむという場面が『大智度論』と「手紙二」では異なっていることである。

　『大智度論』では、竜は猟師に皮を剥がれているあいだに「自ら忍び、目を眠つて視ず、気を閉ぢて息せず、此の人を憐愍す（みずから耐え忍んで、目を眠ったままにして、（猟者を）見ず、いきを閉じたまま呼吸をせず、このひとをあわれみました）」と書かれている。この場合「このひとをあわれみました」ということは、呼吸をせず、自分の毒が猟師にかからないようにすることによって、このひとが死なないようにしたということを意味している。

　「手紙二」では、この場面は「その人を毒にあてないようにいきをこらして」と書かれており、「あわれむ」という表現を使わず「毒にあてないように」という形で竜の具体的な意図を描くということが選ばれている。「手紙二」で猟師を「本当にかあいそうだ」と思うのは、猟師が自分の皮をはぎ始めたことに気づいたときである。竜は「けれども私はさっき、もうわるいことをしないと誓ったしこの猟師をころしたところで本当にかあいそうだ。もはやこのからだはなげすてて、こらえてこらえてやろう」と思い、自分のからだを捨てることを決心する。一方『大智度論』では、耐え忍ぶことを決意するときに、相手のことをあわれむということは語られない。

賢治にとって、相手をあわれむということは、自らの身を捨てるという決意を支えるものであり、それは、自らが抱く切実な心情として表現されるべきものであった。このような変更によって、「手紙一」では、捨身は情のはたらきによってもたらされるという印象が強くなった。もちろん「手紙一」でも、竜が「林の中に入ってじっと道理を考えてい」るという記述があり、竜の行いの前提には、道理を考えるという知のはたらきが存在している。しかし、賢治の意図は、釈迦の慈悲を「かあいそう」という思いとして描き出すという点にあったと言えよう。

焼身供養

第Ⅲ章で述べたように、薬王菩薩の行いにならい、自分の身を仏や法に対する供物として差し出すことは、賢治にとって、自分が目指すべきあり方として受けとめられていた。薬王菩薩の行いに強く心を動かされた僧侶は数多く存在し、たとえば日本においても応照という僧が焼身供養を行っている。

『元亨釈書』によれば、応照は法華経を誦し、薬王品にいたるごとに随喜し、薬王菩薩の行いを追慕した。そこで自分の心（むね）、頭、足などそれぞれを妙法蓮華経、上方一切諸仏、下方一切諸仏などに捧げ、自分の六腑を六道衆生に与え、この善根によってすみやかに菩提を得ることを願い、自らのからだに火をつける。火が消えた後、光が残り、その光は山や谷を照らしたという。『元亨釈書』の注釈書である『元亨釈書和解』を賢治は所蔵していたので、このような僧の事績を目にすることがあったかもしれない（ただし、このような焼身供養は批判の対象ともなってきた）。

　これらの焼身供養を見てみると、基本的には焼身供養は、自らが仏と成るために行われたと言える。法華経に登場する薬王菩薩の話は、もともと宿王華菩薩（しゅくおうけぼさつ）が釈迦に対して、薬王菩薩がかつてなした難行苦行について質問したことを受け、釈迦が語ったものである。薬王菩薩が現在もつ様々な力の原因として、焼身供養という苦行が想定されている。応照の場合も、自分がすみやかに成仏することを願い、焼身供養を行っている。もちろん、仏と成ることは、すべての存在を救済する力をもつことであるので、そこにはすべての存在に幸福をもたらしたいという願いがある。しかし、その願いが実現するのは、苦行の結果として、仏またはより力をもつ菩薩という新たな「からだ」を得たときのことである。

　それに対して賢治が語るのは、この身が供物となることによって光を放ち、その光が自分とすべての存在に幸福をもたらすというイメージである。賢治は、この「からだ」のままで、すべての存在を救済する力をもつことを思い描く。その方法が、焼身という形で捨身を行うことであった。捨身は、絶対へと一気に達する方法であり、同時に一度に全体を救う力をもつ。第Ⅲ章で述べたように、このとき賢治は、南無妙法蓮華経と唱えることを通して世界全体とともに輝くことを実感していたが、「からだ」を通して世界全体とともに成仏する方法としてもう一つ、捨身が考えられていたと言えよう。

「山男の四月」

では、以上のような物語と比較したとき、『イーハトヴ童話　注文の多い料理店』で描き出された捨身は、どのように位置づけられるだろうか。本節では「山男の四月」の内容をたどっていくことにしたい。

かれ芝の上に寝ころんだ山男がいろいろなことをぼんやり考えていると、へんな気もちになりふらふらあるいていた。まもなく町に入ることに気付いた山男は木樵に化ける。町の入口の魚屋の前で山男は支那人に出会い、支那人がさしだした薬をのみ小さな六神丸（漢方薬）の箱にされる。箱は、支那人が背負った行李の中に入れられる。その中には山男と同じように六神丸にされた男がいた。その人物に「おまえさんはどこから来なすったね。」と話しかけられた山男は、「おれは魚屋の前から来た。」と答える。次に引用するのは、その会話に続く場面である。

「おれは魚屋の前から来た。」と腹に力を入れて答えました。すると外から支那人が噛みつくようにどなりました。

「声あまり高い。しずかにするよろしい。」

　山男はさっきから、支那人がむやみにしゃくにさわっていましたので、このときはもう一ぺんにかっとしてしまいました。

「何だと。何をぬかしやがるんだ。どろぼうめ。きさまが町へはいったら、おれはすぐ、この支那人はあやしいやつだとどなってやる。さあどうだ。」

　支那人は、外でしんとしてしまいました。じつにしばらくの間、しいんとしていました。山男はこれは支那人が、両手を胸で重ねて泣いているのかなともおもいました。そうしてみると、いままで峠や林のなかで、荷物をおろしてなにかひどく考え込んでいたような支那人は、みんなこんなことを誰かに云われたのだなと考えました。山男はもうすっかりかあいそうになって、いまのはうそだよと云おうとしていましたら、外の支那人があわれなしわがれた声で言いました。

「それ、あまり同情ない。わたし商売たたない。わたしおまんまたべない。わたし往生する、それ、あまり同情ない。」山男はもう支那人が、あんまり気の毒になってしまって、おれのからだなどは、支那人が六十銭もうけて宿屋に行って、鰯の頭や菜っ葉汁をたべるかわりにくれてやろうとおもいながら答えました。

「支那人さん、もういいよ。そんなに泣かなくてもいいよ。おれは町にはいったら、あまり声を出さないようにしよう。安心しな。」

ここでは山男は支那人を気の毒に思っているが、この後山男は、先ほど話しかけてきた男から、たくさんの人がこの陳という名の支那人に六神丸にされ、みんな泣いてばかりいると聞き、「そいつはかあいそうだ。陳はわるいやつだ。なんとかおれたちは、もいちどもとの形にならないだろうか。」と言い出す。山男は陳に対してかっとなるが、次の瞬間にはかわいそうに思う。しかし別の男のことばを聞くと、陳は悪いやつだと考えを改めている。このようなやりとりの中で山男は「おれのからだなどは、支那人が六十銭もうけて宿屋に行って、鰯の頭や菜っ葉汁をたべるかわりにくれてやろう」と思っている。

つまり山男の「くれてやろう」という思いは、生まれてすぐに消えてしまうようなものとして描き出されている。「くれてやろう」という強い思い入れは、陳のことが気の毒になったその瞬間に生み出されており、その後持続することはない。この思いは、自分の直前の感情とも直後の判断とも独立した形で成立している。いいかえれば、山男にとって何かを思うという営みは、時間をかけて思考するという形でなされるのではなく、相手からのはたらきかけに応じてある思いが湧きあがるということであり、その思いは次の瞬間にはけろりと忘れている。そうしたあり方は、私たちからすれば、言動に一貫性がなく無責任であるように見える。一般的に山男のことばは「自己犠牲」の精神をあらわすものとして解釈されているが、私たちが通常考える「自己犠牲」とは、何らかの理念または特定の相手に対する持続的な愛情にもとづいて意志的になされる行為であるだろう。このようなあり方の対極に位置しているのが山男であると言える。

また、山男の「からだ」の捉え方と、私たちの「からだ」の捉え方も異なっている。私たちにとって、自分の「からだ」を誰かにあげるということは、極めて困難な行いである。それは、私たちが「からだ」を、それぞれが固有の存在であることをあらわす、かけがえのないものと捉えており、「からだ」をくれてやるとは自らの死を意味するからである。いいかえれば「からだ」をかけがえのない貴重なものと考えているからこそ、他者を助けるために「からだ」を投げ出すことが、通常であれば、不可能な行いとして捉え返されることになる。では、山男は自分の「からだ」について、どのように考えているだろうか。

変化するからだ

先ほどの引用では省略したが、山男は、陳に薬をのまされ六神丸にされたあと、同じように六神丸にされた男に「おまえさんはどこから来なすったね。」と問われ「ははあ、六神丸というものは、みんなおれのようなぐあいに人間が薬で改良されたもんだな」と考えている。山男は、自分の「からだ」におこった変化を説明するにあたって「改良」ということばを使っている。もし山男が、自分の「からだ」をかけがえのない唯一のものと考えていたのであれば、「改良」であれ「改悪」であれ、からだが「改まる」とは言わないだろう。振り返ってみれば、山男は町へ入っていく前に「町へはいって行くとすれば、化けないとなぐり殺される」と考え、「どうやら一人まえの木樵のかたち」に化けている。この「化ける」が、外見を整えるという意味なのか、あるいは狐が人間に「化ける」というように身体の変容を伴うものなのかは分からない。しかし、木樵に「化け」た山男が、さらに六神丸になるという形でその変化が語られることによって、このおはなしでは、「からだ」がどんどん変化していくものとして描き出されているという印象を読み手に与えることになる。

この後、六神丸にされた男との会話の中で、山男はまだ骨まで六神丸になっていないから丸薬さえ呑めば元に戻るが、その男を含めて山男の前に六神丸にされた者たちは丸薬を呑むだけではだめで、まず水につけてよくもんでもらってから丸薬を呑むという手順が必要になることが明かされている。このような描写も、「からだ」は物質としてどんどん変化していくものであるというイメージをつくり出す。薬を呑み時間がたつと骨まで六神丸になる。しかし、その状態に水を加えると骨にまで達した変化に揺らぎが生じ、続いてよくもむという作業によって、その揺らぎが全体に行き渡る。そこに丸薬という新たな薬が加わると元に戻る。ここでは「からだ」全体が化学的に変化するものとして捉えられているのである。

山男は最終的には、六神丸にされたみんなを元に戻そうとしているので、このような化学変化を悪しきものとして考えているが、最初の段階では「改良」ということばが示しているとおり、望ましいものと考えている。六神丸になるということは、他者の病を癒やすことができるようになるという意味で、他者の役に立つ「からだ」へと変化したと言える。また六神丸は、陳がそれを他者に売ることによって六十銭を獲得し、次にその六十銭によって鰯の頭と菜っ葉汁を食べるという一連の交換の出発点となりうる存在である。山男は、「おれのからだ」は「支那人が六十銭もうけて宿屋に行って、鰯の頭や菜っ葉汁をたべる」ことと等価であり、交換可能な物であると捉えている。この世界において「からだ」は、変化可能で交換可能な物として描き出されている。これは、私たちが通常抱いている「からだ」の捉え方を揺さぶるものと言えるだろう。つまり賢治は、身を投げ出すというふるまいについて、「自己犠牲」という枠組みから逸脱するような形で描き出そうとしている。

このような特徴は「月夜のでんしんばしら」に登場する電気総長のふるまいにも見られる。おはなしの最後で電気総長は、走ってきた列車の電燈が消えていることに気づく。そのとき電気総長は、恭一が「あぶない。」と止めようとする前に、列車の下へもぐり込み電燈をつける。この行いについて、電気総長が自らの命の危険を顧みず走る列車の下へと飛び出し、列車の電燈をつけたと解釈することも可能だが、このような解釈は、おはなし全体の内容とはそぐわないという印象をもつだろう。列車の下にもぐり込む電気総長からは、自分のからだを投げ出すのだという悲壮感は読み取れない。あるいは、そもそも電気総長は握手した相手を黒焦げにするほどの強い電気を帯びた存在として造型されている。したがって電気総長は列車の下へもぐり込んだ瞬間、電気そのものに変身し電燈をつけたとも考えられる。ここでは、恭一から見れば「あぶない」ふるまい、つまり死を予感させるようなふるまいの中に、変身の可能性が示唆されているのである。

山男や電気総長は、「こちら側」の常識から逸脱しており、そのことによって「こちら側」の常識に揺さぶりをかける。山男や電気総長は、第Ⅲ章の最後でふれた他者からおとしめられている存在と、同じ役割を担っている。そこでここでは、このような存在が「こちら側」の視点からどのように捉えられているのかを確認するために、いったん「山男の四月」から離れ電気総長に注目したい。

電気総長と画かき

電気総長について考察するために参考になるのが、「かしわばやしの夜」の画かきである。彼らは「むこう側」の存在である電信柱や柏の木と深く関わっているが、同時に「こちら側」の存在である恭一や清作に直接声をかけることができる。彼らは「むこう側」と「こちら側」を媒介するという役割を担っており、彼らは共通する特徴をもつ存在として造型されている。

彼らの特徴として、まず、主人公の意表を突くようなふるまいをするということがあげられる。「かしわばやしの夜」の画かきは、清作の後ろからいきなりえり首をつかみ、ぷんぷん怒りながら「何というざまをしてあるくんだ。まるで這うようなあんばいだ。鼠のようだ。どうだ、弁解のことばがあるか。」と言う。そこで清作が「赤いしゃっぽのカンカラカンのカアン。」と怒鳴ると、今度は咆えるような声で笑い出す。あるいは「月夜のでんしんばしら」では、電気総長は、恭一が電信柱の行進を見てしまったことを知ると「そうか、じゃ仕方ない。ともだちになろう、さあ、握手しよう。」と言う。恭一が手を出すと、電気総長は恭一の手をつかみ、電気を流す。清作からすれば、いきなり自分の歩き方を酷評されるとは思わなかっただろうし、恭一も、友達になろうと言われ握手して感電死の危険にさらされるとは思わなかっただろう。画かきと電気総長は、こちらの思いはかりを超えた形でこちら側に関わろうとしている。

画かきは柏の木たちにとっても、はかりしれない存在である。前節で述べたように、画かきがいることによって、ある行為を単純に道徳的に解釈することが回避できている。「十力の金剛石」のように、主人公たちが人以外の存在の声を聞く場合、どうしても教訓的な形をとりやすい。その経験を通して何を学んだかが見えやすくなる。それに対して、画かきや電気総長がいることによって、こちら側の存在とむこう側の存在にひとしく関わるというあり方が示されることになる。彼らは、こちら側の人間に対して、こちら側の「からだ」の捉え方とは異なった捉え方があることを示す。同時に彼らは、こちら側からすると謎めいてあやしい存在である。

近代科学

彼らを不思議な存在として描き出すために、彼らがもっている近代科学に関する知識は、大きな役割を果たしている。具体的には、電気総長は勢力不滅の法則や熱力学第二則について語っている。また画かきは赤だの白だのとぐちゃぐちゃしている絵の具、つまり化学的に合成されたであろう油絵の具をもち、削り屑から酢をつくる方法を知っている。さらに、彼が柏の木に出す賞品のメタルは、白金メタル・水銀メタル・にせがねメタルなど金属ばかりである。ここは「かしわばやしの夜〔初期形〕」では、お日さまのメタル・星のメタル・こめつぶめたるなどとなっていた。この変更によって、画かきのにせがね造りが示唆され、化学実験を行うという画かきの特徴が明確に示されることとなる。彼らが特別にもっていたのは、物の変化や反応に関する化学的な知識であった。

もっとも、画かきが知っている化学反応、つまり木材を乾留すると酢酸ができるということは、現代であれば化学式を学んだ者にとってごく当たり前に納得できるものだろう。化学には誰もが中学・高校で触れている。しかし賢治が生きた時代において、化学も含めた近代科学の知識は、人々にとって目の覚めるような不思議なものであった。それは、近代になり西洋文明の移入が積極的に行われる中で日本に新しくやってきたものであった。近代科学の成果は何よりもまず具体的な物として、たとえば、電信や鉄道や化学染料や人造宝石や化学肥料としてあらわれた。その新しく珍しい姿や色は人々を驚かせ怪しませた。その驚きを福沢諭吉は「事々物々、見るとして奇ならざるはなし、聞くとして怪ならざるはなし」(『文明論之概略』)と述べている。人々は、はじめて見る物たちに目を奪われた。そうした思いを賢治もまた共有していたと言えるだろう。『イーハトヴ童話　注文の多い料理店』では、「ひかりの素足」や「十力の金剛石」のように異界を語るときに宝石を使うという選択がされていない。その代わりに用いられたのが近代科学であると言える。

『イーハトヴ童話　注文の多い料理店』で興味深いのは、近代科学の知識が何か役に立つものとして提示されていないことである。電気総長は、自らの知識を自慢げに披露しているが、物語の中でそれが何かをもたらすわけではないし、画かきの場合も、削り屑から酢をつくりその後どうするかは示されていない。主人公たちからすれば、彼らがもっている知識は、あくまでも何だかよく分からないものである。しかし、そのことによって別れた後も主人公に謎を残すことができる。彼らは「「旅人のはなし」から」に登場していた道連れの旅人や乞食と重なり合うものをもっている。道連れの旅人や乞食がもっていた知は、物語の中では明示されていないが仏教にもとづくものである。賢治は、仏教色を排除しつつ主人公に謎を与える存在を造型するために近代科学を利用したと言えよう。

執着のない捨身

また、このような特徴をもつ電気総長が捨身を行っているということは、賢治は捨身を描く際に、そこに知のはたらきが存在していることをあらわそうとしたと考えられる。もともと賢治が捨身という行いから感じとっていたのは、慈悲心であった。第Ⅲ章で述べたように、賢治にとって捨身は、いまだ智慧をもたないものにも可能な行いであり、相手が抱える悲しみに強く情をゆすぶられることによってなされるものであった（一四〇～一四二頁参照）。「手紙 二」でも賢治は捨身を行う理由を、相手をかわいそうと思ったからという形で描き出している。「かわいそう」という思いは、いまだ真理を知らないものでも抱くことが可能であり、この思いを起点として捨身という行いが導き出される。

仏の教えにふれなくとも、慈悲の思いは生み出される。むしろそうした思いこそが、仏の道にすすむきっかけとなる。このような考えを物語として表現すると「ひかりの素足」となる。主人公の一郎は弟を守ろうとした結果、「白くひかる大きなすあし」をもつ存在と出会い「ほんとうの道を習え。」と言われるが、弟を守ろうとする思いは仏の教えを知ることがないままに生み出されている。「双子の星」もまた、同じ枠組みをもつと言えるだろう。そこでは知のはたらきは想定されていない。しかし「月夜のでんしんばしら」では、捨身をする電気総長が近代科学の知をもつ存在として造型されることになった。これは、慈悲と智慧とがともにあることをあらわしていよう。

同時に、相手を助けたいという思いの描き方も変化することになった。「手紙一」の竜、「双子の星」のチュンセ童子とポウセ童子、「ひかりの素足」の一郎。彼らに共通しているのは、ある一定の時間、苦痛に耐えながら、特定の存在を助けようとしている点である。苦難を抱えながら助けようとする思いをもち続けていることが、その思いが確かなものであることをあかし立てている（「ひかりの素足」は、如来寿量品で語られている「不自惜身命」であれば仏があらわれるということを描いたものと言えるが、賢治は如来寿量品の「不自惜身命」を六波羅蜜の実践において語られる「不惜身命」と捉え新たに物語を作りだしたと言える）。

一方電気総長と山男は、出会った存在に応じてくるくる機嫌が変わる様子が描き出されている。相手を助けようとする思いは、その瞬間において生じたものに過ぎない。電気総長は、その思いのままもぐり込んでいるので、その後どのようになったかは分からない。山男は「くれてやろう」と思った後、すぐに「陳はわるいやつだ」と思う。相手に対する同情は次の瞬間には忘れ去られている。このようなあり方は私たちの通常の感覚からすれば、いきあたりばったりで頼りにならないように見える。けれども、実はこのように、その一瞬の本気でなされる捨身こそが、仏教がめざすところの執着のない捨身を描き出したものとしてふさわしいと、賢治は考えたのではないだろうか。

どうすれば「本当にかあいそう」と思うことが、執着とはならない形で成立するのか。電気総長や山男のように目の前の存在に反応していくというあり方は、たしかに何か特定のものにとらわれることがないと言える。誰かを大切に思う気持ちもまた持続しないことによって、相手を実体化し執着し続けるということからまぬがれられる。賢治はかつて「「旅人のはなし」から」で、出会った友を忘れていき時々思い出しては涙ぐむ主人公を造型した。執着をもたないあり方を表現するために、忘れ続ける存在という形で登場人物を造型することが有効な方法であると、賢治がこの時点でどれほど意識していたかは分からない。ただ「「旅人のはなし」から」の主人公のもつ、けろりとした明るさの部分は、たしかに、『イーハトヴ童話　注文の多い料理店』の登場人物たちに受け継がれていると言えよう。

「こちら側」と「むこう側」

『イーハトヴ童話　注文の多い料理店』では、私たちとは異なる身体観をもった存在によって、捨身が願われ行われることになった。改めて山男と電気総長の捨身を振り返ってみると、彼らはこちら側の存在を助けるために身を投げ出している。山男が助けようとした相手には、人間を六神丸にすることができる人物も含まれているので、単純にこちら側の存在とは言えないが、山男とは異なる世界に住む存在とは見なせよう。「ひかりの素足」と「双子の星」では、主人公が助けるのは、自分たちが住む世界の存在であったのに対して、『イーハトヴ童話　注文の多い料理店』では、助けるものと助けられるものとの間に、もともとへだてが設定されている。これは、仏教が語る慈悲は、私たちが通常抱くような他者を助けたいという思い、いいかれば身近な存在を助けたいという思いとは異なる形で描き出す必要があると賢治が考えたことを意味している。

むこう側の存在がこちら側の存在を助けるという筋立ては、「水仙月の四日」にも共通している。むこう側から見たとき、こちら側の世界は、助けたいと願う対象となっている。いいかえれば、むこう側の世界を生きるものの中には、こちら側に強い関心をもつものがいる。「どんぐりと山猫」では、山猫と馬車別当が一郎をよびだし、「狼森と笊森、盗森」では、狼や山男や盗森が子どもや道具や粟をさらうという形で、積極的にこちら側に関わろうとする。このように「むこう側」の視点から「こちら側」を描くことによって、「こちら側」の魅力を描くことが可能になっている。一方、どんぐりや電信柱は、それほど関心を持っていないように見える。

「十力の金剛石」では、今ここことは異なる世界を設定することによって、仏のはたらきを描くことが目指されていた。そのため、地上を生きるもののまなざしは、超越的な存在へと一貫して向いている。一方『イーハトヴ童話　注文の多い料理店』では、今ここことは異なる世界、「むこう側」の世界に生きるものは、超越的な存在を仰ぎみるとともに、「こちら側」の存在にも目を向けている。「イーハトヴ童話」では、超越のはたらきを説明することが手放され、その代わりに「むこう側」に生きるものと「こちら側」に生きる人間との関係を描くことが可能になったと言える。

へだてのある世界

『イーハトヴ童話　注文の多い料理店』では、今ここことは異なる世界を設定することによって、主人公は何を経験できたのだろうか。改めて整理すると次のようになる。

一つには、主人公は、超越を感じながら生きているものたちが味わっている楽を感じとることができた。この楽は「こちら側」の世界で人間が求める楽とは異なっている。しかし主人公たちは「こちら側」の世界にある甘いたべものを求めて「むこう側」へとまぎれこんでいるので、「こちら側」において楽を求めることは、否定されていない。甘いものがほしいという、一見煩悩とも捉えられるような願望が、世俗社会の外へと出て行く力をもつことを、物語は語ろうとしている。

さらに、主人公は今ここと異なる世界で不思議な存在と出会うことによって様々な謎に直面することになる。これは「こちら側」の常識を捉え返させる役割をもっている。異界として設定されているからこそ、「こちら側」とは異なる身体観を、違和感なく表現することができている。また、今ここことは異なる世界においては、人以外の存在の声を聞くことができるので、これまでは知ることができなかった相手の思いに気づくという経験ができる。この経験も、「こちら側」の常識を捉え返させてくれる。「注文の多い料理店」が描き出したように、山猫の視点から見れば、人間もまた食べられる存在であり、人間が自分を「食べる存在」とのみ思っていることは大きな誤りであることがわかる。

このような経験を経て主人公は元の世界に戻ってくるが、前節の最後で述べたように、『イーハトヴ童話　注文の多い料理店』では最後に改めて、他の存在とのへだてが強調されている。「十力の金剛石」においては、すべての存在をみたす仏のはたらきを感じとったとき、殺さないという意識が生まれるということが語られていた。仏のはたらきは「むこう側」も「こちら側」もひとしく包み込み、その世界においては、殺し・殺されるという関係がすべて解消されるような印象を与える。すべてが十力の金剛石であるという描写は、世界全体が一体となっていることを表現したものとみなせよう。

一方『イーハトヴ童話　注文の多い料理店』において主人公が戻ってくる世界は、他の存在とのへだての残る世界である。元の世界では、もう他の存在の声を聞くことができない。猟をすることや木を切ることも続けられるだろう。けれども「今ここことは異なる世界」に一度でも入ったものは、以前と同じように自分たちが生きる世界を捉えることはできない。自分がたしかに感じた楽と謎を胸に、へだてのある世界において今後どのように生きるのかということを、物語は読み手に投げかけている。

第Ⅴ章

みんなを思うこと

（資料提供：林風舎）

瀬川陸橋を渡る岩手軽便鉄道車輌　「気がついてみると、さっきから、ごとごとごとごと、ジョバンニの乗っている小さな列車が走りつづけていたのでした。ほんとうにジョバンニは、夜の軽便鉄道の、小さな黄いろの電燈のならんだ車室に、窓から外を見ながら座っていたのです」（「銀河鉄道の夜」）。ジョバンニは、カムパネルラに対して特別な思いを抱いていたからこそ、鉄道に乗り合わせた人々との関わりを通して、「みんな」を思い、「ほんとうのさいわい」について問いをもつことができた（296 頁、300 頁参照）。

「烏の北斗七星」

不惜身命の誓い

「烏の北斗七星」では、「ああ、マジエル様、どうか憎むことのできない敵を殺さないでいいように早くこの世界がなりますように、そのためならば、わたくしのからだなどは、何べん引き裂かれてもかまいません」という烏の大尉の祈りが描き出されている。この祈りは、世界が変容することを願い、そのためにはわが身を惜しまないことを誓っている。烏の大尉は、かつて賢治が『校友会会報』にのせた「ますらおは　はてなきつとめにないたち　身をかなしまず　とわに行くべし」という短歌を思い起こさせる。一切衆生の救済を願い、わが身を愛することなく努力し続けるということを、賢治は自らがなすべきことと考えていた。「烏の北斗七星」は、このような意識が生み出される過程を描き出したものと言えるが、その際に賢治は、人を主人公としなかった。このことは、賢治が、そうした意識は超越的な存在を感じている世界において生じるものだと考えていたことを意味している。

『イーハトヴ童話　注文の多い料理店』において、人がふだん生活している「こちら側」の世界は、超越が存在していると思っていない世界であり、「むこう側」の世界は、超越を感じながら生きている世界である。人は「むこう側」の世界にまぎれこむことによって、新たな視点を獲得することができる。「烏の北斗七星」は、「むこう側」の内部で生み出される関係を中心に描いているので、そのおはなしのなかに「こちら側」からまぎれこむ存在は登場しない。しかし、『イーハトヴ童話　注文の多い料理店』が全体として、「こちら側」の存在が「むこう側」にまぎれこみ、「こちら側」に戻ってくるという展開になるように童話が配列されていることによって、読み手は「烏の北斗七星」を、自分がまぎれこんだ「むこう側」の世界の一つとして受けとめることが可能になる。読み手は烏の大尉の祈りが生み出される世界を経験し、元の世界に戻ってくる。

ただし「烏の北斗七星」において、直接仏の教えが説かれることはない。賢治が「烏の北斗七星」で描こうとしたのは、仏の教えを知るということのないままに、世界の変容を願い、不惜身命の誓いをなすということがどのように生み出されるかということである。いいかえれば賢治は、イーハトヴを、仏の教えが存在しない世界として構築しようとしている。賢治は、仏の教えが存在する世界として鳥の生きる世界を描こうとすることも試みており、その例として「二十六夜」があげられる。「二十六夜」では、「坊さんの梟」が「梟鵄守護章」というお経について説いている。一方『イーハトヴ童話　注文の多い料理店』では、物語の中に仏の教えを説くものをいっさい登場させないという選択をしている。仏の教えを説くものが存在しない世界において、仏の教えが見せてくれる喜びや、仏の道を志すことに結びつくような思いが生み出される場面をどのように描き出すことができるかが大きなテーマとなっていると推測できよう。

賢治の経験をふり返ってみると、先ほど引用した短歌が示すように、賢治は盛岡高等農林学校時代には、一切衆生の救済を願い身を惜しまず努力するという決意をもっていたと言えるが、自分が結んでいる関係そのものを否定的に捉えるということは、自分が実際に戦場に行き人を殺すということを想像する中で生み出されていったと考えられる。第Ⅲ章で述べたように、殺し・殺される関係について切実に問うということが、食べ・食べられる関係を捉え返すことに繋がったのである。

その後、大正八（一九一九）年の時点では、「みんな」のためにということが考えられなくなった（二六七頁参照）。「烏の北斗七星」は、いったん見失われた「みんなの為」ということを考える形式を、もう一度考え直し、他者に伝わる形でつくりあげることを目指す試みであったと言えよう。その試みは「グスコーブドリの伝記」や「銀河鉄道の夜」へと繋がっていき、ジョバンニの「僕はもうあのさそりのようにほんとうにみんなの幸のためならば僕のからだなんか百ぺん灼いてもかまわない」というこ とばが生み出されることになる。そこで本章では、これらの作品の連続性と相違点に注目しながら、「みんな」を思うことと、不惜身命について考察していくことにしたい。

「烏の北斗七星」

「烏の北斗七星」は烏の義勇艦隊のおはなしである。主人公は若い艦隊長である烏の大尉で、烏の大尉は演習後に許嫁のもとに行く。許嫁は、いちばん声のいい砲艦であった。烏の大尉は許嫁に、戦闘艦隊長のはなしとして明日山烏を追いに行くということを伝える。自分は明日戦死すると考えていた烏の大尉であったが、明け方山烏が峠にいることを発見し、部下たちとともに撃墜する。その後行われた観兵式において、烏の大尉は敵艦を撃沈したことを報告し、敵の死骸を葬る許可を得、マジエル様に祈る。
最後の場面に至る前に、烏の大尉が自分のからだをどのように捉えているのかをふり返ってみると、夜中に眠れなかった烏の大尉は、「おれはあした戦死するのだ」とつぶやき、次のような祈りをマジエル様に捧げている。

ああ、あしたの戦でわたくしが勝つことがいいのか、山烏がかつのがいいのかそれはわたくしにわかりません、ただあなたのお考のとおりです、わたくしはわたくしにきまったように力いっぱいたたかいます、みんなみんなあなたのお考えのとおりですとしずかに祈って居りました。

「マジエル様」とは烏の北斗七星を指している。烏の大尉は、一貫して自らの死を静かに受け入れようとしている。烏の大尉は、最後の場面で世界の変容を願い、そのために自らのからだを投げ出すことを誓うが、そうした主人公を造型するために選ばれたのが、主人公を、ある集団に属する戦闘者として設定することであった。己を戦闘者と考えるものは、自らが属する集団が勝つことを目指して命を投げだそうとする。実際に烏の大尉は、山烏が自分たちの領地に入ってきたとき、山烏を自らのからだを用いて撃墜する。しかし、その後烏の大尉が考えたのは、「どうか憎むことのできない敵を殺さないでいいように早くこの世界がなりますように、そのためならば、わたくしのからだなどは、何べん引き裂かれてもかまいません」ということであった。いいかえれば烏の大尉は、敵に勝つためではなく、世界が変容するために命を投げ出したいと考えた。烏の大尉は、命を投げ出すことを自分がなすべきことと考えているという点では一貫しており、変化したのはその目的であると言える。この物語は、自分の「からだ」に執着するものが「からだ」を投げだそうと決意するまでの過程を描くものではなく、最初から自分の「からだ」に執着していないものが、大きな目的のために「からだ」を投げだそうと決意するまでの過程を描こうとしている。

烏の大尉は、自分が属する集団が勝つことにも執着していない。翌日山烏を追いにいくことを命じられた烏の大尉はマジエル様にたいして「ああ、あしたの戦でわたくしが勝つことがいいのか、山烏がかつのがいいのかそれはわたくしにわかりません、ただあなたのお考のとおりです」と祈っていた。これは一般的に想定される戦闘者のあり方からは逸脱している。烏が戦う理由あるいは人間が戦う理由としては、縄張りや領地を守るため、または自分たちの食料を確保するためといった切実な理由が思い浮かぶ。自分たちが生き延びることを目指すのであれば、自分たちが勝つことが「いい」と言えるだろう。しかし烏の大尉は単純にこのようには考えていない。それは、マジエル様から見た世界を意識しているからである。自分たちにとっては自分たちが勝つことがよく、山烏たちにとっては山烏たちが勝つことがよい。では、マジエル様からはどのように見えるのか。それはわからない。ここでは「わからない」と思うことが、勝利に対する執着をさまさせるという役割を果たしている。

仏の教えにしたがえば、このような役割を果たすのは空の思想である。自己と他者を実体として捉えないことによって、いいかえれば真理を知ることによって執着を離れることができる。では仏の教えのない世界では、どのような意識によって執着を離れることができるのか。この問題に対する答えとして「烏の北斗七星」が描き出したのが「わからない」という意識のあり方であった。マジエル様は自分たちと山烏たちをひとしく見ている存在であり、そのすべてをわかっている。このような存在を見上げることによって、自分という存在を捉え返し、自分はすべてのことが分かっていないと意識することが可能になる。

許嫁の祈り

ただしマジエル様に願うことは、烏の大尉と許嫁では異なっている。烏の大尉から明日山烏を追いに行くことを聞いた後、許嫁は次のような夢をみている。

　烏の大尉とただ二人、ばたばた羽をならし、たびたび顔を見合せながら、青黒い夜の空を、どこまでもどこまでものぼって行きました。もうマジエル様と呼ぶ烏の北斗七星が、大きく近くなって、その一つの星のなかに生えている青じろい苹果(りんご)の木さえ、ありありと見えるころ、どうしたわけか二人とも、急にはねが石のようにこわばって、まっさかさまに落ちかかりました。マジエル様と叫びながら愕(おど)ろいて眼をさましますと、ほんとうにからだが枝から落ちかかっています。急いではねをひろげ姿勢を直し、大尉の居る方を見ましたが、またいつかうとうとしますと、こんどは山烏が鼻眼鏡などをかけてふたりの前にやって来て、大尉に握手しようとします。大尉が、いかんいかん、と云って手をふりますと、山烏はピカピカする拳銃（ピストル）を出していきなりずどんと大尉を射殺（いころ）し、大尉はなめらかな黒い胸を張って倒れかかります、マジエル様と叫びながらまた愕いて眼をさますというあんばいでした。

許嫁は烏の大尉と二人でどこまでもどこまでも上っていこうとする。それは、戦いの存在する世界である地上を離れ、二人関係をまっとうできる世界へと向かいたいという願望が許嫁の中にあることを暗示している。そのとき目指す方向にはマジエル様が輝いている。マジエル様は、二人関係が永遠に続くことを願う思いが向かう先に存在している。地上を脱したいという願いは、まっさかさまに落ちることによって途絶えたように見えるが、そのときに呼びかけられるのもマジエル様である。許嫁は、自分と烏の大尉の命が危ういときにマジエル様と叫ぶ。

次の夢では二人の前に山烏が登場する。山烏は、烏の大尉と握手をしようとして断られると、次の瞬間にはピストルで烏の大尉を撃つ。この場面でも、許嫁は烏の大尉の死を意識したときマジエル様と叫ぶ。許嫁は烏の大尉とともにあることを願っている。それを邪魔するのが山烏であり、この場面はどこか三角関係の果ての悲劇のようにも見える。烏の大尉は、許嫁が「その姿勢を直すはねの音から、そらのマジエルを祈る声まですっかり聴いて」いる。そして自分もため息をついてマジエル様に祈る。

烏の大尉は、許嫁がどのような夢を見ているのかはわからないが、許嫁が、自分との関係が続くことを願いマジエル様に祈っているということは察していたと思われる。烏の大尉は、この日の夕方許嫁に、あした山烏を追いに行くことを次のように伝えていた。


「があがあ、遅くなって失敬。今日の演習で疲れないかい。」

「かあお、ずいぶんお待ちしたわ。いっこうつかれなくてよ。」

「そうか。それは結構だ。しかしおれはこんどしばらくおまえと別れなければなるまいよ。」

「あら、どうして、まあ大へんだわ。」

「戦闘艦隊長のはなしでは、おれはあした山烏を追いに行くのだそうだ。」

「まあ、山烏は強いのでしょう。」

「うん、眼玉が出しゃばって、嘴が細くて、ちょっと見掛けは偉そうだよ。しかし訳ないよ。」

「ほんとう。」

「大丈夫さ。しかしもちろん戦争のことだから、どういう張合でどんなことがあるかもわからない。そのときはおまえはね、おれとの約束はすっかり消えたんだから、外へ嫁ってくれ。」

「あら、どうしましょう。まあ、大へんだわ。あんまりひどいわ、あんまりひどいわ。それではあたし、あんまりひどいわ、かあお、かあお、かあお、かあお」

「泣くな、みっともない。そら、たれか来た。」

烏の大尉の部下が点呼の時間であることを知らせに来たので、烏の大尉は許嫁としっかり手を握り合った後、自分の隊へと戻る。許嫁にとって烏の大尉は、かけがえのない大切な存在であった。烏の大尉以外の存在と結ばれることは考えられない。そうした許嫁の思いを知っていたからこそ、許嫁がマジエル様を祈る声を聴き、烏の大尉はため息をつく。許嫁のことを考えれば、自分が勝つのがよい。しかしそれがマジエル様から見てよいことなのかは分からない。おそらくマジエル様は、烏の大尉以外の烏にとっては、自分たちを助けてくれ、自分たちが願う望ましい関係を実現してくれる存在として受けとめられていた。烏の大尉の視点は、他の烏とは異なったところにある。

物語は、許嫁の祈りを描いた上で、烏の大尉の祈りを描き出す。許嫁の祈りを描かず、いきなり烏の大尉の祈りを描いた場合、烏の大尉の祈りの特殊さのみが浮かび上がる。許嫁の祈りを通して、マジエル様が望ましい関係の実現を願うときに思い浮かべる相手であることが描き出され、その上で烏の大尉の祈りを通して、何が望ましいのかを読み手に問いかけるという展開になっている。このとき、許嫁の願いは否定されてはいない。烏の大尉は許嫁の願いをいったん受けとめた上で問いを発しているからこそ、その問いが読み手に伝わるものとなっている。いいかえれば、ここで想定されている読み手は執着をもつ存在であると言える。自分や自分にとって大切な人の身を案じ、相手とともにあることを願う。そうした存在に執着をもたないというあり方をどのように伝えるのか。

「烏の北斗七星」が選んだのは、読み手と同じように執着をもつ存在を物語の中に登場させ、その存在が抱く願いの延長線上に、執着のない存在が抱く願いを描くという方法であった。賢治は、盛岡高等農林学校時代には、最初から執着を否定するという姿勢を強くもっていたが、ここではそれとは異なった形で、自分がめざすあり方を伝えようとしている。

烏の大尉の情

「烏の北斗七星」では、主人公は執着のない存在として造型されているが、これは不惜身命の誓いを描き出すために必要なことであった。しかしここで直面するのが、執着のない存在が関係の変容を願うに至るまでの過程をどのように描き出すかという問題である。烏の大尉は「どうか憎むことのできない敵を殺さないでいいように早くこの世界がなりますように、そのためならば、わたくしのからだなどは、何べん引き裂かれてもかまいません」と祈る。烏の大尉は山烏に「憎むことのできない敵」として出会い、相手を殺すに至った。「憎むことのできない」と考えた理由は、山烏は「お腹が空いて山から出て」きたと推測しているからである。ここでは、自分と相手が共通して抱くものとして、空腹がもたらす苦しみが見いだされている。いいかえれば、山烏は烏に危害を加えるため、あるいは烏から食料を奪うためにあらわれたとは語られない。もしそうした理由で山烏があらわれたとすれば、山烏を「憎むことのできない敵」と捉えることは難しいだろう。烏の大尉が山烏に対する憎しみを一貫して持つことのないように物語は構成されている。

同時にここでは、烏の大尉が山烏の心情に共感することも語られない。たとえば、敵に対する共感が生み出される場面として、自分が自分の命や自分にとって大切な存在の命をかけがえのないものとして捉えているように、敵もまた、自分の命や自分にとって大切な存在の命をかけがえのないものとして捉えていると意識する、という場面が思い描かれるかもしれない。この路線でいけば、山烏にも許嫁がいて、山烏が許嫁を大切に思っている、あるいは山烏の許嫁が山烏の死を知ったらどれほど悲しむかということに思いをはせる、という展開もありうるだろう。しかし烏の大尉は、執着のない存在として造型されているため、こちらの展開は選択できない。

しかし烏の大尉は、情のはたらきを全くもたない存在として造型されているわけではない。烏の大尉は、空腹を抱え殺された山烏をおもい「泪をこぼし」、敵の死骸を葬りたいと烏の大監督に申し出る。烏の大尉は山烏を悼む気持ちをもっている。「泪をこぼ」すという表現は、山烏に対する情の深さを語っている。このような情の深さは、山烏を撃墜した後、烏の大尉が部下たちを「けがは無いか。誰かけがしたものは無いか。」といたわって歩くという形で表現されている。その後部下たちは、烏の大尉が大監督に対して敵の撃沈を報告するのを聞き、「もうあんまりうれしくて、熱い涙をぼろぼろ雪の上にこぼしました」と書かれている。続いて烏の大監督が「灰いろの眼から泪をながして」、烏の大尉に少佐になってよいと告げる。烏の新しい少佐（烏の大尉）は、山烏のために泪をこぼす。

大尉が部下のからだをいたわること、部下が自分たちの勝利を喜ぶこと、大監督がみんなをほめること、ここまでのやりとりが世俗世界における通常の情のはたらきを描いたものとすれば、烏の新しい少佐は、そこから一歩ふみだし、敵を悼む。部下と大監督と烏の新しい少佐とは、泪を流す理由は異なっているが、泪を流しているという意味では連続している。この連続性が、烏の新しい少佐の祈りの唐突さをやわらげているとすれば、執着のない慈悲を描くためには、そのかたわらに執着をもつ存在がいることが必要になる。

また、烏の大尉が深い情をもつことは、許嫁の存在によっても示されている。許嫁にとって烏の大尉は、かけがえのない大切な存在である。このような許嫁を烏の大尉がいたわる場面を語ることによって、烏の大尉もまた他の存在を大切に思うという気持ちをもっていることが暗示される。もしこの物語に許嫁が登場しなかった場合、一貫して静かに自分が死ぬことを引き受けている烏の大尉が、山烏の死に心を揺さぶられるという展開は説得力をもちにくくなる。烏の大尉は、自分に生きていて欲しいと願う許嫁の思いを受けとめていたという前提があるからこそ、烏の大尉が山烏の死をいたむという展開が違和感のないものとなる。そうすると、自分の「からだ」に執着しない主人公が、他の存在を思う場面を描き出すためには、その傍らに、主人公の命をかけがえのないものと捉える存在が必要になる。

殺し・殺される関係

「烏の北斗七星」は、烏の大尉の祈りを、互いを思い合うという世俗の情の延長線上に描き出そうとしている。その結果、今結んでいる関係をいとい離れたいという思いを表現することが難しくなった。逆に、今結んでいる殺し・殺される関係をいとう思いを鮮烈な形で描き出しているのが「よだかの星」である。よだかは、みんなから嫌われており、鷹からは名前をかえなければつかみ殺すと脅される。しかし自分もまた他の虫を食べて生きていることに気づき、遠くに行くことを願う。被害を受けているのであれば、どこか違う場所で生きていくという選択肢もあり得るが、自分が他者を害する存在であることは、この地上で生きている限り逃れることはできない。他の存在によって深く傷つけられていたよだかが、自分もまた他の存在を傷つけていることを意識したとき、自分が今現に結んでいる関係から逃れたいという思いが生じる。その思いの強さは、自分の兄弟との関係をも断ち切ろうとするものである。

ここでは、殺し・殺される関係をいとう思いは、地上を脱することによってもう二度とそうした関係を結ばないという決意として表現されている。同時にこの脱出への思いは、自分が今苦しみを抱えており、そこから逃れたいという強い思いによっても支えられている。このようなよだかと比較したとき、烏の大尉は、あくまでも地上に残り続ける存在として描かれていることが分かる。烏の新しい少佐は、これからも山烏と殺し・殺される関係を結び続けるだろう。そう予想できるからこそ、烏の大尉が敵の死を悼むというふるまいは、結局のところ殺すという行為を正当化することになるという批判が生み出される。

烏の新しい少佐が地上にい続けるのは、地上において世界の変容を目指し、わが身をかえりみず努力し続けようとする祈りを描こうとするためである。逆によだかのように、この世界でともに生きているものたちに嫌われている状態から、この世界がよりよいものとなることを祈るというありようを導き出すのは難しい。たしかによだかは、自らが殺した存在のことを思ってはいるが、この展開から鷹の幸せを願うという姿を語ることは困難である。一方、烏の大尉は、自分が生きている世界の中に居場所をもっている。そうした存在が、自分が加害者となる関係を結んだときに、関係の変容を願う思いが生み出される。そのとき同時に起こるのが「どうか憎むことのできない敵を殺さないでいいように早くこの世界がなりますように、そのためならば、わたくしのからだなどは、何べん引き裂かれてもかまいません」という思いであった。

ここでは、自分が山烏を殺したという意識が「わたくしのからだなどは、何べん引き裂かれてもかまいません」という思いを生み出していると言える。賢治の経験をふり返ってみると、第Ⅲ章で述べたように、賢治もまた他を殺す存在として自らを意識したとき、自らのからだを死の方向へと近づけようとする思いが生じていた。この思いを、仏の教えにもとづいて捉え返すというきっかけをもたらしたのが、「手紙二」で語られていた竜の話であったと思われる。

竜の話は、他の生きものを死に至らしめてしまった主人公が、もう殺さないと決意し、自分のからだを他の生きものに与えるというおはなしである。前世において釈迦はくりかえしわが身を投げ出すが、その前に具体的に何らかの悪をなしたという場面をもつおはなしは一般的ではない。そうしたなかで賢治は、釈迦の捨身の物語を他の人に伝えようとしたとき、主人公が殺すという経験をもつおはなしを選び出した。賢治にとって、からだを投げ出そうという決意を支えているのは、一つには第Ⅳ章で述べたように、相手がかわいそうという思いであり、もう一つが、自分が他の生きもののからだを傷つけてしまったという意識であったと言えよう。自分は他の生きものを殺してしまった。そのことをどのように引き受けるのか。釈迦はかつて他の生きものを殺すという経験を積み重ね、その果てに自らのからだを投げ出した。殺してしまったということを引き受けた結果、わが身を惜しまないという思いが生み出された。賢治はそのように竜の話を受けとめたと言えよう。

ただし竜の話では、実際に主人公が身を捨てることになるが、「烏の北斗七星」では主人公は「そのためならば、わたくしのからだなどは、何べん引き裂かれてもかまいません」と思うが、死を迎えることはない。賢治は、殺したという経験をもつものが死を選ぶという物語ではなく、殺したという経験をもつものが、その重い荷を背負いながら生き続ける物語を描こうとした。このとき自分の「からだ」が苦を感じることが必要なこととして要請されることになる。

ただし、改めて烏の大尉の祈りを見ると、わたくしのからだが引き裂かれることと、憎むことのできない敵を殺さないでいい世界が実現することとの結びつきが曖昧である。また「烏の北斗七星」は、最後の場面で烏の大尉の祈りの後に、明日からも烏の大尉といっしょに演習ができることを喜ぶ許嫁の姿を描き出している。烏の大尉は自分の身がなんべん引き裂かれても構わないと考えているが、許嫁は、もしも一度でも烏の大尉のからだが引き裂かれれば、激しい衝撃を受け、癒やしがたい悲しみを味わうことになるだろう。烏の大尉の願いは、許嫁にとっては決して望ましいものではない。許嫁という存在を設定することは、カムパネルラの問い「おっかさんは、ぼくをゆるして下さるだろうか。」を呼び起こす。「烏の北斗七星」を書くことによって、賢治は新たな問題と向き合うことになった。このような問題を引き受けることになったのが「銀河鉄道の夜」である。

「銀河鉄道の夜」ふたたび

蠍の話

「烏の北斗七星」において、烏の大尉は「どうか憎むことのできない敵を殺さないでいいように早くこの世界がなりますように、そのためならば、わたくしのからだなどは、何べん引き裂かれてもかまいません」と願うが、新しい世界の実現と、わたくしのからだを引き裂くこととの結びつきは曖昧であった。一方「銀河鉄道の夜」において、ジョバンニは「僕はもうあのさそりのようにほんとうにみんなの幸のためならば僕のからだなんか百ぺん灼いてもかまわない。」と言っている。では「僕のからだ」を灼くことと「みんなの幸」を実現することとは、どのように結びつくのか。それを示しているのが、蠍の話である。蠍の生と死を通して、ジョバンニは「みんなの幸」は自分のからだを灼くことによって実現できると理解したと物語は語ろうとしている。

蠍もまた、「まことのみんなの幸」のために自分のからだをつかうことを望んでおり、自分の身を惜しまないという点では烏の大尉の願いと同じであると言える。しかし烏の大尉と異なる点として、蠍は、執着をもつ存在として造型されていることが挙げられる。蠍は他の生きものを食べて暮らしており、いたちに食べられそうになったときには一生懸命逃げた。蠍にとって自分の命は、かけがえのない大切なものであり、蠍は自分の命を守るために全力を尽くし、その結果井戸に落ちてしまう。そのとき蠍は次のように考える。

ああ、わたしはいままでいくつのものの命をとったかわからない、そしてその私がこんどいたちにとられようとしたときはあんなに一生けん命にげた。それでもとうとうこんなになってしまった。ああなんにもあてにならない。どうしてわたしはわたしのからだをだまっていたちに呉れてやらなかったろう。そしたらいたちも一日生きのびたろうに。どうか神さま。私の心をごらん下さい。こんなにむなしく命をすてずどうかこの次にはまことのみんなの幸のために私のからだをおつかい下さい。

自分は自らの命を守ろうと努力してきたが、自分の命とはあっけなく失われてしまう可能性をもつ、頼りないものであった。命は死という運命とともに授けられるものであり、命を自らのよりどころとして当てにすることはできない。そのとき蠍は、このからだがむなしく朽ちていくことを嘆く。少なくともこのからだは、いたちに食べられれば、いたちの生を一日つなぐことができる。このからだは他の存在との関わりにおいて力をもちうる。そうだとすれば、もし次の生があるならば、この「からだ」を「まことのみんなの幸」のために使いたい。

烏の大尉が、戦闘者であるがゆえに最初から山烏との戦いのために自分のからだを使うことを考えていたのに対して、蠍は何かのために自分のからだを使うことを最初は考えていなかった。このような考えは、自分のからだが失われること、そして自分のからだが他の存在の役に立つことを意識したときに生み出される。生に執着することは、無常という真理に気づくために必要なこととなっている。

狐と蠍

蠍の話は、工藤哲夫が指摘しているように、日蓮の「身延山御書」に収められている狐の話をもとに作られたと考えられる（『賢治論考』）。この話では、狐は獅子に追われて逃げ、涸れ井戸に落ちてしまう。獅子が井戸を飛び越えていったので、狐は井戸を登ろうとするが、登ることができない。数日が経ち狐は飢えで死にそうになる。そのとき狐は「禍なる哉。今日苦にせめられて即当に命を渇井に没すべし。一切の万物皆是無常也。恨くは身を師子に飼ざりける事よ。南無帰命十方仏、我心の浄きことを表知し給へ」と唱える。そのときに天の帝釈がこれをきき、下界に降りて井戸の中の狐をとりあげ、法を説いて欲しいと言う。この物語は「何(いか)に賤き者なりとも、実の法を知たらん人」をおろそかにしてはならない、とまとめられている。

したがってこの物語は、帝釈天にとっての狐のように、自分よりも劣っていると思われるような相手であっても、真理を悟っているのであれば、丁重にその話を聞くことをすすめるものと言える。狐は井戸に落ち、「一切の万物皆是無常也」と気づいた。この時点で狐は、釈迦と同じように真理を獲得したのであり、真理を求める帝釈天からすれば敬うべき相手となる。狐は自らの経験を通して無常に気づいた。真理を獲得することは、仏の教えを直接きくことがなくとも可能であると言える。

　この点は「銀河鉄道の夜」に登場する蠍と同様であるが、蠍の場合は真理を獲得した後に、みんなの幸いを願っているということが「身延山御書」の狐の話との違いとして挙げられる。狐は、自分のからだを獅子にあげることを願っており、その意味では、真理を獲得することによって慈悲の思いを抱いたと言える。この場面から賢治は、真理を獲得することによって、特定の相手に対する慈悲の思いを抱き、さらにすべての生きものに対する慈悲の思いを抱くという筋立てをつくり出した。

　もともと賢治が親しんでいた本生譚において、主人公は自分のからだをはかなく当てにならないものと捉え、目の前の飢えた存在に対してわが身を投げ出すのだが、それは、この行いによって仏の身を得、一切衆生を救う力を獲得するためであった。そこには、仏ではないこの身によって、みんなを救うことはできないという意識がある。

　一方蠍は「まことのみんなの幸」のために自分のからだを使うことを望んだ。蠍が考えている「みんな」は、自分を食べるいたちや、自分が食べてきたたくさんの生きものの存在をふまえて思い描かれている。食べ・食べられる関係を意識することによって、そうした関係を結びながら生をつむぎ死を迎える生きものたちの全体が捉えられる。同時に井戸におちた蠍は、特定の誰かを助けるためにわが身を投げ出すことができないことによって、誰かのために死ぬという選択肢は排除されている。しかし蠍には「まことのみんなの幸」のためにどのように自分のからだを使えばよいのか、その具体的な方法はわからない。

このように願った蠍は、最終的に星になっているので、「神さま」は蠍が星になることによって「まことのみんなの幸」を実現することができると考えていたように推測できるが、「神さま」の意図は分からない。この蠍の話をきいたジョバンニは「僕はもうあのさそりのようにほんとうにみんなの幸のためならば僕のからだなんか百ぺん灼いてもかまわない」と考えるが、これは蠍の生と死を通して、「みんなの幸」は自分のからだを灼くことによって実現できると理解したことにもとづいている。

楽と苦と

ジョバンニは蠍の行いと同じことをしようとしているが、実はそこには、ジョバンニ自身の解釈が含まれている。ジョバンニは「ほんとうにみんなの幸のためならば僕のからだなんか百ぺん灼いてもかまわない」と述べており、これは、みんなの幸いのためならば、くりかえされる苦痛を積極的に引き受けるという宣言である。しかし蠍は、「からだ」を使うことを願っているが、そこに苦痛を甘受するという意味が込められているかは明確ではない。また蠍は、このように祈った結果として星になり輝き続けるが、そのことが苦痛を伴うものであるかも曖昧である。けれどもジョバンニは、蠍が美しい火となり燃えていることを、灼かれるという苦しみを味わいながら、みんなのために光を発し続けていることと捉えている。

自分が光を発するとき自分は苦痛を感じているのか。おそらくそれは、薬王菩薩がなした焼身供養をどのように解釈するのかによって、立場が分かれるように思われる。薬王菩薩品では、焼身供養を行う一切衆生喜見菩薩の喜びが語られるだけで、その苦しみは描写されない。それは、本生譚に登場する菩薩と大きく異なる点である。ただし一切衆生喜見菩薩の行いは、あくまでも薬王菩薩がなした「難行苦行」の一例として示されており、その行いが肉体的苦痛を伴うものであることは、当然の前提と言える。一方賢治の場合は、自らの身を法華経に供養することを父に望んだとき、自分はあえて苦痛を引き受けるということを積極的には述べていない。賢治にとって捨身は、この「からだ」のまま絶対に達することができる、喜びに満ちた行いとして思い描かれている。けれども一方で、自分は苦痛を味わう必要があるという意識ももっていたように思われる。それは、自分が他の存在に苦を与えているからであり、その行いを引き受ける方法が、他の存在から苦を与えられたとき、それを受けとめるということであった。

「銀河鉄道の夜」でジョバンニは、「僕のからだなんか百ぺん灼いてもかまわない」と苦痛を引き受けようとするが、その前提にあったのが鳥捕りに対して「もうこの人のほんとうの幸になるなら自分があの光る天の川の河原に立って百年つづけて立って鳥をとってやってもいい」と思うという経験であった。特定の他者を傷つけたという負い目が、自分のからだを相手のために投げ出そうという思いを生み出し、その思いが、みんなのために自分のからだを投げ出そうという思いを生み出す。一方で電気総長が列車の下にもぐり込んだように、苦痛を意識させない捨身も、賢治は描き出している。「からだ」を変化するものと捉え、自らが光となることを「楽」の経験として語ろうとする姿勢と、今まさに「苦」を感じている「からだ」が絶対を実現するために必要なものであると語ろうとする姿勢の両方が賢治にはある。

『イーハトヴ童話　注文の多い料理店』では、前者のあり方は「月夜のでんしんばしら」において、後者のあり方は「烏の北斗七星」において描き出されていた。このように整理してみると「グスコーブドリの伝記」のブドリの捨身は、前者のあり方に連なるものと言える。ブドリは負い目をもっていず、捨身に伴う苦痛も描かれない。一方、「銀河鉄道の夜」のジョバンニのことばは、後者のあり方と重なる部分がある。ただし、ジョバンニも烏の大尉も、自分のからだがそこなわれても構わないと思うが、両者が実際に身を捨てる場面は登場しない。身を惜しまないと思うことが、死を選ばせるのではなく、生き続け努力し続ける方向へと向かわせることを物語は描こうとしている。その意味で「グスコーブドリの伝記」と「銀河鉄道の夜」は、異なった身体観を表現するためにそれぞれつくられたと言えるが、両者に共通する特徴として、「愛欲」を出発点として「みんな」への思いが生み出される過程を描き出そうとしたという点が挙げられる。

ブドリの家族

第Ⅲ章でみたように、ブドリは、オリザを食べているということを通して「みんな」を意識していたが、家族もまた「みんな」を意識するために必要な存在となっている。ブドリは、再び恐ろしい寒い気候がくると予想されたとき「このままで過ぎるなら、森にも野原にも、ちょうどあの年のブドリの家族のようになる人がたくさんできる」と考え、いてもたってもいられなくなっている。火山の爆発のおかげでブドリが心配した事態は回避され、物語は「そしてちょうど、このお話のはじまりのようになる筈の、たくさんのブドリのお父さんやお母さんは、たくさんのブドリやネリといっしょに、その冬を暖いたべものと、明るい薪で楽しく暮すことができたのでした」と終わっている。

この作品は、ブドリは、たくさんのブドリのお父さんやお母さんと、たくさんのブドリやネリのために、ただ一人火山島に残ったと語ろうとしている。子とともに暮らす父と母は、その暮らしが続くことを望んでおり、同じ望みを子の側も抱いている。その望みに思いをはせたとき、すべての人が自分と同じ望みをもつ共感可能な存在として現れてくる。「グスコーブドリの伝記」は、「みんな」を思うということを輪廻転生の思想を用いずに表現するために、親子の関係に注目したと言えよう。その結果、最後の一文が生み出されたが、実はこの表現は、ブドリがこの世界にいないことによってはじめて可能になるものである。ブドリが火山の爆発後に生きていた場合、「そしてちょうど、このお話のはじまりのようになる筈の、たくさんのブドリのお父さんやお母さんは、たくさんのブドリやネリといっしょに、その冬を暖いたべものと、明るい薪で楽しく暮すことができたのでした」という表現には違和感が生じる。

今ここにいない者と残された者を同一の存在として捉えることは、火山島に残ることを決意したブドリにも見られる。ブドリが最後の一人になることについてクーボー大博士に「それはいけない。きみはまだ若いし、いまのきみの仕事に代(かわ)れるものはそうはない。」と反対されたブドリは、「私のようなものは、これから沢山できます。私よりもっともっと何でもできる人が、私よりもっと立派にもっと美しく、仕事をしたり笑ったりして行くのですから。」と答えている。私の代わりになる存在、私よりももっとすぐれた存在は、これから出てくる。ブドリは、自分と同じような存在が未来に活躍することを思い描いていたから、ここで死を選ぶことができたと物語は語ろうとしている。

「グスコーブドリの伝記」が語ろうとする「みんな」は、死を意識した者の目から捉えられた「みんな」であると言えるだろう。ここでは、今ここにある世界を外から見るまなざしをもつ者として死者が想定されている。「グスコーブドリの伝記」の舞台は「イーハトーブ」とよばれているが、この世界は『イーハトヴ童話　注文の多い料理店』の「イーハトヴ」とは異なっている。『イーハトヴ童話　注文の多い料理店』では、おはなしの中に「今ここととは異なる世界」が登場しているが、「グスコーブドリの伝記」には、そうした異界は登場しない。「グスコーブドリの伝記」は、人と人との関わりの中から「みんな」を意識する過程を描こうとしているため、その世界の中に、人以外の存在の声をきくことができる場所を設定すると、その目的が果たせなくなる。

しかし、「一切衆生」を捉えるためには仏の知のはたらきが必要であったように、「みんな」を意識するためには、自分が結んでいる関わりから何らかの形で距離をとる必要がある。「銀河鉄道の夜」でも、蠍は井戸に落ちるという経験をしている。ブドリの場合は、イーハトーブの地図を眺めたり、イーハトーブ火山の頂上の小屋から地上に思いをはせたりしており、このような形でイーハトーブの全体を意識することが描かれているが、最終的に「みんな」を捉えることのできる外部の視点は、死を意識することによってもたらされることになった。それは、ブドリの考える「みんな」に、未来に生きる人々を含めたいという意図があったためである。

しかし、このように「みんな」を語ろうとするとき、一つ大きな問題が生じる。それは、妹のネリをどのように描くかということである。ブドリとはなればなれになったネリは、結婚し可愛い男の子が生まれる。子どもの誕生は、イーハトーブという世界が世代を超えて続くことをあらわしており、ブドリが未来に希望をたくして死んでいく姿を描くためには必要な描写であると言える。けれども、ブドリが死を迎える場面にネリが登場することはない。ブドリは自分の代わりはいると言っていたが、ネリにとってはただ一人の兄であり、ブドリの死を知れば、深く嘆き悲しむことが予想される。ネリの思いは、物語の最後の一文を崩壊させる重さをもっている。そのような事態が引き起こされないよう、最後の場面に現実のネリは登場させない。同じ理由から、物語は、ブドリの両親がすでに亡くなっていることを描き出し、ブドリの結婚は描かない。「みんな」が成立するために、家族に対する情愛はその前提として必要だが、ブドリの死を悲しむ存在は排除されている。このことは逆に、自分が誰かを愛し、また誰かに愛されていることを出発点として語ろうとするとき、捨身が簡単には肯定できなくなることを示している。

「わからない」と思うこと

「銀河鉄道の夜」は、ジョバンニのカムパネルラとどこまでもどこまでも一緒に行きたいという願いが、みんなを思うことにつながる道のりを描き出した。特定の相手とどこまでもどこまでも一緒に行きたいと思うことは、「烏の北斗七星」では、烏の大尉の許嫁の思いとして描かれており、それは許嫁の中では世界の変容を願うことに結びついていない。しかし「銀河鉄道の夜」は、その思いが「みんなのほんとうのさいわい」を求めることにつながると告げている。

同時に「銀河鉄道の夜」は、先ほどとりあげたブドリの死を問い返す視点を有している。ザネリを助けるために身を投げ出したカムパネルラは「おっかさんは、ぼくをゆるして下さるだろうか。」と問うている。カムパネルラは続けて「ぼくはおっかさんが、ほんとうに幸になるなら、どんなことでもする。けれども、いったいどんなことが、おっかさんのいちばんの幸なんだろう。」と言い、ジョバンニは「きみのおっかさんは、なんにもひどいことないじゃないの。」と叫ぶ。それに対してカムパネルラは「ぼくわからない。けれども、誰だって、ほんとうにいいことをしたら、いちばん幸なんだねぇ。だから、おっかさんは、ぼくをゆるして下さると思う。」と答える。カムバネルラはジョバンニが「ほんとうのさいわいは一体何だろう。」と問うたとき「僕わからない。」と答えるが、この答えの背景には、「おっかさんのいちばんの幸」をめぐるジョバンニとのやりとりがある。母の幸せとは何か。母にとって、自分が生き続けることと、自分が友を助けるために死ぬことと、どちらが幸せなのか、わからない。母が自分の生を望んでいることは容易に想像できる。では、自分が「ほんとうにいいこと」をしたとして、それは母の幸せになるのか。そこからは、果たして自分がしたことは「ほんとうにいいこと」なのかという問いも生じる。

「わからない」というあり方は、蠍の生と死を通しても描かれていた。蠍は無常という真理に気づいたが、その時点で絶対的な知を得たわけではない。「まことのみんなの幸」のために、自分のからだをどのように使えばよいのかはわからない。一つの真理にたどり着いたときに、改めて何が自分には分からないかがわかる。そのとき自分にはわからないことを知る存在として、「神さま」という超越的な存在が思い描かれる。「わからない」という自覚が超越的な存在を意識させ、主人公に次の一歩を踏み出させるのである。蠍の話を聞いたジョバンニは、「まことのみんなの幸」を実現するために「身を灼く」という方法があることを知るが、「ほんとうのさいわい」は何かは分からない。蠍と同じようにジョバンニもまたすべてを知っているわけではない。そのことは、身を投げ出せばみんなの本当の幸福が実現できると考え、すぐにでも実行しようとするような衝動をとどめる役割を果たす。

「烏の北斗七星」で、烏の大尉は「ああ、あしたの戦でわたくしが勝つことがいいのか、山烏がかつのがいいのかそれはわたくしにわかりません」と思うことによって、自分が勝つこと、いいかえれば自分が属す共同体に対する執着から逃れることができていた。「銀河鉄道の夜」では、カムパネルラの「僕わからない。」ということばによって、ジョバンニの興奮が静められる。不惜身命の誓いもまた、それにこだわるとき執着へと姿をかえる。ここではそうしたあり方が「わからない」と思うこと、いいかえれば知のはたらきによって抑制されている。このような展開は、二人が「わからない」ということを共有していることによって成立している。真理を知ることによって執着を手放すのではなく、自分にはわからないことがあると意識することによって執着を手放すことができるということ、そして他者とのあいだで、真理ではなく問いを共有することによって生み出されるものがあることを

「銀河鉄道の夜」は描き出そうとしている。

今ここと異なる世界

「銀河鉄道の夜」では「グスコーブドリの伝記」とは異なり、銀河鉄道に乗るという形で、今ここの世界から離れることが描き出された。銀河鉄道は、『イーハトヴ童話　注文の多い料理店』で描かれた異界と共通する役割を果たしている。『イーハトヴ童話　注文の多い料理店』において主人公は、異界にまぎれこむことによって、超越を感じながら生きている他の存在のことばをきく。一方「銀河鉄道の夜」では、ジョバンニは銀河鉄道に乗り、遭難した船に乗っていた女の子を通して、神さまに祈る蠍のことばをきく。また「注文の多い料理店」において主人公たちは、異界に行くことによって、食べる立場にあると思っていた自分たちが食べられる立場になることを経験して戻ってくる。一方「銀河鉄道の夜」では、地上において他者に排除されていたジョバンニは、銀河鉄道に乗ることによって、自分が他者を排除する側に立つことを経験し、戻ってくる。

「銀河鉄道の夜」が『イーハトヴ童話　注文の多い料理店』と異なる点は、異界で関わるのが人以外の存在ではないということである。地上においても異界においても、人と人との関わりが問題となっており、その点で地上と異界とは連続している。しかし「銀河鉄道の夜」においても、蠍が会話の中に登場することによって、人と人とのあいだでおこる問題と、生きものどおしのあいだで起こる問題が重ね合わされて捉えられるようになる。その結果最終的にジョバンニが「みんなの幸」について考えるとき、その「みんな」の中には、人だけではなく他の生きものも含まれることになる。この点が「グスコーブドリの伝記」との違いと言えよう。

蠍の話は、物語の中で仏の教えを語る上でも大きな役割を担っている。蠍は、自らの経験を通して無常の理に気づいたのであり、仏の教えを学んではいない。仏の教えを伝えようとするとき、「二十六夜」のように仏の教えを知っている存在を登場させる方法がある。あるいは「手紙四」の「あるひと」は、仏の教えを知っているとは書かれていないが、私たちとは異なる知をもつ存在として造型されている。「銀河鉄道の夜」でも、初期形ではブルカニロ博士という知を担う存在が登場している。しかし、最終形ではこのような存在は姿を見せない。「銀河鉄道の夜」では、誰かから真理をもらうのではなく、自ら真理に気づき、だからこそ何が「わからない」か気づくということを語ろうとしている。カムパネルラもまた、自らの経験を通して、幸いについて問いを発している。

ジョバンニがもらうのは問いである。ジョバンニは自らの内に迷いや悩みを抱え、カムパネルラとどこまでもどこまでも一緒にいきたいと願ったからこそ、他者との関わりの中で生み出される様々な思いを経験し、自ら問いを抱き、そして他者が発した問いを受けとめることができた。もし最初の時点でカムパネルラに対する特別な思いを抱くことを否定していたとしたら、このような経験はできなかっただろう。他者への強い思いは、たしかに自分や相手を傷つける。相手をかわいそうと思うことがそのまま幸いをもたらす力になるとも限らない。それでもなお、その中からこそ、よりよい関係を実現したいという願いが立ち上がることを物語は語ろうとしたのである。

ほんとうのさいわいを求めて

智慧と慈悲

「はじめに」でみたように、賢治の創作活動には、仏の智慧と慈悲を伝えたいという願いが深く関わっていた。仏の智慧と慈悲を伝える方法として、物語という形式が選び取られたのは、仏と人との関わりを描くことを通して、仏について語ることを目指したためである。この形式は、仏と同時に、仏をあおぎみる人々のあり方についても捉え返すことをもたらす。賢治は、物語の中に直接仏を登場させずに、私たちが超越的な存在を感じ、よりよい関係を築きたいという願いが生み出される場面を描き出そうとした。その結果、私たちがもつ知のはたらきと情のはたらきがもつ可能性を見いだすことになったと思われる。

もともと仏教においては、他者に対して私たちが抱く情愛がそのまま肯定されることはない。同じように、私たちが自己を愛することもまた否定される。それは、そうした愛着の思いこそが私たちに苦しみをもたらすからである。自己や他者を実体として捉えよりどころとするために、私たちはその喪失に直面するとき、悩み苦しむ。さらに大乗仏教において、一切衆生の救済が願われるようになったとき、情愛は、その願いと相反しているという理由からも否定されるようになる。私たちが抱く情愛は、空間的にも時間的にも限られた範囲にしか及ばない。私たちが大切だと思うのは、何らかの形で直接深い関わりをもつ人であり、また、今大切だと思っていたとしても、十年後や二十年後に同じ思いを抱いているとは限らない。

以上のような情愛が抱える問題を克服するために必要とされたのが、知のはたらきである。自らを確固とした実体をもたない存在、関係の中で成立する存在と捉えることによって、これまで気づかなかった関わりへと目を向けることが可能になる。知のはたらきは、からだで捉えることのできる範囲を超え、そのむこう側を見せてくれる。私たちは真理を知ることによって自らが抱える苦しみから逃れ、慈悲の思いを抱くことができる。

けれども、仏のもつ慈悲が、他の存在をいとおしみあわれみその救済を願う思いとして表現された場合、私たちが他者に対して抱く思いとの差は見えがたくなる。仏の衆生に対する思いが、父の子に対する思いにたとえられて説明されることによって、その連続性は際立つことになる。一方で、仏の慈悲を空の理論で説明するというように、両者の差異を明確にしようとする試みもなされてきた。

賢治の情

では、賢治は仏の教えをどのように受けとめたのか。盛岡高等農林学校時代には、一切衆生の救済をめざし、わが身を惜しまず努力すべきであると考えている。このとき、わが身を愛すること、特定の存在を愛することは否定されている。盛岡高等農林学校を卒業した後に、人から離れて勉強したいと願ったのも、自分はまず真理を知ることが必要であり、人との関わりの中で自分の情がさまざまに揺れ動くことは避けるべきであると考えたからである。知のはたらきによって情のはたらきを抑制しようという姿勢がそこには見られる。しかし賢治は、殺すということを引き受けようとしてすべてを実体のないものと思おうとした結果、他の生きものをかわいそうだと思うことが、抑えがたい情として湧きあがることに気づく。知のはたらきによって、情のはたらきが改めて捉え返され強められたのである。

一方で賢治は、嘉内に対して自分は燃え出してみせるという決意を示した後、「燃えたるも燃えざるも」ただ一つの道であると語っていた（二二六頁参照）。これは、自分の思いが一つの方向へ性急に向かおうとするとき、それを空の思想で鎮めようとしていたことを意味している。熱を帯び高まりゆく情は、知のはたらきによって抑えることが目指されていた。自分の情が激しく動くことにどのように向き合えばよいのか、そこには迷いがある。

国柱会に入り日蓮主義を広めることを志した賢治は、他の人と関わるという道を選び取ることになった。このときいったん、知のはたらきと情のはたらきをめぐる問題が消えることになる。日蓮と「同心」となることを目指すという形で自己のあり方が定まり、同時に他者に対してなすべきことも確定したからである。

一方で賢治は、童話を書く過程で、仏の慈悲をどのように表現するのかという問題と向き合うことになった。当初賢治は、仏の慈悲は私たちが通常抱く「かわいそう」という思いの延長線上に存在すると考えていた。しかし「山男の四月」では、目の前の存在に抱く「かわいそう」という思いを、その瞬間だけのものとして描き出した。これは賢治が、特定の相手に対して「かわいそう」と持続的に思い続けることを執着として否定的に捉える視点をもっていたことをあらわしている。しかし、山男のような存在を主人公とした場合、関係の変容を願い努力し続けることを誓うという場面を描くことはできない。こちらの場面を描くために造型されたのが烏の大尉であり、相反する特徴をもった主人公を擁する「山男の四月」と「烏の北斗七星」が合わさることによって、仏教がすすめる慈悲のあり方を描くことが可能になったと言える。

「烏の北斗七星」は、自分が相手を殺す立場に立っているという自覚から、関係の変容を願う思いが生み出されてくる過程を描こうとした作品である。先ほど述べたように、賢治は、自分が殺す場面を想像することを通して、殺される側に深く内在してしまうという経験をした。その経験から、大正七年五月十九日付保阪嘉内宛手紙に書かれていたように、食べる側も食べられる側も幸福ではないという意識が生まれ、すべての存在が抱えるかなしさを思うということが生み出された。「烏の北斗七星」はこのような大正七年に得た実感を表現しようとしたと見なせるが、賢治にとって一切衆生の救済を願うとき、自分の「からだ」や特定の相手に執着していないということは当然の前提であった。

「烏の北斗七星」では、烏の大尉が誰かを「かわいそう」と思うという描写も登場しない。では、このように執着をもたない主人公が慈悲の思いを抱くことはどのように描き出せるのか。「烏の北斗七星」が見いだしたのは、そのためには主人公のかたわらに、主人公を深く思い続ける存在、「愛欲」

を抱える存在が必要である、ということであった。許嫁が抱く情愛は、鳥の大尉の慈悲を描くためには必要だが、許嫁が抱く情愛そのものからは慈悲は生み出されない。この時点で賢治は以上のように考えていたと言えよう。

しかし賢治はトシを失うことによって、許嫁の立場、より正確に言えば、物語では描かれることのなかった、鳥の大尉を失うことになった許嫁の立場に立つことになる。亡くなった大切な存在を追い求める思いは、とうてい抑えることはできない。いったんはその思いを、一切衆生を思うこととは相反することとして否定しようとした。けれども、そのように否定しようとしつつも、なお亡き妹の死後のゆくえを追い求めることによって、賢治は、私たちがもつ強い愛着の情が、一切衆生を思うことの出発点となることを見いだしたのである。「手紙四」では、亡くなった大切な存在のゆくえを思うことは、今自分に見えない関係を見ようとすることとして語られている。いいかえれば、私たちの抱く情愛は、相手の死を経験することによって、今ここにある世界を超えていこうとする力になる。情愛は、たしかに限られた範囲にしか届かないものであるが、同時に、それを超えていく可能性ももっているのである。

自分の出会う鳥や魚や虫が、亡くなった妹かもしれない。あるいは、自分が出会う鳥や魚や虫は、自分といつかどこかで兄妹の関係を結んでいたかもしれない。かつてどこかで自分の妹だった存在は、今自分が捉えることができない空間でもおそらく数限りなく生き続けている。輪廻転生の思想は、今自分が結んでいる関係を出発点として、すべての存在との関係について考えるという道のりを示してくれた。その結果賢治は、殺し・殺される関係についても、新たな形で捉え返すことが可能になったと思われる。

すべての関係を思う

「烏の北斗七星」で描かれていたのは、「どうか憎むことのできない敵を殺さないでいいように早くこの世界がなりますように」という願いであり、ここで意識されているのは、今現に自分が結んでいる関係である。烏の大尉は、憎むことのできない敵を殺すという立場に自分が立ち、他の生きものと関係を結ぶことをなくしたいと願っている。烏の大尉が、すべての生きものがおりなす関係を思い描いているかどうかは曖昧である。一方「銀河鉄道の夜」において井戸に落ちた蠍は、自らを食べられる存在であると同時に食べる存在であると意識した。その結果「まことのみんなの幸」について考えている。ここで語られているのは、今自分が結んでいる関係を出発点として、すべての存在について考えるということであり、そのために必要なのが、食べる側と食べられる側に立つことであった。両方の立場を経験することによって、食べ・食べられるという形で結ばれている関係の総体に気づくとともに、そのように不本意な形で関係を結ばざるをえないすべての存在に共感することが可能になる。このように、今自分が結んでいる関係を出発点として、すべての存在を思うことができるとすれば、輪廻転生の思想は一切衆生を意識するために必要不可欠なものではなくなる。

また、食べ・食べられるというように、被害と加害の関係を出発点としてすべての関係を思うという道のりを見いだしたことによって、一切衆生を思うことの出発点に「愛欲」をおくことが可能になった。この道のりを表現したのが「銀河鉄道の夜」である。ジョバンニは、カムパネルラを独占し、どこまでもどこまでも一緒に行きたいと願う。今目の前にいる相手に強く執着することが、自らが排除し・排除される関係のただなかに居ることを意識させるのである。特定の相手に強い情愛を抱くことは、たしかにその相手しか見ない状態をつくり出す。しかし同時に、これまで気づかなかった関係へと目を向けさせる可能性ももっている。

以上のように、私たちが抱く情愛は慈悲の出発点として位置づけられることになったが、このとき知のはたらきはどのような役割を果たしているのだろうか。「銀河鉄道の夜」では、蠍の話とジョバンニのことばを通して、真理は自ら見つけるものであり、またいったん真理を受けとったとしてもそこから新たな問いが立ち上がるということが描き出されていた。いいかえれば、「ほんとうのこと」を受けとめたとき、そこで問い求めるという営みが終わってしまうわけではない。一つ何かがわかることによって、今自分は何がわからないかに気づくことができる。「ほんとう」は、今ここにないもの、今自分にはわからないことを求める思いを表現することばとして再び立ち現れる。

ふり返ってみれば、仏教の歴史もまた、自らの経験を通して真理と出会い、その真理を他者に伝えることによって他者の中に問いが生み出され、新たな真理が見いだされるということがくり返され積み上げられたものと言える。その根本にあるのは、自分や他の存在がなぜ苦しみを抱えているのか、その理由を見極め、幸せになるために何をすべきかを明らかにしたいという願いであろう。

このような願いを実現しようとするとき、今生きている世界から距離をとる必要が生み出される。出家者は、出家という形で、今自分が生きている世界を相対化する視点をもつことができた。このように考えると賢治がつくりあげた「今ここことは異なる世界」が果たす役割は極めて大きい。「今ここことは異なる世界」があることによって、私たちはふだん生きている世界をいつもとは異なった視点から見ることが可能になる。蠍の話をふまえれば、慈悲の思いが生み出されるためには、このような視点をもつことによって得られる知のはたらきが必要であると言える。

他者との別れ

トシの死について考え続けることを通して、賢治は一切衆生の幸福を願うという思いが生み出される道のりを新たに見いだすことができた。同時に、このように仏の教えを捉え返すことによって、賢治はトシを失った悲しみをどのように引き受けていけばよいか、その方途を見出すことができた。「手紙四」が示したのは、「すべてのいきもののほんとうの幸福」をさがそうとすることによって、亡くなった大切な存在と関わり続けることができるということであった。「手紙四」では、親しい人の死後のゆくえが分からないということが、主人公の問いを生み出し、その問いが新たな一歩を生み出す可能性を持つことが描かれている。さらに「銀河鉄道の夜」では、親しい人が生きているときにも相手が何を感じ何を見ているのかが分からないという事態が描き出されることになる。

「手紙四」では、チュンセはポーセが亡くなる直前に何がほしいかが分かったが、亡くなった後にポーセがどうなったか分からないという事態に向かい合う。それに対して「銀河鉄道の夜」では、ジョバンニは、カムパネルラがいなくなる直前に何を考えていたのかが分からず、カムパネルラが銀河鉄道を降りた後どこへ去ったのかも分からない。「銀河鉄道の夜」は、他者は生きているときからそのうちに謎を抱えた存在として立ち現れてくる。他者とのへだてはつらく苦しいものであり、ことに相手とすれ違ったまま別れたとすれば、その別れはいっそう重くのしかかる。

けれども、このように他者が謎を秘めているからこそ、実は私たちは他者との別れを引き受けていく道を見つけることができる。相手が見たものを見たいと願い、相手が問うていたことを考え続けたいと願うことによって、今ここにいない相手とともに進むことが可能になる。「手紙四」のチュンセのように、大切な存在の最後の望みが分かったという喜びの後に、一転してその喪失に直面したとすれば、その後自分が何をすればよいのか、全くわからなくなるだろう。蛙との出会いがもたらした新たな謎が、チュンセが「考える」という次の一歩を踏み出すきっかけとなっている。

一方「銀河鉄道の夜」のジョバンニには、新たな謎は必要ない。別れの直前に痛感した「わからなさ」が、その後の歩みを支えることになる。ジョバンニが分からなかったのは、カムパネルラのことだけではない。サウザンクロスで降りていった女の子のことも分からなかったし、彼女との関わりは自分の思いをうまく伝えられなかったという後悔も生み出している。自分は他者のことが分からないし、自分の思いをうまく伝えることができない。今現に結ばれている関係の中で生じる問題を見つめ続けた「銀河鉄道の夜」は、人がもつ情のはたらきと知のはたらきの可能性を見いだすとともに、私たちが喪失という経験をどのようにして引き受けていけばよいのかを描き出した。

　真理を求める旅から真理を手渡す旅へ、そして死者のゆくえを求める旅から死者の思いを引き受け問い続ける旅へ。「みんな」のことを考え続けた賢治は、自らの経験を通して仏の教えが他ならぬ自分が抱える苦しみをすくい取ってくれる力をもつことを見いだした。仏の教えのもつ力は、他の存在と関わりながら生きていくありようを描くことによって表現することができる。ただしそれは、主人公が何らかの答えに出会うという形ではなく、主人公が新たな問いと出会うという形で描き出される。自分が抱いた問いは、やがては他の誰かに引き継がれていく。

　賢治は、仏教が見せてくれた楽の世界にひかれるとともに、苦を抱え生き、そして死を迎える者の視点から世界を描こうとした。そのことによって、賢治がつくり出した世界は、今なお私たちに別の世界に入る入り口を示し続けていると言えるだろう。

あとがき——神秘に通じる力——

幼いころ私は昔話が好きだったので、鳥や獣や草や木と人とがことばを交わすおはなしは、なじみ深いものであった。けれども、年を重ね手に取るようになった本からは、彼らの声は消えていった。人と人との複雑な関わりを描く物語はもちろん面白かったが、一方で、自分は何かを失っていくような思いも抱いていた。しかし、それをどのように言いあらわせばよいのかは分からなかった。

この問題について考える手がかりを与えてくれたのは、「瓜子姫」に関する柳田国男の論考であった。「瓜子姫」には、瓜子姫がアマノジャクにだまされ木に縛られていることを、姫を育てた爺と婆が鳥の声によって知るという場面が登場している。この場面について柳田は「人間は神秘には通ぜぬという大きな弱点があるゆえに、しばしば眼前の危難をも知らずにいることがある」と論じた（『桃太郎の誕生』）。人間が気づくことのできない神秘に鳥たちは通じている。他の生きものがことばを発するおはなしは、他の生きものの方が世界の真相に近いということを語っていると言えるだろう。

また、様々な仏教説話や謡曲を読む中で、他の生きものが人に語りかけるおはなしに改めて出会うことになった。たとえば『発心集』には、ある聖が、捕らえられた鯉を買って放生し功徳をつくったと考えていたところ、その夜夢に翁が現れ、恨みごとを述べたという話が収められている。その翁は、先ほど放たれた鯉で、今回捕らえられ神への供物となることによって苦しい畜生の身を離れようとしていたのに、その聖のお節介のせいで実現できなかったのである。あるいは本書でも少しふれたが、謡曲「芭蕉」では、僧の夢の中に芭蕉の精が現れ、僧に対して仏の教えについて語っている。魚も草も、それぞれがもつ知のはたらきにもとづいて自らの生のあり方を選びとっており、それは人間のおもいはかりを超えている。

夢の中では他の生きものの声を聞くことができ、僧とは、そうした声を聞くことができる存在であった。謡曲に登場するワキの僧は、他の生きもの、そして死者の声を聞くことができるが、アイとよばれる里の者は聞くことができない。人々からすれば、自分が聞くことができない声を聞き取り、自分たちに伝えてくれるのが、僧であった。このように考えてみると、宮沢賢治は、従来僧が果たしてきた役割を、近代において担い続けた希有な存在であったように思われる。現在でもなお宮沢賢治の作品が読まれ続けているとすれば、「むこう側」の世界に対する感性、いいかえれば、自分たちに捉えることができる世界がすべてではないと感じることは、今なお失われていないと言えるだろう。

本書の執筆にあたっては、清水書院の杉本佳子さんに大変お世話になりました。長らくお待たせしてしまい、本当に申し訳ありませんでした。杉本さんのおかげで、ようやくここまでたどり着くことができました。改めて心より御礼申し上げます。ありがとうございました。

令和六年六月七日

藤村　安芸子

参考文献

Ⅰ　本　文

【新】校本　宮澤賢治全集』
　編纂委員　宮沢清六・天沢退二郎・入沢康夫・奥田弘・栗原敦・杉浦静
　全十六巻・別巻一 ―――――――――――――――― 筑摩書房　一九九五～二〇〇九
『宮沢賢治全集』全十巻 ―――――――――――――――― ちくま文庫　一九八五～一九九五

Ⅱ　論文、研究書など

天沢退二郎・金子務・鈴木貞美編『宮澤賢治イーハトヴ学事典』 ―――――― 弘文堂　二〇一〇
岩田文昭・碧海寿広「宮沢賢治と近角常観―宮沢一族書簡の翻刻と解題」
　『大阪教育大学紀要　第Ⅰ部門』第五十九巻第一号 ―――――――――――― 二〇一〇
大島丈志『宮沢賢治の農業と文学　苛酷な大地イーハトーブの中で』 ―――― 蒼丘書林　二〇一三
大島宏之編『宮沢賢治の宗教世界』 ―――――――――――――――― 溪水社　一九九二
大塚常樹『宮沢賢治　心象の宇宙論』 ―――――――――――――――― 朝文社　一九九三
奥田弘「宮沢賢治の読んだ本―所蔵図書目録補訂―」
　栗原敦編『宮沢賢治　童話の宇宙』日本文学研究資料新集26 ―――――― 有精堂出版　一九九〇
小倉豊文『「雨ニモマケズ手帳」新考』 ―――――――――――――― 東京創元社　一九七八
押野武志『宮沢賢治の美学』 ―――――――――――――――――――― 翰林書房　二〇〇〇

押野武志「宮澤賢治「銀河鉄道の夜」のふたつの〈終わり〉―ザネリのために」
『国文学　解釈と鑑賞』第七十五巻九号　――　二〇一〇

君野隆久『捨身の仏教　日本における菩薩本生譚』――　角川選書　二〇一九

工藤哲夫『賢治論考』近代文学研究叢刊9　――　和泉書院　一九九五

工藤哲夫『賢治考証』近代文学研究叢刊45　――　和泉書院　二〇一〇

栗原敦編注「金沢大学暁烏文庫蔵暁烏敏宛　宮沢政次郎書簡集」
日本文学研究資料刊行会編『宮沢賢治Ⅱ』日本文学研究資料叢書　――　有精堂出版　一九八三

栗原敦『宮沢賢治―透明な軌道の上から』――　新宿書房　一九九二

栗原敦「小倉豊文の宮沢賢治研究」『実践国文学』七十二号　――　二〇〇七

栗原敦『宮沢賢治探究』上下　――　蒼丘書林　二〇二一

杉尾玄有「道元禅師と「洞源和尚」―宮沢賢治の、知られざる曹洞禅的開眼―」
『宗学研究』第三十四号　――　一九九二

鈴木健司『宮沢賢治　幻想空間の構造』――　蒼丘書林　一九九四

鈴木健司『宮沢賢治という現象―読みと受容への試論』――　蒼丘書林　二〇〇二

丹治昭義『宗教詩人　宮澤賢治』――　中公新書　一九九六

千葉一幹『宮沢賢治―すべてのさいはひをかけてねがふ―』――　ミネルヴァ書房　二〇一四

平尾隆弘『宮沢賢治』――　国文社　一九七八

プラット・アブラハム・ジョージ、小松和彦編『宮澤賢治の深層―宗教からの照射―』――　法蔵館　二〇一二

保阪庸夫・小澤俊郎『宮澤賢治　友への手紙』――　筑摩書房　一九六八

松岡幹夫『宮沢賢治と法華経―日蓮と親鸞の狭間で』――　昌平黌出版会　二〇一五

見田宗介『宮沢賢治―存在の祭りの中へ』――岩波現代文庫　二〇〇一
宮沢清六『兄のトランク』――ちくま文庫　一九九一
森荘已池「宮澤賢治研究（十五）―不思議な一首について―」『六甲』十巻七号――一九四二
山根知子『宮沢賢治　妹トシの拓いた道―「銀河鉄道の夜」へむかって―』――朝文社　二〇〇三
渡部芳紀編『宮沢賢治大事典』――勉誠出版　二〇〇七

Ⅲ　その他

暁烏敏『歎異抄講話』――講談社学術文庫　一九八一
姉崎正治『解説要本　法華経の行者日蓮』――博文館　一九一七
姉崎正治『法華経の行者　日蓮』――講談社学術文庫　一九八三
井上哲次郎「王陽明の学を論ず」横井時雄編『本郷会堂学術講演』――警醒社　一八九二
入矢義高訳注『臨済録』――岩波文庫　一九八九
入矢義高・溝口雄三・末木文美士・伊藤文生訳注『碧巌録』上中下――岩波文庫　一九九二〜一九九六
宇井伯寿・高崎直道訳注『大乗起信論』――岩波文庫　一九九四
横超慧日編著『法華思想』――平楽寺書店　一九八六
大谷栄一『近代日本の日蓮主義運動』――法蔵館　二〇〇一
大谷栄一・吉永進一・近藤俊太郎編
　『近代仏教スタディーズ―仏教からみたもうひとつの近代』――法蔵館　二〇一六
碧海寿広『入門　近代仏教思想』――ちくま新書　二〇一六
岡田真美子「東アジア的環境思想としての悉有仏性論」

『木村清孝博士還暦記念論集　東アジア仏教―その成立と展開』――春秋社　二〇〇二

加藤陽子『徴兵制と近代日本　1868-1945』――吉川弘文館　一九九六

菅野覚明「「日本文化論」と仏教―排仏思想を手がかりに」
　高崎直道・木村清孝編『日本仏教論―東アジアの仏教思想Ⅲ』――春秋社　一九九五

黒板勝美編『新訂増補国史大系31　日本高僧伝要文抄　元亨釈書』――吉川弘文館　二〇〇〇

小金丸泰仙校注『十善法語　改訂版』――大法輪閣　二〇一八

三枝充悳『大智度論の物語（二）』――レグルス文庫　第三文明社　一九七七

坂本幸男・岩本裕訳注『法華経』上中下　改版――岩波文庫　一九七六

佐藤弘夫『日蓮―われ日本の柱とならむ―』――ミネルヴァ書房　二〇〇三

佐藤正英『新註　歎異抄』――朝日文庫　一九九四

島地大等『思想と信仰』――明治書院　一九二八

島地大等『真宗大綱』――明治書院　一九三〇

島地大等『漢和対照　妙法蓮華経』――ニチレン出版　一九八八

島地黙雷編『島地大等講話集』――百華苑　一九六五

釈宗演『世の外』――光融館　一九一六

末木文美士『草木成仏の思想　安然と日本人の自然観』――サンガ　二〇一五

多田厚隆・大久保良順・田村芳朗・浅井円道校注『天台本覚論』日本思想大系9――岩波書店　一九七三

田中智学「世界統一の天業」『国教七論』――師子王文庫　一九一〇

田中智学『日蓮聖人乃教義』――師子王文庫　一九一〇

田中智学「本化摂折論」『折伏とはなにか』――真世界社　一九六八

田中智学『日蓮主義教学大観』——真世界社　一九九三
田村芳朗『法華経』——中公新書　一九六九
近角常観『懺悔録』——森江書店／文光堂　一九〇五
戸頃重基・高木豊校注『日蓮』日本思想大系14——岩波書店　一九七〇
名畑應順・多屋頼俊・兜木正亨・新間進一校注『親鸞集　日蓮集』
　日本古典文学大系82——岩波書店　一九六四
西田幾多郎『善の研究』改版——岩波文庫　一九七九
福沢諭吉著、松沢弘陽校注『文明論之概略』——岩波文庫　一九九五
真野正順訳『国訳一切経　印度撰述部　釈教論部二』改訂四刷——大東出版社　一九九二
三木紀人校注『方丈記　発心集』新潮日本古典集成——新潮社　一九七六
水尾現誠「戒律の上から見た捨身」『印度学仏教学研究』十四巻二号——一九六六
柳田国男『桃太郎の誕生』新版——角川ソフィア文庫　二〇一三
山折哲雄『日本仏教思想論序説』——講談社学術文庫　一九八五
山川智応『和訳法華経』——新潮社　一九一二
由井正臣・藤原彰・吉田裕校注『軍隊　兵士』日本近代思想大系4——岩波書店　一九八九
頼住光子『日本の仏教思想—原文で読む仏教入門—』——北樹出版　二〇一〇
立正大学日蓮教学研究所編『昭和定本日蓮聖人遺文』全四巻　改訂増補第三刷
——日蓮宗総本山身延山久遠寺　二〇〇〇

ラス=カサス	染田　秀藤
吉田松陰	高橋　文博
パステルナーク	前木　祥子
パ　ー　ス	岡田　雅勝
南極のスコット	中田　修
アドルノ	小牧　治
良　寛	山崎　昇
グーテンベルク	戸叶　勝也
ハ　イ　ネ	一條　正雄
トマス=ハーディ	倉持　三郎
古代イスラエルの預言者たち	木田　献一
シオドア=ドライサー	岩元　巌
ナイチンゲール	小玉香津子
ザビエル	尾原　悟
ラーマクリシュナ	堀内みどり
フーコー	今村　仁司 栗原　仁
トニ=モリスン	吉田　廸子
悲劇と福音	佐藤　研
リ　ル　ケ	星野　慎一 小磯　仁
トルストイ	八島　雅彦
ミリンダ王	森　祖道 浪花　宣明
フレーベル	小笠原道雄

ヴェーダからウパニシャッドへ	針貝　邦生
ベルイマン	小松　弘
アルベール=カミュ	井上　正
バルザック	高山　鉄男
モンテーニュ	大久保康明
ミュッセ	野内　良三
ヘルダリーン	小磯　仁
チェスタトン	山形　和美
キケロー	角田　幸彦
紫　式　部	沢田　正子
デ　リ　ダ	上利　博規
ハーバーマス	小牧　治 村上　隆夫
三　木　清	永野　基綱
グロティウス	柳原　正治
シャンカラ	島　岩
ハンナ=アーレント	太田　哲男
ミダース王	西澤　龍生
ビスマルク	加納　邦光
オパーリン	江上　生子
アッシジのフランチェスコ	川下　勝
スタール夫人	佐藤　夏生
セ　ネ　カ	角田　幸彦

ペ　テ　ロ	川島　貞雄
ジョン・スタインベック	中山喜代市
漢の武帝	永田　英正
アンデルセン	安達　忠夫
ライプニッツ	酒井　潔
アメリゴ=ヴェスプッチ	篠原　愛人
陸奥宗光	安岡　昭男
ジェイムズ・ジョイス	金田　法子
魯　迅	林田愼之助 小山　三郎
吉野作造	太田　哲男
三島由紀夫	熊野　純彦
谷崎潤一郎	板東　洋介
柳田　國男	菅野　覚明

書名	著者
平塚らいてう	小林登美枝
フッサール	加藤精司
ゾラ	尾崎和郎
ボーヴォワール	村上益子
カール＝バルト	大島末男
ウィトゲンシュタイン	岡田雅勝
ショーペンハウアー	遠山義孝
マックス＝ヴェーバー	住谷一彦他
D・H・ロレンス	倉持三郎
ヒューム	泉谷周三郎
シェイクスピア	福田陸太郎・菊川倫子
ドストエフスキイ	井桁貞義
エピクロスとストア	堀田彰
アダム＝スミス	浜林正夫・鈴木亮
ポパー	川村仁也
フンボルト	西村貞二
白楽天	花房英樹
ベンヤミン	村上隆夫
ヘッセ	井手賁夫
フィヒテ	福吉勝男
大杉栄	高野澄
ボンヘッファー	村上伸
ケインズ	浅野栄一
エドガー＝A＝ポー	佐渡谷重信
ウェスレー	野呂芳男
レヴィ＝ストロース	吉田禎吾他
ブルクハルト	西村貞二
ハイゼンベルク	小出昭一郎
ヴァレリー	山田直
プランク	高田誠二
ラヴォアジエ	中川鶴太郎
T・S・エリオット	徳永暢三
シュトルム	宮内芳明
マーティン＝L＝キング	梶原寿
ペスタロッチ	長尾十三二・福田弘
玄奘	三友量順
ヴェーユ	冨原眞弓
ホルクハイマー	小牧治
サン＝テグジュペリ	稲垣直樹
西光万吉	師岡佑行
ヴァイツゼッカー	加藤常昭
メルロ＝ポンティ	村上隆夫
オリゲネス	小高毅
トマス＝アクィナス	稲垣良典
ファラデーとマクスウェル	後藤憲一
津田梅子	古木宜志子
シュニツラー	岩淵達治
タゴール	丹羽京子
カステリョ	出村彰
ヴェルレーヌ	野内良三
コルベ	川下勝
ドゥルーズ	船木亨
「白バラ」	関楠生
リジュのテレーズ	菊地多嘉子
リッター	西村貞二
プルースト	石木隆治
ブロンテ姉妹	青山誠子
ツェラーン	森治
ムッソリーニ	木村裕主
モーパッサン	村松定史
大乗仏教の思想	副島正光
解放の神学	梶原寿
ミルトン	新井明
ティリッヒ	大島末男
神谷美恵子	江尻美穂子
レイチェル＝カーソン	太田哲男
オルテガ	渡辺修
アレクサンドル＝デュマ	辻昶・稲垣直樹
西行	渡部治
ジョルジュ＝サンド	坂本千代
マリア	吉山登

【人と思想】既刊本

書名	著者
老子	高橋　進
孔子	内野熊一郎他
ソクラテス	中野　幸次
釈迦	副島　正光
プラトン	中野　幸次
アリストテレス	堀田　彰
イエス	八木　誠一
親鸞	古田　武彦
ルター	小牧　治 泉谷周三郎
カルヴァン	渡辺　信夫
デカルト	伊藤　勝彦
パスカル	小松　摂郎
ロック	浜林正夫他
ルソー	中里　良二
カント	小牧　治
ベンサム	山田　英世
ヘーゲル	澤田　章
J・S・ミル	菊川　忠夫
キルケゴール	工藤　綏夫
マルクス	小牧　治
福沢諭吉	鹿野　政直
ニーチェ	工藤　綏夫

書名	著者
J・デューイ	山田　英世
フロイト	鈴村　金彌
内村鑑三	関根　正雄
ロマン=ロラン	村上　嘉隆 村上　益子
孫文	横山　英 中山　義弘
ガンジー	坂本　徳松
レーニン（品切）	中野　徹三 高岡健次郎
ラッセル	金子　光男
シュバイツァー	泉谷周三郎
ネルー	中村　平治
毛沢東	宇野　重昭
サルトル	村上　嘉隆
ハイデッガー	新井　恵雄
ヤスパース	宇都宮芳明
孟子	加賀　栄治
荘子	鈴木　修次
アウグスティヌス	宮谷　宣史
トーマス・マン	村田　經和
シラー	内藤　克彦
道元	山折　哲雄
ベーコン	石井　栄一
マザーテレサ	和田　町子
中江藤樹	渡部　武
ブルトマン	笠井　恵二

書名	著者
本居宣長	本山　幸彦
佐久間象山	奈良本辰也 左方　郁子
ホッブズ	田中　浩
田中正造	布川　清司
幸徳秋水	絲屋　寿雄
スタンダール	鈴木昭一郎
和辻哲郎	小牧　治
マキアヴェリ	西村　貞二
河上肇	山田　洸
アルチュセール	今村　仁司
杜甫	鈴木　修次
スピノザ	工藤　喜作
ユング	林　道義
フロム	安田　一郎
マイネッケ	西村　貞二
エラスムス	斎藤　美洲
パウロ	八木　誠一
ブレヒト	岩淵　達治
ダンテ	野上　素一
ダーウィン	江上　生子
ゲーテ	星野　慎一
ヴィクトル=ユゴー	辻　昶 丸岡　高弘
トインビー	吉沢　五郎
フォイエルバッハ	宇都宮芳明

CenturyBooks

清水書院の〝センチュリーブックス〟発刊のことば

近年の科学技術の発達は、まことに目覚ましいものがあります。月世界への旅行も、近い将来のこととして、夢ではなくなりました。しかし、一方、人間性は疎外され、文化も、商品化されようとしていることも、否定できません。

いま、人間性の回復をはかり、先人の遺した偉大な文化を継承して、高貴な精神の城を守り、明日への創造に資することは、今世紀に生きる私たちの、重大な責務であると信じます。

私たちがここに、「センチュリーブックス」を刊行いたしますのは、人間形成期にある学生・生徒の諸君、職場にある若い世代に精神の糧を提供し、この責任の一端を果たしたいためであります。

ここに読者諸氏の豊かな人間性を讃えつつご愛読を願います。

一九六七年

清水雄

SHIMIZU SHOIN

宮沢賢治■人と思想200　　定価はカバーに表示

2024年10月15日　第1刷発行©

・著　者 ……………………………… 藤村（ふじむら）　安芸子（あきこ）
・発行者 ……………………………… 野村　久一郎
・印刷所 …………………………… 広研印刷株式会社
・発行所 ………………………… 株式会社　清水書院

〒102-0072　東京都千代田区飯田橋3-11-6
Tel・03(5213)7151～7
振替口座・00130-3-5283
http://www.shimizushoin.co.jp

検印省略
落丁本・乱丁本は
おとりかえします。

CenturyBooks

Printed in Japan
ISBN978-4-389-42200-4

人名さくいん

あ　行

か行

さ　行

た　行

な　行

は　行

ま 行

や 行

宮沢賢治年譜

西暦・元号	年齢	できごと
1896(明治29)	0	8月27日、岩手県稗貫郡里川口町（現花巻市豊沢町）に宮沢政次郎・イチ夫妻の長男として誕生。ただし実際に生まれた場所は、母イチの実家である宮沢善治方（初産は実家で行うのが花巻の慣習だったため）。戸籍上の誕生日は8月1日となっている。
1898(明治31)	2	11月、妹トシ誕生。
1901(明治34)	5	6月、妹シゲ誕生。
1902(明治35)	6	9月、赤痢を病み入院。政次郎は看病中に感染し、以後胃腸が弱くなる。
1903(明治36)	7	4月、花巻川口町立花巻川口尋常高等小学校（のち花城尋常高等小学校）尋常科第一学年に入学。
1904(明治37)	8	4月、弟清六誕生。 8月、第六回夏期講習会（大沢温泉、講師は近角常観・釈宗活）。
1906(明治39)	10	4月、政次郎、上京し暁烏敏を訪問。 8月、賢治、第八回夏期講習会（大沢温泉、講師は暁烏敏）に参加。
1907(明治40)	11	3月、妹クニ誕生。
1909(明治42)	13	3月、花城尋常高等小学校卒業。 4月、県立盛岡中学校入学、寄宿舎自彊寮に入る。
1911(明治44)	15	8月、第十三回夏期講習会（大沢温泉）に参加。島地大等が「大乗起信論」を講じる。 この年より短歌の制作が始まったとされている。
1913(大正２)	17	寄宿舎舎監排斥。退寮を命じられ、盛岡市北山の清養院（曹洞宗）へ下宿。
1914(大正３)	18	3月、県立盛岡中学校卒業。 4月、肥厚性鼻炎の手術のため入院。退院後は、家業の店番などをする。ノイローゼ状態となり、政次郎も賢治が希望した盛岡高等農林学校の受験を許す。 島地大等編『漢和対照　妙法蓮華経』を読む。
1915(大正４)	19	2月、片山正夫『化学本論』刊行。 4月、盛岡高等農林学校農学科第二部に首席で入学。 トシ、4月に日本女子大学校家政学部予科に入学。 8月、願教寺で行われた仏教夏期講習会に友人を誘い参加。島地大等の歎異抄法話をきく。

1916(大正５)	20	３月、京都・奈良方面修学旅行。 トシ、３月に予科を修業し、４月に日本女子大学校家政学部に入学。
1917(大正６)	21	７月、保阪嘉内らと同人雑誌『アザリア』創刊。
1918(大正７)	22	３月、盛岡高等農林学校卒業。同研究生となる。保阪嘉内退学となる。 ４月、稗貫郡土性調査がはじまる。徴兵検査を受け、第二乙種。 ６月、肋膜炎。 宮沢清六の「兄賢治の生涯」によれば、賢治はこの年の夏に「蜘蛛となめくじと狸」と「双子の星」を家族によんできかせた。 12月、トシ入院。賢治は看病のため母イチと上京。
1919(大正８)	23	１月、母イチ帰花。賢治は東京に残り、看病を続ける。 父に対して、このまま東京で人造宝石の製造販売の仕事をしたいと伝える。 ２月、上野国柱会館で田中智学の講演をきく。 トシ、２月下旬に退院。３月に、母・叔母・賢治に付き添われ帰花。３月末、日本女子大学校卒業。
1920(大正９)	24	５月、盛岡高等農林学校研究生修了。 ９月、トシ、母校花巻高等女学校教諭心得となる。 11月、国柱会信行部に入会。
1921(大正10)	25	１月、無断上京、本郷菊坂町に下宿。文信社で校正係として働きつつ、国柱会の活動に携わる。 ４月、政次郎上京。父とともに伊勢神宮、比叡山などを参詣。 ８月（９月）、トシ発病の知らせを受け帰花。大きなトランクに書きためた原稿をつめこみ、もちかえる。 12月、稗貫郡立稗貫農学校（のち岩手県立花巻農学校）教諭となる。雑誌『愛国婦人』12月号及び翌年１月号に童話「雪渡り」を発表。
1922(大正11)	26	１月、『心象スケッチ　春と修羅』起稿。 11月27日、トシ死去。
1923(大正12)	27	１月、上京。前年12月より本郷竜岡町に寄宿中の清六を訪ねる。清六は、賢治の依頼により、童話原稿を東京社の婦人画報編集部にもちこむが、掲載を断られる。 ４月に「やまなし」「氷河鼠の毛皮」を、５月に「シグナルとシグナレス」を「岩手毎日新聞」に発表。 ７月31日、青森・北海道経由樺太旅行へ出発。 ８月12日、盛岡より徒歩で帰花。

1924(大正13)	28	4月、『心象スケッチ　春と修羅』を自費出版。 12月、『イーハトヴ童話　注文の多い料理店』を刊行。
1925(大正14)	29	2月、森佐一（荘已池）との交渉がはじまる。当時盛岡中学校四年生。 7月、森佐一編集発行の詩誌『貌』が創刊される。賢治は「鳥」等を発表。草野心平が同人誌『銅鑼』3号を賢治に送り、同人への勧誘を行う。 9月、『銅鑼』4号に「－命令－」等を発表。『銅鑼』への詩発表がはじまる。
1926(大正15・昭和1)	30	1月、尾形亀之助編集発行『月曜』1月創刊号に童話「オツベルと象」を発表。岩手国民高等学校に出講。3月末まで講義を行う。 3月、花巻農学校を退職。 4月、豊沢町の実家を出、下根子桜の別宅で独居自炊の生活に入る。羅須地人協会の活動を開始。 5月、清六、従来の古着・質商をやめ、宮沢商会を開業。建築材料の卸し小売、また、モーターやラジオを扱う。 12月2日に花巻を発ち、3日に着京。12日にフィンランド公使で言語学者のラムステットの日本語講演をきく。滞京中は、神田美土代町のＹＭＣＡタイピスト学校に通い、数寄屋橋そばの新交響楽団練習所でオルガンを練習し、丸ビル8階の旭光社でエスペラントを学ぶ。12月29日の夜、東京を発つ。
1927(昭和2)	31	3月、松田甚次郎来訪。 4月、花巻温泉南斜花壇設計。 12月、盛岡中学校『校友会雑誌』41号に「銀河鉄道の一月」等発表。
1928(昭和3)	32	2月、第一回普通選挙で労農党支部を陰から支援。 3月、石鳥谷で肥料相談所を開く。 6月、上京。大島旅行。 8月、佐々木喜善あて返書。佐々木から旧稿「ざしき童子のはなし」を求められて応じる。 12月、急性肺炎となり、自宅療養。
1929(昭和4)	33	春、『銅鑼』同人で陸軍士官学校卒業旅行中の詩人、黄瀛の訪問を受ける。 9月～12月、病勢やや怠る。 10月、東北砕石工場主鈴木東蔵、はじめて賢治を訪問。
1930(昭和5)	34	4月、園芸をはじめる。 11月、花巻温泉主催で開催された「県下菊花品評会」に出品。

1931(昭和６)	35	１月、東北砕石工場技師となる。 ７月、『児童文学』第１冊に「北守将軍と三人兄弟の医者」を発表。 ９月、東北砕石工場のセールスのため上京するも発熱して帰宅。病に臥す。 11月、「雨ニモマケズ」を書く。
1932(昭和７)	36	３月、『児童文学』第２冊に「グスコーブドリの伝記」を発表。さしえ棟方志功。 ４月、佐々木喜善来訪。『岩手詩集』に「早春独白」を発表。 ８月、『女性岩手』創刊号に文語詩発表。
1933(昭和８)	37	２月、『新詩論』二輯に「半蔭地選定」を発表。 ３月、『天才人』六輯に「朝に就ての童話的構図」を発表。 ９月21日、容態が急変し喀血。午後１時30分死去。23日、宮沢家の菩提寺である浄土真宗の安浄寺で葬儀（昭和26年に日蓮宗の身照寺に改葬）。

＊この略年譜は、『【新】校本宮澤賢治全集』第十六巻（下）を中心として、千葉一幹『宮沢賢治』などを参照して作成した。